모방에서 창조까지 하는 에이전트

모방에서 창조까지 하는 에이전트 1□

킹묵 현대 판타지 장편소설

초판 1쇄 찍은 날 § 2023년 5월 22일
초판 1쇄 펴낸 날 § 2023년 5월 29일

지은이 § 킹묵
펴낸이 § 서경석

총괄팀장 § 황창선
편집책임 § 박현성
디자인 § 스튜디오 이너스

펴낸곳 § 도서출판 청어람
등록번호 § 제387-1999-000006호
등록일자 § 1999. 5. 31
어람번호 § 제1-3212호

본사 § 경기도 부천시 부일로 483번길 40 서경B/D 3F (우) 14640
편집부 § 서울특별시 구로구 디지털로 272 한신IT타워 404호 (우) 08389
전화 § 02-6956-0531   팩스 § 02-6956-0532
http://www.chungeoram.com
E-mail § chungeorambook@daum.net

ⓒ 킹묵, 2022

ISBN 979-11-04-92488-0 04810
ISBN 979-11-04-92457-6 (세트)

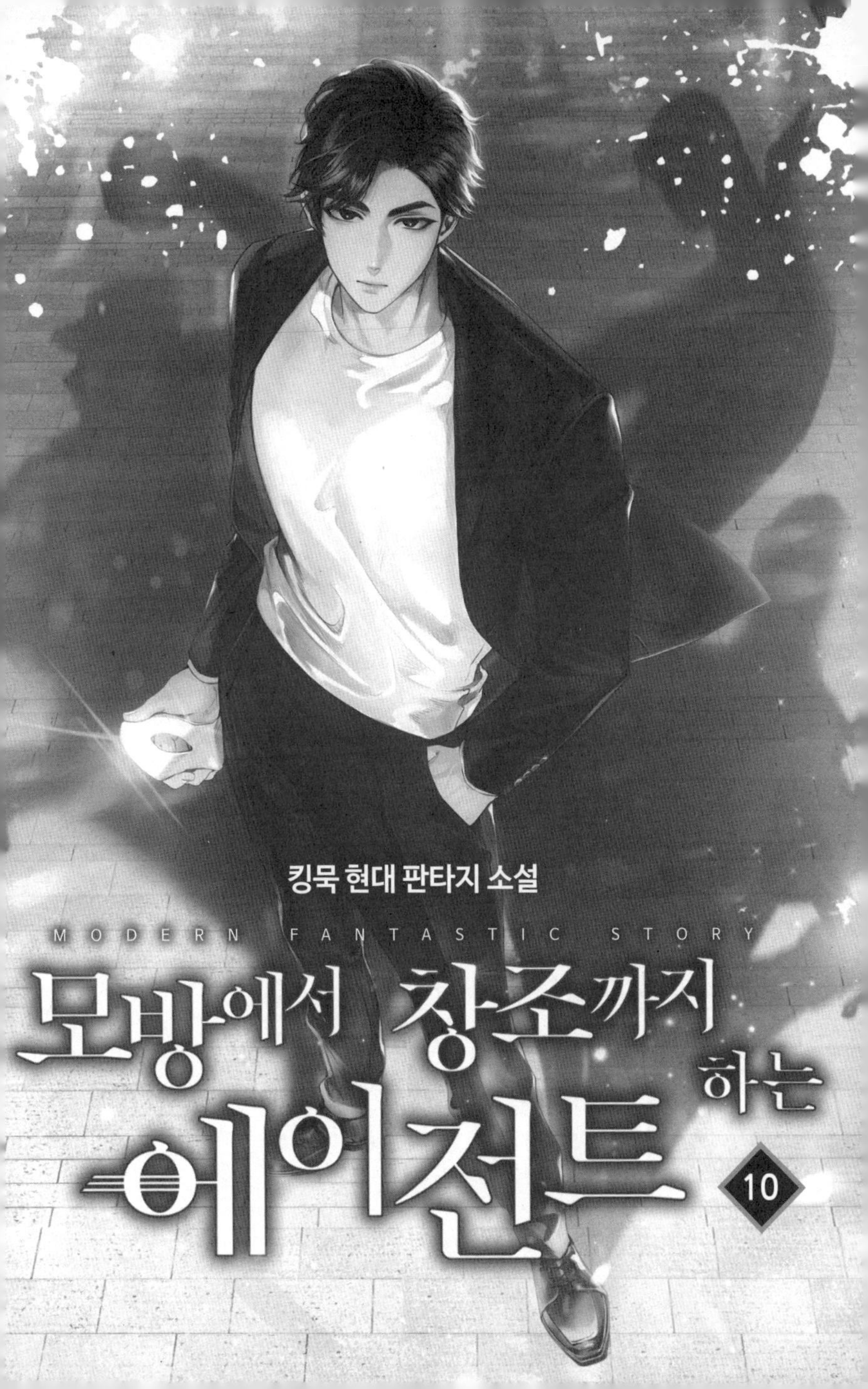
킹묵 현대 판타지 소설
MODERN FANTASTIC STORY
모방에서 창조까지 하는 에이전트
10

모방에서 창조까지 하는
에이전트

목차

제1장	차출 ‥	7
제2장	차오름 ‥	33
제3장	투자자 에이드 ‥	105
제4장	곽이정의 과거 ‥	143
제5장	광고 ‥	255
제6장	선물 ‥	341

제1장

—

차출

3팀장이 돌아간 뒤 얼마 되지 않아 팀장들에게 보내는 메시지를 받았다. 내용은 3팀장이 말한 그대로였고, 회의에서 정식으로 논하겠지만 그 전에 미리 팀원들을 생각해 두라는 것이었다. 태진은 쉽게 떠오르는 사람이 없기에 머리가 복잡했다.

"어떻게 생각하세요?"

"스흡, 이거 4명 데려오라는 거 보면 각 팀에서 한 명씩 차출하라는 뜻 같은데요?"

"국현 씨 말이 맞네. 그래서 자 팀장님이 자기 팀에서 빼 달라고 하지 말라고 하신 거였네. 에이, 그럼 더 곤란하지. 다른 팀에서 2명을 데려와야 되는데."

수잔도 난감하다는 얼굴로 말을 이었다.

"데려오는 것도 문제예요. 저도 오고 싶어도 막 팀 배신하고 그러는 거 같아서 얼마나 눈치 보였다고요. 국현 씨는 안 그랬어요?"

"저는 안 그랬는데요? 전 즐겁게 왔는데."

"하아… 그래요. 나만 그랬네!"

"하하, 농담이에요. 내가 곽이정을 좀 싫어해서 탈출하고 싶어서 그런 거죠. 팀장님이 구명보트 던져 주셔서 냉큼 탄 거고요."

태진은 국현의 농담에 약간은 가벼워진 마음으로 피식 웃었다.

"후, 누굴 데려오는 게 좋을까… 감이 안 잡히네요."

"오긴 오겠죠?"

"오겠죠."

"역시 자신만만!"

"자신 있는 게 아니라 저희 성과급 받는 거 소문 안 났어요?"

"아! 소문났죠! 소문났어요!"

"그러니까 이번엔 못 받더라도 4팀하고 하는 거 있으니까 기대하고 오는 사람도 있지 않을까요?"

"아! 그러네! 우리가 좀 큼지막한 일을 하니까! 이게 다 팀장님 덕분이죠. 완전 우리한테도 복덩이인데 회사에서 봐도 복덩이일 걸요. 조금만 움직이면 큼지막한 일거리를 가져오니까 아마 부사장님이 자식으로 생각하고 있을 수도 있어요."

"하하하."

"농담이 아니라 진짜라니까요. 그런 거 보면 줄 타려고 오는 사람도 있을 건데."

차라리 회사에서 알아서 인사이동을 시키면 마음이 편할 것 같았다. 직접 데려올 정도로 회사 내에 친분이 있는 사람도 없었고, 일하는 수준도 대부분 비슷비슷했기에 사실 누가 오더라도 상관이 없었다. 하지만 수잔과 국현이 모든 일을 할 수는 없기에 인원이 필요하긴 했다.

"누가 좋을까. 아, 이것도 일이었네."
"원래 팀장이 힘들죠. 그러니까 월급도 더 많이 받는 거고요."
"그런데 이게 또 끝이 아니잖아요. 신입분들 오면 또 골라야 되잖아요."
"아, 그러네요."
"지금도 할 게 많은데 다들 어떻게 했지. 이런 거 보면 다들 대단하시네요."
"스흡, 그렇죠. 지금 문제가 우리가 누굴 필요로 하는 게 아니라는 거 같아요. 그래서 사실 누가 오더라도 큰 문제는 없는데 당사자들이 문제인 거죠."
"당사자들이요?"
"아까 수잔이 그랬잖아요. 팀 안에서 눈치 보인다고. 차라리 저처럼 오고 싶다고 티 내는 사람 있으면 편할 텐데."
"아, 그거요."
"우리가 가서 얘기하는 것도 눈치 보일걸요? 잘못하면 팀에서 잘하고 있는 사람 견제당하게 만들 수도 있어서. 저 지원 팀 간다고 해서 왕따당했잖아요. 이게 비밀 보장이 되면 좋은데. 어?"

"왜요? 좋은 생각 나셨어요?"

"그런 건 아니고요. 혹시 이거! 부사장님이 주는 시험 아니에요? 아들에게 주는 시험?"

국현의 농담이 진심으로 느껴질 만큼 복잡한 일이었다. 차라리 배우들을 섭외하는 게 편하다고 생각이 들 정도였다. 그러던 중 국현이 한 말 중에 한 가지가 머릿속에 맴돌았다.

'비밀 보장……'

잠깐 생각하던 태진은 갑자기 수잔과 국현을 쳐다봤다.

"회사 내에 공고해도 돼요?"

"뭘요?"

"지원 팀 모집 공고요. 신입 사원 모집할 때처럼 그냥 자기 소개 같은 거 메일로 받으면 괜찮지 않을까요? 그럼 집에서도 따로 보낼 수 있으니까 눈치 안 보일 거 아니에요. 우리도 비밀 보장한다고 적어 두면 되잖아요. 그리고 아예 직원들한테만 메일로 보내면 되지 않을까요?"

"그런데 어차피 알게 될 텐데."

"그건 우리가 해결해야죠. 뽑을 사람한테 가서 지원도 안 했는데 와 달라고 했다는 식으로."

"뻥 치자고요?"

"선의의 거짓말?"

"오… 괜찮은데."

국현은 벌써부터 재미있을 것 같다는 얼굴로 찬성을 했다. 하지만 수잔은 의견이 다를 수 있기에 태진은 수잔을 봤다. 그러자 수잔이 손가락으로 동그라미를 그리며 찬성했다.

"그렇게라도 하는 게 지원하는 사람들 마음이 편하긴 하겠네요."

만장일치에 태진은 웃으며 고개를 끄덕거렸다. 그러고는 곧장 지원서를 작성하기 시작했다.

*   *   *

오랜만에 선우 무대에 가는 곽이정의 표정이 어두웠다. 최근까지 1팀에 합류하고 싶다고 연락하던 사람들에게서 뭔가 변화가 있는 듯했다. 바로 2팀의 4호와 4팀의 브라운이었다. 4호를 통해 2팀에서 최진성과의 계약에 난항을 겪고 있다는 걸 알고 도와주었고, 4팀의 브라운을 통해 4팀에서 무슨 일이 벌어지고 있는지도 속속들이 알고 있었다.

그런 두 사람에게 약간의 변화가 느껴졌다. 무슨 이유인지 모르겠지만, 자신도 모르는 사이에 회사 내에서 변화가 생기고 있었다. 게다가 1팀원들까지 분위기가 약간 이상했다. 지금 연극 프로젝트 시즌 2를 준비하고 있기에 정신이 없을 텐데 뭔가 들떠 있는 느낌을 받았다.

'뭘까. 혹시 지원 팀에 지원하려고?'

곽이정은 고개를 저었다. 이미 공지를 통해 알고 있지만, 그런 건 아닌 듯했다. 지원 팀에서는 아직까지 아무런 움직임이 없는 걸 확인했다.

그러는 사이 선우 무대에 도착했다. 곽이정은 당장의 일에 집중하기 위해 숨을 크게 뱉고는 차에서 내렸다.

선우 무대에 온 건 무대 제작 팀 구성과 제작비 책정 때문이었다. 사실 플레이스나 MfB에서 만나도 됐지만, 일부러 늦은 시간에 선우 무대에서 약속을 잡았다. 곽이정은 안주머니에 넣어둔 휴대폰을 두드려 확인하고는 피식 웃으며 계단을 올랐다.

선우 무대에 들어가니 이미 이창진이 도착해 있는 상태였다. 이미 같이 일을 했던 사이였기에 김 반장과 이창진은 다소 가까워 보이는 느낌이었다. 저런 사이가 부러운 건 아니었다. 그저 플레이스에 좀 더 나은 조건이 되지는 않을까 경계가 되었다. 그렇게 되지 않기 위해서 곽이정은 최대한 예의 바르게 인사를 했다.

"안녕하십니까. 제가 좀 늦었네요."
"어! 늦기는요. 어서 와요. 여기 앉아요."
"이 실장님도 와 계셨네요."

이창진은 숙이고 들어오는 곽이정의 모습에 약간 당황했다. 저럴 사람이 아니다 보니 경계가 되는 건 어쩔 수 없었다. 괜히 쓸데없이 심력을 쏟을 생각을 해야 한다는 생각에 미간이 찌푸려졌다. 게다가 그런 자신을 보고 미소 짓는 모습이 마치 비웃는 듯한 느낌이었다. 그때, 곽이정이 사무실을 둘러봤다. 그러고는 갑자기 한 곳을 보더니 피식 웃으며 말했다.

"대표님은 어디 가셨나 보네요."
"아, 우리 연 대표. 플레이스에 포스터 확인하러 갔어요. 그러니까 겸사겸사 플레이스에서 봐도 된다니까."
"아, 그러셨군요. 제가 이 근처에 일이 있어서 이곳이 편하실 거라 생각했습니다. 죄송합니다. 그나저나 한 부장? 한 부장?"
"한 부장! 여기 곽 팀장이 부르는데?"

곽이정은 재미있다는 듯 피식거렸다. 태은이 못 들은 척하는 걸 보니 이미 자신에 대해서 알고 있는 듯했다.

"한 부장, 오랜만이에요."
"네? 아, 네. 안녕하세요."
"형한테 얘기 들었어요?"
"네? 뭘요."
"내가 형이랑 친하다는 얘기요."
"아니요? 집에다 얘기 안 했는데요?"

자신도 거짓말을 하고 있지만 태은은 완전 티 나게 거짓말을 하고 있었다. 저런 모습을 보자 그제야 속이 편해졌고, 그러다 보니 환한 미소가 지어졌다. 그런 곽이정의 모습에 이창진은 궁금함을 참을 수가 없었다.

"저 학생이 부장이에요?"
"모르셨군요."

이창진은 마치 그런 것도 몰랐냐는 곽이정의 눈빛에 괜히 질문을 했다는 생각이 들었지만, 이미 내뱉은 이상 궁금한 건 풀고 가고 싶었다.

"저 학생, 아니지, 부장님 형이 누군데요."
"그런 건 나중에 얘기하시고 바쁘실 텐데 일부터 얘기하시죠."

이창진은 이번에도 당했다는 생각에 인상을 꽉 찡그렸다. 그렇게 일에 대해서 회의가 시작되었다.

"한 팀장을 좀 구슬려서 다시 가면맨으로 오는 게 좋지 않을까요? 그래야 반장님도 무대 연출을 좀 편하게 하실 거 같은데."
"그 부분은 이미 로젠 필 씨가 담당하기로 얘기된 부분인데요. 그리고 지금 그 얘기는 이 자리에서 말고 따로 얘기하시는 게 좋을 것 같네요."
"아니! 가면맨 효과도 좋았고, 반장님도 한 팀장이랑 하면 더 좋고 그러니까 한 말이죠. 로젠 필 한국어 잘 못하잖아요. 얼마나 불편하겠어요."

"저희가 담당 통역 준비 마쳤습니다."

"아, 그래요."

이창진은 순간이나마 곽이정이 변한 건 아닌가 생각했던 스스로가 한심스러웠다. 아주 전보다 더 까탈스러워진 느낌이었다. 그러다 보니 이창진도 밀리지 않기 위해 회의에 집중을 해야 했다. 시간 가는 줄 모르고 설전을 하다 보니 어느 순간부터 피곤함이 몰려왔다. 그때, 김 반장이 힘들어하는 얼굴로 입을 열었다.

"이렇게 해요. 두 분이 말한 대로 합시다. 뭐 이렇게 어려워요."

"아, 벌써 두 시간이 흘렀네요. 그럼 오늘 얘기하신 걸 바탕으로 저희가 다시 정리해서 보내 드리도록 하겠습니다."

"그걸 왜 MfB에서 해요. 우리가 해야지."

"그러시죠. 그럼 여기까지 하죠. 고생 많이 하셨습니다. 그리고 저 잠시만요."

끝까지 티격태격하는 모습에 김 반장은 질린다는 듯 고개를 저었다. 그때, 곽이정이 서류들을 가방에 넣더니 가방은 들지도 않고 갑자기 고개를 돌려 한 부장을 쳐다봤다. 그러더니 김 반장에게 양해를 구하고는 한 부장에게 다가갔다. 이창진은 그런 곽이정의 행동에 김 반장을 쳐다봤다. 그러자 김 반장이 피식 웃더니 입을 열었다.

"저 한 부장 형이 한 팀장님이세요."

"네?"

"한 팀장? 우리 한태진 팀장이요?"

"네."

"아니, 한 팀장 동생이 왜 여기에 있어요? 한 팀장한테 얘기 못 들었는데?"

"가족 얘기니까 안 했겠죠. 무대 제작자가 꿈이라고 알바 하고 싶다고 그래서 알바로 쓰고 있어요. 싹싹하니 일도 잘하고."

"부장이라면서요."

"직급만 부장이죠. 하하."

"그런데 곽이정이 왜요?"

"그건 나도 잘 모르겠는데. 전에 곽 팀장이 찾아왔을 때 둘이 얘기 많이 하더니 친해졌나?"

이창진은 그동안 곽이정의 행태로 보아 분명히 뭔가 수작을 꾸미고 있다는 생각부터 들었다.

"아! 아까 형이랑 친하다고 하더니 저 개뺑쟁이를 봤나!"

뭘 하려고 저러는지는 모르겠지만 태진의 동생까지 이용하려고 하는 모습에 이창진은 서둘러 자리에서 일어났다. 그리고 곽이정의 옆에 가자 곽이정이 웃으며 휴대폰을 만지는 모습이 보였다.

"형한테 물어보면 바로 알 텐데. 같은 회사에서 일하고 있는 동료입니다. 같은 팀에도 있었어서 제법 친분이 있죠."

이창진이 뭐라고 하기도 전에 곽이정이 휴대폰을 내밀었고, 태은이 휴대폰을 쳐다봤다. 도대체 뭘 보여 주는 건가 싶을 때, 태은의 표정이 미묘하게 바뀌더니 휴대폰을 뒤집어 곽이정에게 내밀었다. 그러다 보니 이창진도 휴대폰 화면이 보였고, 그곳에는 태진과 곽이정이 같이 찍은 사진이 있었다. 그때, 태은이 입을 열었다.

"이거요?"
"네, 얼마 전에 한 부장 얘기하다가 찍은 거죠."
"훗. 참."

태진이 곽이정과 사진을 찍었다는 것도 신기한데 태은의 표정이 더 신기했다. 마치 비웃는 듯한 느낌이었다. 이창진은 이게 무슨 상황인가 싶어 곽이정을 보자 곽이정도 자신의 예상에서 빗나갔다는 표정이었다. 그때, 태은이 피식 웃더니 말했다.

"아저씨."
"아저… 곽이정 팀장입니다."
"그래요 곽 팀장 아저씨. 저번에도 제가 말씀드렸잖아요."
"뭘요?"
"좀 진솔해지라고. 이런 걸로 뻥 치지 좀 마세요. 이거 우리 큰형아 완전 싫어하는 표정이고만. 우리 형하고 안 친하죠? 아이고, 참. MfB인 건 맞아요?"

곽이정은 어이가 없는지 직접 사진을 다시 확인했지만 태진의 표정은 평소의 표정이었다. 옆에 있던 이창진도 도저히 차이점을 찾을 수 없었다. 하지만 태진의 표정이 어떻든 지금 당황한 곽이정의 표정이 마음에 들었기에 크게 웃었다.

"푸하하. 내가 봐도 싫어하는 표정이네. 한 부장님이 맞는 말만 하시네. 푸하하."

실수를 인정하고 사과할 태은의 모습을 잔뜩 기대했던 곽이정은 어이가 없는지 헛웃음만 뱉었다. 그리고 그때, 팀원에게서 메시지가 도착했다.

[팀장님, 저 드릴 말씀이 있는데 시간 괜찮으세요?]

*   *   *

늦은 시간, 회사 근처 커피숍에 자리를 한 곽이정은 다시 덤덤한 표정으로 팀원의 말을 듣고 있었다.

"제가 빨리 말씀을 드렸어야 했는데… 다들 쉬쉬하는 분위기라서요."
"후우. 어떤 메일이 왔는지 한 번 볼 수 있을까요?"

팀원인 이철진은 미리 준비하고 있었는지 태블릿 PC를 내밀었고, 곽이정은 역시나 무덤덤하게 메일을 봤다. 한참이나 말없이 메일을 읽고는 조그만 한숨과 함께 물었다.

"이게 다인가요?"

"네, 그게 전부예요."

"이걸 받았다고 우리 팀원들 전체가 흔들리고 있다고요? 이렇다 할 특이 사항도 없는 지원 모집인데 어떤 부분에서 흔들린 거죠?"

"아……."

아무리 봐도 특이점이 없었다. 지원 팀에 지원하면 얻는 이득은커녕 번거로운 자기소개를 해야 했다. 마치 신입 사원을 뽑는 것처럼.

"혹시 성과급 때문에 그런 건가요?"

"그런 것도 있지만……."

"그럼 뭐죠?"

"지금 회사 돌아가는 거 보면… 가장 중요한 팀이 지원 팀인 거 같다고들 생각하나 봐요. 들은 얘기인데 이번에 김정연 작가 작품도 거의 계약했다고 그러더라고요."

"계약한 거면 계약한 거지 거의 계약은 뭐예요."

"아, 죄송합니다."

"아니에요. 말해 봐요."

"그래서 한태진 팀장님도 다루기 쉬울 거 같고… 지원 팀에 사람도 없다 보니 자기들 능력 발휘할 기회도 있을 거 같고, 그래서 그런가 봅니다."

"후후⋯⋯."

"참고로 전 전혀 갈 생각이 없습니다."

곽이정은 피식 웃었다. 태진에게 대놓고 적개심을 보인 사람은 바로 이철진이었다. 그동안 봐 온 이철진의 성격은 남 잘되는 걸 배 아파하는 스타일이었다. 지금도 자신은 아예 글렀다 생각했는지 아예 다른 직원들까지 지원하지 못하게 만들려고 보고를 하는 거란 걸 곽이정도 느끼고 있었다. 호칭도 안 부르던 사람이 지금은 팀장님이라고까지 부르고 있었다.

"그래도 이유가 너무 부실한데요."

"그게⋯ 결정적인 이유가 좀 있었습니다."

곽이정은 그럼 그렇지 하는 얼굴로 이철진을 봤다. 그러자 이철진이 약간 머뭇거리더니 입을 열기 시작했다.

"팀장님⋯ 그 영식이한테 조금 더 기다리라고 하셨어요⋯⋯?"

영식이라면 4팀에 있는 브라운의 본명이었다. 예전에 바나나 엔터에 있을 때 자신의 밑에 있었고, MfB로 같이 옮긴 사람이었다. 영식의 얘기가 나오자 곽이정이 반응을 보였다.

"영식이가 좀 서운했나 보더라고요……."

"음."

"4팀에 있으면 곧 4팀장으로 밀어줄 거라 생각했는데 스미스 팀장님이 요즘 잘나가시잖아요… 지원 팀에서 이번에 김정연 작가 맡으면 거기 주연 4팀에서 계약한 권단우가 들어간다고 하더라고요. 그럼 거의 틀린 거잖아요."

"4팀장으로 밀어준다고 한 적은 없는데요. 술 마셨습니까?"

"네… 그렇긴 하죠. 그럴 줄 알긴 했는데 자기는 그렇게 알고 있더라고요. 아닐 거라고 얘기했는데도 서운해하고요. 아니면 1팀으로 콜 업 시켜 줄 줄 알았는데 그것도 아니고… 계속 스파이 짓 해야 되는 거냐고… 이번에 인사이동 할 때도 해 줄 거 같지도 않다고 그러더라고요."

곽이정은 인상을 찌푸렸다. 영식을 통해 4팀의 정보를 얻은 건 사실이었다. 이용을 하긴 했지만 곽이정의 기준에는 맞지 않는 사람이었다.

"후, 언제 그랬습니까?"

"그건 저번에 팀장님 매번 일찍 퇴근하실 때 그랬어요."

선우 무대를 섭외하려고 할 때인 듯했다. 그제야 왜 브라운과 4호가 변했는지 약간은 이해가 되었다.

"그리고 조금 전에도 찾아왔었어요… 팀장님 선우 무대가시고 얼마 안 돼서요."

"후우, 뭐라고 합니까?"

"팀장님이 시켜서 한 팀장님한테 모질게 했다고요. 그래서 지원 팀에 지원도 못 하고, 그렇다고 1팀에서는 불러 주지도 않는다고 좀 하소연했습니다……."

"허 참."

곽이정은 한숨을 뱉었다. 정보를 얻긴 했어도 전부 브라운이 먼저 알아서 보고를 한 것이었다. 다만 태진의 일은 꼭 데려오고 싶었던 마음에 자신이 시키긴 했다. 그것까지 부정할 순 없었지만, 그 하나로 인해 모든 것이 억측이 되어 가고 있었다.

"지원 팀에 왜 간다고 합니까?"

이철진은 어색하게 웃으며 대답했다.

"저희가 직장인이니까 그렇죠. 수평적인 회사라고 해도 말만 그렇지 직급이 있잖아요."

"지금은 팀장밖에 없죠."

"네, 그러니까 그 팀장 되려고… 다들 아직 잘 계시지만 다음 자리를 노리려면 실적이 좀 필요하잖아요. 지금 지원 팀 하는 걸 보면 실적은 장난 아니니까요. 그리고 팀장이 안 되더라도… 다른 회사 갈 때 지금보다 나은 조건으로 갈 수도 있고 그러니까요."

"후후후."

"그리고 저는 절대 그렇게 생각 안 하는데요. 혹시나 기분 나빠하실 수도 있는데 아무래도 말씀을 드려야 할 것 같아서요."

"뭔데요."

"저희 에이전트 부서에 총괄 팀장이 없잖아요. 진짜 저는 그렇게 생각 안 하는데 사람들은 한 팀장님하고 팀장님 두 분 중에 되실 거 같다고 생각하더라고요. 그게 또… 만약에 한 팀장님이 총괄 팀장 되면 지원 팀장 자리도 노릴 수 있고, 그렇다고들 생각하더라고요."

곽이정은 태진과의 비교에 약간 화가 나기도 하면서 태진이 한 게 떠오르며 약간은 인정도 하고 있었다. 자신이 생각하는 바와는 다르지만 계속된 성공과 연예인들의 만족에 인정을 하고 있었다. 하지만 지금까지는 크게 걱정을 하지 않았는데 이철진의 말을 듣고 나니 불안감이 싹트기 시작했다. 그때, 이철진의 말이 이어졌다.

"또 국현 씨가 가끔 와서 자랑 같은 걸 하니까……."

"김국현?"

"네, 맞습니다. 성과급이 연봉보다 많을 거라고 막 그러고……."

"그런 일 없을 겁니다."

"네, 맞죠. 근데 자꾸 비교를 하니까."

"한 팀장하고 나하고요?"

"아니요. 그럴 리가요. 그냥 지원 팀에 있을 때 하는 일하고 저희 팀에 있을 때 하던 일하고… 저희 팀에 있을 때는 맨날 거래처에 안 좋은 얘기만 해야 돼서 난감하고 미안하고 그랬는데 지원 팀에 가니까 그렇게 할 필요가 없다고……."

"방식이 다르니까 그럴 수 있죠. 그게 꼭 옳은 건 아니죠."

"저희들도 이쪽 바닥을 다 알고 있으니까 다는 안 믿죠. 그런데 하도 자랑을 하니까 긴가민가하는 거죠. 저희 팀에 있을 때랑 표정도 다르고 그러니까요. 그리고 한 팀장이 일하다가 모르는 거 있으면 모른다고 솔직히 말해 주신대요. 그러면서 의견을 물으니까 국현 씨도 자기가 지원 팀에서 좀 중요하다고 으쓱해하더라고요. 다들 그 정도는 할 수 있으니까 또 혹하고 그러겠죠. 사실… 팀장님은 모르시는 게 없으셔서 저희들이 끼어들 수가 없으니까……."

얘기를 듣다 보니 어째서인지 아까 만났던 한 부장이 떠올랐다.

'한태진보고 한 말이었나. 후.'

곽이정은 연신 떠들고 있는 이철진에게 이제 됐다는 듯 손을 들었다.

"혹시 강경애 씨는 같이 안 왔습니까?"
"경애 선배요?"

이철진은 바로 눈치를 챘는지 약간 놀랐다는 표정을 지었고, 곽이정은 그 표정에서 순간 짜증이 밀려왔다. 말하지 않아도 되는 걸 자기 입으로 꺼낸 셈이었다.

　　　　　*　　　　　　*　　　　　　*

　며칠 뒤. 사무실에 들어서는 태진은 자신을 보는 수잔과 국현을 보며 어색하게 웃었다.

　"장난 아니죠?"

　국현의 물음에 태진은 고개를 끄덕이고는 자리에 앉았다.

　"요 며칠간 받은 인사가 회사 들어와서 받은 인사보다 많은 거 같아요."
　"이야, 그게 우리 지원 팀 파워죠. 그래도 그렇지 사람들이 속보이게 말이야. 완전 깍듯하죠?"
　"지원 메일 보낸 사람은 몇 명 없는데 누가 보면 다 지원한 줄 알겠어요."
　"그 사람들도 지금 간 보는 거겠죠. 크크. 그나저나 다른 팀 팀장님들도 다 아셨던데."
　"자 팀장님한테 들었어요."
　"뭐래요? 서운해해요?"
　"아니요? 저희가 지명한 게 아니라 선택권을 준 거니까 자기 부탁 신경 써 줘서 고맙다고 하시더라고요. 그리고 3팀에서 지원한 사람도 없고요."
　"이야, 자 팀장님 이제 완전 팀장님 팬이네. 뭘 해도 좋아하시네."

이젠 지나칠 정도로 좋아해 주는 게 문제였다. 그만큼 에이드의 일이 너무 잘되고 있었다. 태진은 가볍게 웃고는 수잔을 봤다.

"혹시 멀티박스에서 연락 왔어요?"

"아직이요. 아직 준비가 덜 됐나 봐요. 이틀 전에 계약하셨다니까 시간이 좀 걸리겠죠."

"휴, 빨리 왔으면 좋겠네요."

"단우 씨 문제로 부딪힐 게 뻔한데. 혹시 싸우고 싶으세요?"

"아니요. 뭐라고 하는지 궁금해서요."

"하긴 스미스 팀장님이 준비 잘하고 있으니까. 제작비를 얼마나 잡을지 알면 우리도 캐스팅하기 편할 텐데. 아! 맞다. 스미스 팀장님 얘기하니까 생각났네. 브라운, 저희 팀 지원했던데 보셨어요?"

"어? 아직 메일 확인 못 해서 몰랐어요. 수잔은 어떻게 아셨어요?"

"어제 저한테 지원 팀 물어보더니 자기도 지원한다고 얘기하더라고요."

태진은 전혀 예상치 못한 사람의 지원에 어깨를 으쓱거렸다.

"한번 보세요. 예전에 팀장님 신입으로 왔을 때 그렇게 무시하더니 무슨 낯으로 지원을 하는지."

태진은 서둘러 메일을 확인했다. 그러자 그사이에도 몇 명의 메일이 더 와 있었고, 대부분 몇 마디 대화를 나눈 사람들이 대부분이었다. 친분으로 팀원을 뽑는 건 아니었지만, 성향도 중요했기에 최대한 팀에 어울릴 만한 사람을 뽑을 계획이었다.

"어… 1팀이 왜 이렇게 많아. 세 명이나 지원했는데요?"
"진짜요? 그 양반들은 양심이 없나! 지들이 한 짓이 있으면 지원 못 하지! 혹시 국현 씨! 뭐라고 하셨어요?"

국현도 이유를 모르겠다는 듯 어깨를 으쓱거렸다.

"아무 약도 안 쳤는데. 그냥 가끔 가서 약 올린 게 다인데."

메일의 대부분이 1팀과 2팀원들이었다. 그중 2팀에서 보낸 사람의 메일이 눈에 들어왔다.

"이분은 아예 처음 들어 보는 이름인데."
"누구요?"
"2팀 강경애 씨?"

수잔도 모르겠다는 듯 고개를 갸우뚱거렸다. 그때, 국현이 툭 하니 대신 대답했다.

"4호예요."
"아! 강경애 씨가 4호였어요? 저 2팀에 있을 때 제 사수였는데."

4호라면 인상은 차가워도 자신에게 꽤 잘해 줬던 기억이 있었다. 태진은 메일을 클릭하려다 말고 국현을 봤다.

"그럼 이서윤 씨는요?"
"그 사람 2팀 8호요."
"와, 국현 씨는 회사 사람들 이름 다 아세요?"
"대부분 알죠."
"굉장하시네요."
"굉장하긴요. 내가 안 부끄러우려고 알아 둔 거죠."
"네?"
"밖에서 다른 팀 만나 봐요. 뭐 인사라도 하면 안녕하세요 4호님! 무슨 짝에 나가는 것도 아니고. 혹시나 밖에서 마주칠까 봐 알아 둔 거예요."
"하하하. 거기까지는 생각을 못 했어요."
"크크크. 웃기죠? 자기들도 거래처에 소개할 때는 자기 이름으로 해요."

태진은 큭큭거리며 웃고는 다시 모니터를 봤다. 브라운보다는 강경애의 지원서가 더 궁금했기에 태진은 서둘러 강경애가 보낸 메일을 열었다.

"음……?"
"왜 그러세요?"
"지원서가 아닌데요… 편지예요."

태진은 고개를 갸웃거리며 다시 스크롤을 올려 제목을 확인했다. 제목에는 지원 팀 지원서라는 제목이 적혀 있었다. 하지만 내용은 태진에게 보내는 편지였다. 태진은 가만히 그 편지를 읽어 갔고, 수잔과 국현도 어느새 뒤로 와 함께 읽기 시작했다.

편지를 읽을수록 세 사람의 표정이 점점 진지해졌다. 그렇게 편지를 다 읽은 세 사람은 서로의 얼굴을 쳐다봤다. 그중 국현이 가장 먼저 입을 열었다.

"내가 그럴 줄 알았어! 어쩐지 다른 팀 뭐 하는지 속속들이 다 알고 있더라!"

"스파이를 심어? 도대체 왜? 진짜 이해하기가 힘드네."

"다른 팀에서 뭐 준비하면 1팀에서 더 큰 거 준비한 거 못 봤어요? 수잔 있던 4팀도 물먹은 적 많을 텐데!"

"그런 거예요?"

"그래서 다들 말은 안 해도 무의식적으로 1팀이 메인 팀이라고 생각했잖아요. 우리 지원 팀 생기기 전까지."

태진은 두 사람의 대화를 들으며 다시 메일을 처음부터 읽었다. 먼저 사과할 이유도 없건만 곽이정이 시켜서 친절하게 대했다며 사과를 했다. 그리고 비밀 보장을 해 준다는 말에 용기를 냈다는 말과 함께 더 이상 참기 힘들다는 내용이었다. 그리고 그 뒤에는 곽이정의 지시로 자신이 해 왔던 일들이 적혀 있었고, 마지막으로 지원 팀에 지원하는 사람 중에도 곽이정의 사람이 있을 수 있다며 조심하라는 내용이었다.

태진은 큰 한숨과 함께 메일을 아예 지워 버렸다.

"팀장님! 지우면 어떻게 해요. 이거 문제 삼으면 곽이정 퇴사할 수도 있을 거 같은데!"

"비밀 보장 하기로 약속했잖아요. 예전에 드라마에서 보니까 내부고발자 지켜 주고 그래야 하더라고요."

"하아… 약속한 건 약속한 건데… 그런데 걱정 안 되세요? 너무 태연하신데. 예상하셨어요?"

예상했을 리가 없었다. 그저 곽이정이 뭐든지 다 알고 있는 대단한 사람이라고 생각했는데 그게 아니었다는 사실에 마음이 편안해졌을 뿐이었다.

제2장

—

차오름

머칠 뒤. 태진은 스미스 팀장과 함께 멀티박스를 찾았다.

"한 팀장, 긴장하지 마요."

"아, 네. 좀 긴장이 되긴 하네요."

"이게 기 싸움 하려고 우리 여기로 부른 거니까 긴장하고 그런 모습 보이면 안 돼요."

"후우!"

스미스는 웃으며 태진의 등을 가볍게 두드렸다. 그러고는 태진의 긴장을 풀어 주기 위해서인지 웃으며 말했다.

"오늘 회의에서 한 것처럼만 해요. 아까 말 엄청 잘하던데. 부사장 당황하던데요?"

"아."

"지원 팀은 기존 직원들을 제외하고 신입 사원으로만 빈자리를 채우겠습니다! 와, 아주 패기가 넘치더라고요. 신입들로도 꾸려 나갈 수 있다는 의미잖아요."

오늘 회의에서 태진이 한 말이었다. 곽이정의 스파이가 있을 수도 있기에 괜히 그런 것에 신경을 쓸 바에는 아예 곽이정과 연관이 없는 새로운 직원들로 뽑기로 결정했다. 그리고 그걸 회의에서 밝혔다. 이유를 모르는 다른 팀장들은 다르게 받아들일 수밖에 없었다. 스미스만 하더라도 오해를 하고 있었다.

"그런 건 아니고요. 다들 팀에서 중요한 일을 하는 거 같아서요."

"그렇긴 하죠. 그래서 갑자기 빼 가면 좀 일이 많아지겠죠. 나도 사실 걱정하긴 했거든요. 갑자기 누가 빠진다고 하면 어떻게 하나 말은 못 해도 걱정했죠."

태진은 회의 당시 다른 팀장들의 표정이 떠오르자 웃음이 나왔다. 처음으로 모든 팀장들이 태진의 의견에 적극 동의를 하며 응원해 주었다. 3팀장과 스미스는 예상했지만 2팀장과 곽이정까지 찬성한 덕분에 생각대로 진행할 수 있게 되었다.

"그런데 곽 팀장 오늘 좀 이상했죠?"

"아! 네. 맞아요."

"뭔가 생각이 많아 보이던데. 회의 때마다 아주 주도하고 나서던 사람이 가만있으니까 좀 어색하기도 하던데.

스미스는 태진을 보며 씨익 웃으며 말했다.

"너무 회의가 매끄러워진 느낌이라서요."
"하하."
"긴장이 좀 풀려요?"
"아, 네. 감사합니다."
"그래요. 그럼 가죠!"

태진은 든든한 스미스의 등을 보며 가볍게 웃고는 뒤따라 들어갔다. 멀티박스의 직원에게 미팅을 알리자 바로 회의실로 안내해주었고, 회의식에 들어가자 몇 명의 사람들이 보였다. 그중에는 저번 신을 품은 별의 회식 때 봤던 강찬열 이사도 포함되어 있었다.

"어서 오세요."
"안녕하세요. MfB 에이전트 팀장 스미스입니다. 이쪽은 지원팀장 한태진 씨고요."
"네, 앉으세요."

태진은 두 번째 만남에 약간 반가웠다. 하지만 강 이사의 반응은 태진과 반대였다. 회식 때 부드러웠던 말투와 인상과 달리 지금은 차가운 느낌이었다. 마치 예전에 면접을 보러 왔을 때 같은 느낌이었다. 태진과 스미스가 자리에 앉자 강 이사가 먼저 말했다.

"이런 경우도 있군요. 아! 작가님이 직접 섭외 팀을 지목해서 계약하는 건 처음이라서요."

"작가님이 저희를 좋게 봐 주셔서 그렇죠. 감사하게 생각하고 있습니다. 하하."

"그럴 수도 있겠네요. 그래도 연출은 저희한테 맡겨 주셔서 김희준 감독님이 담당하실 거고요. 이쪽이 김희준 감독님이세요."

김희준이라는 사람은 강 이사와 다르게 환하게 웃으며 스미스의 손을 잡았다.

"작가님한테 얘기 많이 들었습니다. 제가 신경 쓸 부분이 하나도 없을 거라고 작가님이 아주 호언장담하시더라고요. 다 맡겨 보라고 하셔서 기대가 큽니다."

"아, 그렇게 말씀하셨어요? 과찬이세요."

김희준은 이번에는 태진의 손을 잡더니 윙크를 보냈다.

"오늘도 기대가 큽니다! 저번 같은 그런 충격을 좀 받고 싶어요."

태진이 웃으며 대답을 하려 할 때, 강 이사는 감독의 반응이 마음에 들지 않는지 대화를 자르고 들어왔다.

"인사는 나중에 하시고 회의부터 시작해 볼까요."

먼저 멀티박스에서 어떤 방식으로 진행할지 계획에 대해서 설명했다.

"방송사는 ETV와 OTN 계획하고 있습니다. 시나리오 중간마다 수위가 좀 센 것들이 있어서 지상파보다는 종편을 계획했고요. 제작비 지원도 지상파보다 더 많이 받을 수 있습니다. 작가님과 얘기한 결과 16회로 맞추기로 했고요. 판권은 저희 멀티박스에 보유할 예정입니다. 그래서 방송사 제작 지원을 50% 선으로 예상합니다."

지금까지 경험상 허투루 들었다가는 문제가 생겼을 때 대처가 어렵다는 걸 알기에 열심히 메모까지 하며 설명을 들었다. 곽이정이 그랬던 것처럼 씽크 트리를 그려 가며 설명들 중 관계가 있는 것들로 가지를 채웠다.

그렇게 한참이나 진행되던 설명이 끝났다. 그럼 보통 의견을 묻기도 하는데 강 이사는 그런 것 하나 없이 곧장 말을 이었다.

"배우들 출연료 제외한 회당 제작비는 5억 3천 예상합니다. 배우들까지 포함하면 대략 10억정도 되겠죠. 총 예산은 200억 내외로 책정될 겁니다. 물론 작가님한테 들었던 권단우 씨와 채이주 배우님을 주연으로 내세웠을 때 얘기겠지만. 문제는 티켓 파워가 너무 약하다는 거죠. 예산은 줄어들지만 그만큼 투자받기도 힘들어질 겁니다. 반대로 유명 배우를 주연으로 쓴다면 예산이 늘어나더라도 투자받기는 더 쉬워질 거고요."

강 이사는 무덤덤한 얼굴로 스미스와 한 팀장을 봤다.

"혹시 투자받는 건 저희들 일이라고만 생각하시는 건 아니시죠?"
"아닙니다. 그 부분은 서로 맞춰 가면서 해야죠."
"다행이네요. 그래서 그런데 채이주 씨는 전 작품이 흥행했으니 출연료가 조금 올랐을 테고, 권단우 씨는 어느 정도 예상하세요?"

표정을 보아하니 높게 책정하지 말라는 표정이었다. MfB 소속이다 보니 단우의 출연료도 이미 책정을 한 상태였다. 김정연의 조언대로 최대한 멀티박스의 입맛에 맞출 수 있도록 준비했다. 스미스는 걱정 말라는 듯 태진을 보며 미소 짓더니 대답했다.

"신인이지만 연극에서 주연을 했고, 최근 씨네 20에서 설문조사한 결과 배우로서 호감도 6위에 차지했습니다."
"그건 호감도잖습니까. 저희도 그 자료 있습니다. 인지도 부분에서는 순위 밖이죠."
"그렇지만 호감도도 무시할 수 없으니까요. 그리고 연극에서 했던 연기도 호평을 받고 있고요."
"악평도 많고요. 그래서 서론은 접어 두고 어느 정도 예상하십니까?"
"회당 이천만 원 생각하고 있습니다."

"어이구."

그것도 줄이고 줄인 출연료인데 높다는 반응이었다. 아니나 다를까 강 이사가 한숨을 뱉으며 말했다.

"드라마가 첫 출연인데도 출연료가 세네요? 시작부터 이러면 억 단위는 금방 찍겠네요."

어떤 식으로라도 주연에 대한 불만을 내 보일 것이라는 걸 예상했기에 스미스는 어색한 웃음으로 받아넘겼다.

"그래요. 아직 확정은 아니니까 그렇다고 칩시다. 우리가 좀 더 바쁘게 움직이면 해결되겠죠. 그렇죠?"
"저희도 도와야죠."
"말씀만이라도 고맙네요. 그럼 도와주신다고 했으니까 하는 말인데 주연 한 자리 있지 않습니까."
"네?"
"권단우, 채이주 빼고 유령 본체 말입니다."
"아! 알고 있습니다."
"그 캐릭터도 주연급으로 책정이 될 텐데 그럼 그 역할만큼은 저희가 추천을 해 드리는 게 어떨까요?"

태진은 순간 인상을 찡그렸다. 회식 때 김정연이 시나리오를 처음 들려 주던 날부터 생각하던 배우가 있었다. 이미 스미스도 알고 있기에 태진의 얼굴을 쳐다봤다. 그때, 강 이사가 입을 열었다.

"저희하고 일을 많이 했던 지은철 배우님 어떠세요? 그럼 권
단우의 문제가 해결이 될 듯한데요."

태진은 약간 기분이 상했다. 지금까지의 얘기를 꺼내기 위해서
단우를 그렇게 깎아내린 것이었다. 게다가 섭외를 전담으로 맡기
로 했는데 투자를 빌미로 자신들의 입맛에 맞는 배우를 추천하고
있었다. 물론 괜찮은 배우라면 태진도 조금이라도 수긍했을 텐데
멀티박스에서 추천한 지은철은 그 역할과 너무 어울리지 않았다.
스미스도 태진이 어떤 배우를 생각하고 있는지 알고 있기에
이번만큼은 난감한 듯 보였다. 태진은 잠시 고민을 했다. 이런
걸 바로 얘기하지 않으면 나중에 더 큰 문제가 된다는 걸 알기
에 확실히 입장을 밝힐 생각이었다. 태진은 스미스를 쳐다보며
고개를 끄덕이고는 자신이 입을 열었다.

"저희는 이미 생각해 둔 배우가 있습니다."
"음… 그렇습니까? 누구일까요?"
"차오름 배우입니다."
"차오름? 차오름이 누구죠?"

많은 배우들을 접한 강 이사도 모르는 눈치였다. 심지어는 감독
인 김희준도 모르는 눈치였다. 그때, 멀티박스의 직원 한 명이 뭐라
속삭였다. 그러자 강 이사가 어이없다는 웃음과 헛웃음을 뱉었다.

"하… 권단우보다 더한데요?"

"시나리오 보시면 캐릭터 설정 자체가 40대 중년의 좀 부족한 외모거든요. 그리고 진중한 성격이기도 하면서 아저씨의 맛을 살릴 수 있어야 합니다. 그리고 독백도 굉장히 많고요."

"지은철 배우님은 독백 못하나요?"

"그런 연기를 하시는 걸 못 봐서 모르겠는데 차오름 배우님은 '개를 물어 뜯은 남자'에 출연할 때 대사 대부분이 독백 대사였거든요. 그걸 굉장히 잘하셨어요. 그리고 지은철 배우님은 배역 설정과 좀 달라서요. 잘생기셨고 40대지만, 아저씨 느낌은 아니잖아요."

"그걸 연기하는 게 배우 아닙니까?"

"그렇긴 한데 자기 옷 같은 배역도 있다고 하잖아요."

강 이사는 전혀 예상하지 못한 배우의 이름에 어이없어하며 말을 이었다.

"이봐요, 한 팀장님. 지금 뭔가 놓치고 계신 부분이 있는 거 같은데요. 그렇게 연기를 잘했으면 지금쯤이면 스타가 되어 있었겠죠. 아닙니까?"

"사정이 있으실 거예요. 저희가 조사를 좀 해 봤는데 2년 전에 아내분이 병으로 사망하셨더라고요. 그래서 그동안 활동을 못 하셨던 거 아닐까 합니다. 그리고 전에 김정연 작가님한테 말했을 때 마음에 들어 하셨거든요."

"아니… 하……."

태진은 최대한 부드럽게 말했지만, 표정 때문에 듣는 사람은 그렇지 못했다. 그중 강 이사는 화가 치밀다 못해 어이가 없었다. 멀티박스에서 직접 섭외를 하고 일부만 MfB에 외주를 맡긴다면 이런 일이 없을 텐데 모든 섭외를 MfB가 맡은 것에서부터 일이 꼬이기 시작했다. 지은철도 지금까지 관계를 유지했던 투자사에서 밀고 있는 배우였다. 지은철만 써도 일부나마 쉽게 투자를 받을 수 있었다.

"후우, 작품도 좋은데 일단 제작을 시작하는 게 우선 아닙니까? 그러려면 돈이 있어야 하고요. 아니면 그쪽에서 작가님을 설득하세요. 러닝개런티 포기하고 그냥 회당 지급하겠다고."

"투자 때문에 그러시죠?"

"당연한 걸 말하세요."

"그래서 저희도 도움을 드리면서 배우 섭외를 하려고 합니다."

"그게 권단우하고 그 누구야, 뭐야. 기억도 안나."

"차오름 배우님이요."

"하, 그 차오름인 겁니까? 우리가 양보를 했으면 그쪽에서도 조금 양보를 하고 해야지 일이 진행될 거 아닙니까."

"그래서 도움드리면서 배우 섭외한다고 한 거예요."

태진은 스미스를 봤고, 스미스는 준비한 자료를 꺼내 강 이사와 다른 직원들에게 돌렸다.

"자료 보시면 여러 배우들이 있는데 대부분 조연이고요. 그분들이 현재 나오고 있는 광고들입니다. 촬영을 6개월로 봤고요. 장기 계약만 적어 둔 거라서 없는 분들도 있습니다."

"그러니까 그 많은 걸 PPL로 해결하자?"

"아니요. 작가님이 PPL을 싫어하시는 걸 아니까 투자사들처럼 기업 투자를 받는 게 어떨까 하거든요."

"하… 그게 쉬웠으면 우리가 이럽니까? 그리고 주연도 아니고 조연인데."

"그래서 저희도 같이 알아보겠습니다."

강 이사는 물론이고 멀티박스 직원들은 태진의 말이 우습다는 듯 고개를 숙인 채 웃음을 뱉었다. 그렇게 쉬웠으면 아무나 데리고 드라마를 찍었을 것이었다. 강 이사는 답답한지 태진과 스미스를 한 번 보더니 입을 열었다.

"아실 만한 분들이 왜 이러실까요."

스미스는 딱딱해진 분위기를 바꾸기 위해 웃으며 말했다.

"이제 맞춰 가는 단계니까요. 천천히 맞춰 보죠."

"자기 입장만 얘기하는 게 맞춰 가는 건 아니지 않습니까?"

"저희도 나름대로 도움이 되기 위해서 알아보고 있습니다."

"후, 내가 이 중에 하나라도 투자를 하겠다고 약속 받아 오면 섭외는 MfB에 전적으로 맡길게요. 해 보실래요?"

스미스는 섣부른 대답을 하지 않은 채 어색하게 웃었다.

"보세요. 대답하기 힘드시죠. 우리도 힘든데 어떻게 하시려고 그러세요. 후, 아무튼 오늘은 여기까지만 하고 조금 더 생각해 보고 다시 만나도록 하죠."

태진은 머릿속에 그려 놓은 배우들을 쓸 수 없는 상황을 아쉬워하며 자리에서 일어났다.

*　　　　*　　　　*

며칠 뒤, 태진은 지원 팀이 아닌 4팀에 자리를 하고 있었다. 멀티박스에 연락이 오기 전 드라마에 어울리는 배우를 미리 정하고 있는 중이었다. 그런데 태진은 좀처럼 포기가 안 되는지 계속 차오름을 밀고 있었고 다른 사람들은 태진의 눈치를 보고 있었다.

"꼭… 차오름 씨가 해야 되나요? 시나리오 보면 세 명이 주연인 거나 다름없는데……."
"차오름 씨가 가장 잘 어울릴 거 같은데. 시나리오 보시면 독백이 되게 많아요."
"알죠."
"차오름 씨가 예전에 '개를 물어 뜯은 남자'라는 독립영화에서 대부분이 독백이었거든요. 근데 되게 잘하셨어요. 외모도 막 뛰어난 것도 아니어야 되는데 딱 적당하고요. 그리고 연기도 되게 잘하세요. 전개가 좀 진지하게 흘러가야 할 때가 있는데 그때 진짜 빛을 발휘할 거예요."

"⋯⋯."

4팀 팀원들과 지원 팀인 수잔과 국현은 서로의 눈치만 살폈다. 그런 팀원들의 분위기에 스미스가 입을 열었다.

"그런데 인지도가 너무 없어요. 나도 이 일 오래 했는데 차오름이라는 배우가 잘 기억이 나지 않거든요."

"7년 전 영화라서 그럴 거예요."

"그러니까요. 그동안 어떻게 달라졌을지도 모르는데. 그건 둘째 치고 인지도가 너무 없는 게 문제죠. 지금 우리 팀원들 중에는 처음 들어 보는 사람도 있을걸요?"

태진은 약간 놀란 얼굴로 4팀원들을 봤고, 4팀원들은 멋쩍어하며 인정했다. 다들 태진의 실력을 인정하지만 이번만큼은 조금 양보를 해 다른 배우를 섭외하는 게 진행이 수월해질 듯했다. 하지만 태진이 끝까지 차오름을 밀고 있다 보니 다들 난감했다. 그때, 스미스가 조심스럽게 입을 열었다.

"당장 MfB도 이거 때문에 고민될걸요?"

스미스가 MfB의 배우 두 명이 주연이다 보니 회사에도 투자를 받자는 얘기를 했다. 물론 한국에서는 업종 때문에 제한이 걸리기에 본사에서 직접 투자를 받겠다는 계획이었다. 만약 투자를 받게 된다면 섭외하는 데 있어 멀티박스의 간섭에서 벗어날 수 있다는 예상이었다.

"지금 조연들 출연한 광고 회사에서도 긍정적인 답변을 못 들었잖아요."

"검토한다고 그랬으니까 아직 불발은 아니잖아요. 그보다 빨리 조연을 결정해서 다른 곳에도 연락을 해 보는 게 좋을 거 같아요."

"아이고… 그렇게 하죠. 그런데 자 팀장님한테 연락 없었죠?"

본사에 제의를 해야 하는 일이다 보니 먼저 회사에 보고를 해야 했고, 부사장 조셉은 재미있다는 얼굴로 수락했다. 그래서 해외 업무 전담 팀인 3팀에 도움을 청한 상태였다. 그런데 아직 아무런 연락이 없는 상태였다. 그때, 스미스가 웃으며 고개를 가볍게 숙였다.

"딱 오시네."

자 팀장은 굉장히 환한 미소를 장착한 채 4팀 사무실에 들어오고 있었다. 그런 자 팀장의 모습에 지원 팀은 물론이고 4팀원들까지 기대하는 얼굴이었다. 태진은 본사에서 투자를 끌어올 수 있다면 자신이 원하는 배우를 쓸 수 있을 기회가 생길 거라는 생각에 입술을 씰룩거렸다.

"어떻게 연락 왔어요?"

"하하, 한 팀장님 이런 모습 처음 보네. 많이 급하신가 본데요?"

"아."

인사도 없이 다짜고짜 용건부터 물을 정도로 마음이 급했다. 그저 자 팀장의 미소 때문에 빨리 대답을 듣고 싶었다. 자 팀장은 씨익 웃으며 손바닥을 비볐다.

"나쁜 소식하고 좋은 소식이 있는데 어떤 소식부터 들을래요?"

"나쁜 소식부터 얘기해 주세요."

자 팀장의 표정으로 보아 그다지 나쁜 얘기만은 아닐 것 같았다.

"진 씨가 지금 미국에 있어서 MfB 본사에 얘기를 했는데 일부 투자에 대한 게 좀 회의적이더라고요. 지금 영국에서 시나리오를 아예 사서 통째로 제작 준비하고 있어서 그럴 여유가 없다고 합니다."

"아……."

"후……."

여기저기서 탄식이 흘러나왔다. 태진 역시 안타까웠지만 자 팀장의 표정에 기대하며 다음 소식을 물었다.

"좋은 소식은 뭐예요."

"아! 에이드 빌보드 핫 백에 들어갔습니다! 77위! 아주 그냥 대박이죠."

"아……."

기대와 다른 소식에 태진 입에서 참았던 탄식이 흘러나왔다. 물론 에이드가 잘된 건 확실히 좋은 소식이었지만 지금은 기대하는 소식이 아니었다.

"에이드가 생각보다 꽤 오래가요. 이렇게 오래갈 줄은 몰랐는데 MfB에서도 지금 좀 놀라고 있어요. 저희도 오늘 보도 자료 보내서 기사들 올라올 겁니다."

"아, 네."

"뭐예요. 왜 이렇게 시큰둥해요. 에이드 씨 알면 좀 서운하겠는데요?"

"아니에요. 저도 기쁘죠."

"에이드 씨한테 그러면 안 될 텐데."

태진은 티는 나지 않겠지만 억지로라도 웃으며 기뻐하는 모습을 보였다.

"지금 좀 아픈 일이 있어서 그랬어요."

"그러니까 에이드 씨한테 그러면 안 된다고요."

"당연히 축하드리죠."

"그거 말고요. 머리 아픈 일 그거 투자 얘기 아니에요. 그러니까 에이드 씨한테 잘하시라고요. 하하."

태진은 의아한 표정으로 자 팀장을 빤히 쳐다봤다. 그러자 자
팀장이 큭큭대며 웃더니 말했다.

"우리 진 씨가 바쁘게 일하니까 뭔지 물어봤나 봐요. 그래서
진 씨가 한 팀장하고 인연 있는 거 아니까 한 팀장 일이라고 그
랬더니 꼬치꼬치 캐묻더래요. 그래서 대충 드라마 때문에 투자
받으려고 하는 거다 그렇게 얘기했더니……."

자 팀장은 자신에게 집중된 눈들을 한 번 둘러보고는 씨익 웃
더니 입을 열었다.

"자기가 투자하면 안 되냐고 그랬대요."
"아……."
"후……."

이번에는 완전히 상반된 반응이 나왔다. 태진이 속한 지원 팀
은 놀란 반응이었고, 4팀은 기대에 못 미친다는 그런 반응이었
다. 스미스도 에이드에 대해서 잘 알지 못하다 보니 미지근한 반
응을 보이며 물었다.

"얼마나 투자하신다는데요?"

자 팀장은 자신의 손가락을 보더니 부족하다는 듯 다른 손가락까지 더해 펼쳤다.

"칠 억이요? 개인으로 꽤 많이 투자하시네. 그 정도면 생각보다 많은데요? 그런데 그 정도로 개인이 투자하려면 절차가 좀 필요할 텐데."

"칠억 아닌데."

"칠천? 아이고……"

"아닌데요?"

"그럼 칠백? 칠십억은 아닐 거 아니에요."

"칠십억 맞습니다."

자 팀장의 말이 나오는 동시에 모두가 자신들이 들은 게 맞는지 서로를 보며 확인했다. 태진마저도 너무 놀라 아무런 생각도 들지 않았다. 자 팀장은 그런 사람들의 반응이 재미있다는 듯 웃으며 말했다.

"이거지. 나도 처음 듣고 얼마나 놀랐는지 몇 번이나 확인했거든요."

태진은 그제야 놀란 마음을 다스리고는 물었다.

"정말 그렇게 투자하신대요?"

"네, 한 팀장님이 하는 일이라고 이건 기회라고 그랬대요. 그리고 코인기획이 처음 설립할 때부터 투자 병행하는 회사로 만들어서 문제 될 거 하나도 없던데요. 자기 코인하고 여기저기 투자하고 그러려고 그렇게 만든 거래요."

"아……."

스미스는 여전히 놀란 얼굴로 말까지 더듬으면서 물었다.

"에,에, 에드, 아이고 후우, 에이드 씨가 이번에 그렇게 많이 벌었어요?"

"아직 정산도 안 됐는데 벌긴요. 그래도 정산되면 그 정도는 될 거 같은데. 에이드보다 오히려 레몬 기획이 빵 터졌죠. 그대로 돈방석에 앉을 텐데."

"그건 모르겠고. 그럼 에이드 씨가 무슨 재벌 2세 그런 거예요?"

"아니요. 자수성가했죠. 코인으로. 부럽죠? 진 씨가 한 얘기 그대로 하면 반 정도 투자하면 괜찮으려나 그랬대요. 그럼 백억대 자산가라는 소리!"

다들 믿을 수 없다는 표정으로 헛웃음만 뱉었다.

"하하, 이거 뭐 파티 분위기여야 하는 거 아닙니까?"

"아, 진짜인 거죠?"

"진짜라니까요. 저기 한 팀장도 알고 있었어요."

태진도 놀란 상태였기에 그저 고개만 끄덕거렸다. 그때, 옆에 있던 국현이 잔뜩 상기된 얼굴로 물었다.

"저희 팀장님 때문에 투자하신다고 하신 거죠?"

"그랬다니까요. 아주 한 팀장 안 만났으면 자기 이런 거 꿈도 못 꿨다고 맨날 그런대요. 그러면서 진 씨한테까지 같은 회사라고 얼마나 잘해 주는지. 우리 팀원들 지금 진 씨 부러워서 난리도 아니에요. 맨날 좋은 거 먹고 좋은 데 가고 무슨 여행 다니는 거 같다고 하더라고요."

"아, 괜히 돈 많이 버는 게 아니구나. 감이 있네."

"하하. 최근에 까먹은 것도 많던데 돈이 워낙 많으니까."

"투자라는 게 항상 성공할 수는 없잖아요. 그래도 이번엔 제대로 투자하셨네."

국현은 태진을 보며 씨익 웃더니 말을 이었다.

"스흡, 이번 드라마 끝나면 천억대 부자 되는 거 아닌가 모르겠는데요? 그렇죠, 팀장님?"

태진은 국현의 말에 가볍게 웃었다. 너무 큰 금액에 약간 부담이 됐는데 그걸 알아차린 국현이 용기를 주려고 한 말인 듯했다. 태진은 국현을 보며 고개를 끄덕이며 웃었다. 그러고는 자 팀장을 보며 재차 확인했다.

"확실한 건가요?"

"확실해요. 이제 곧 연락 올 텐데."

"미국에 계시잖아요."

"그 코인기획에 대리인 있다고 하던데. 그 사람한테 직접 연락했다고 그랬어요."

"아."

"그리고 대리인하고 얘기하고 에이드 씨는 다음 주에 잠깐 한국 들어왔을 때 보면 될 겁니다."

"아, 감사합니다."

코인기획에 대리인이 따로 있나 생각할 때, 태진의 휴대폰이 울렸다. 번호를 보니 익숙한 이름이 떠있었고, 태진은 헛웃음이 나와 버렸다.

─안녕하세요! 한 팀장님! 코인기획 대표 대행 한겨울입니다!

＊　　　＊　　　＊

투자가 확실해진 이상 멀티박스의 눈치를 보지 않아도 되었다. 자신들이 할 일을 MfB에서 한 것이기에 오히려 멀티박스가 MfB의 눈치를 봐야 했다. 그렇기에 태진은 자신이 원하던 배우 중 한 명인 차오름을 만나기 위해 이동 중이었다. 계속 거절을 하고 있어서 직접 찾아가는 중이었다. 국현은 태진을 믿고 있어서인지 차오름의 거절이 전혀 걱정되지 않는 듯했다.

"스흡, 에이드 씨 한국 오는 데 이틀 남았네. 내일모레 저도 멀티박스 같이 가고 싶은데!"

"스미스 팀장님도 꼭 가신다고 하시던데요. 가시고 싶으면 저 대신 가세요."

"에이! 어떻게 그래요. 그냥 놀라는 거 보고 싶어서 그렇죠. 하하."

한겨울과 투자에 관해서 얘기를 했지만 MfB는 섭외하는 일을 하는 것이지 전체를 진행하는 일을 맡은 게 아니기에 멀티박스에서 설명을 들어야 했다. 마침 미팅 날짜와 에이드가 한국에 오는 시기와 맞아떨어져 직접 데리고 갈 예정이었다.

"에이드 씨 보니까 전 투자는 아닌 거 같아요."

"왜요? 국현 씨 여기저기서 정보 얻어 와서 잘하실 거 같은데요."

"그게 정보를 얻어 와도 결정을 못 내릴 거 같아요. 은근히 쫄보거든요. 에이드 씨처럼 몇십억을 앉은 자리에서 결정하는 게 보통 사람은 힘들걸요? 부자가 되는 이유가 있어. 전 나중에 콩고물이나 얻어먹어야 겠어요."

"콩고물이요?"

"저희 성과급 나오면 에이드 씨가 투자하는 거 따라서 해 볼까 하거든요. 하하."

태진은 가볍게 웃고는 네비게이션을 봤다.

"이제 곧 도착하네요. 아, 저기구나."

"근데 왜 병원에서 만나자고 했을까요? 혹시 아픈 건 아니겠죠?"

"일단 만나 봐야 알겠죠. 목소리는 되게 밝으셨잖아요."

"그렇긴 한데. 이 근처는 뭐 아무것도 없네. 아! 그래서 병원에서 만나자고 한 건가? 집이 이 근처라?"

차오름을 만나기 위해 강릉까지 왔고 만나기로 한 장소는 한 대학병원이었다. 태진은 장소가 어디든 크게 문제 되지 않았다. 차오름의 전화번호를 알아내는 것도 4팀에서 꽤 고생했고 약속도 몇 번이나 설득해서 잡은 걸 봤기에 이 정도로 투정을 부릴 수는 없었다.

주차장에 주차한 뒤 차오름에게 전화를 하자 지하 커피숍에 가 있으라는 말을 들었다.

"어우, 눈 내린다! 강원도라 그런가? 첫눈을 강원도에서 맞네. 아휴, 빨리 얘기하고 가야겠는데요? 어디시래요?"

"거의 다 오셨다고 지하 커피숍에서 기다려 달래요."

"아! 제 예상이 맞았네요! 집이 이 근처네! 이 근처에 횡하니까 여기서 약속 잡은 거였네."

태진은 웃으며 걸음을 옮겼다. 지하 커피숍에 도착한 태진은 차오름을 만났을 때 빼먹지 않도록 만나서 할 얘기들을 다시 생각했다. 그리고 그때, 커피숍 문이 열리면서 누군가 들어왔다. 병원 직원으로 보이는 복장이었기에 태진은 고개를 돌렸다. 그런데 들어온 남자가 두리번거리면서 누군가를 찾는 행동을 보였고, 태진은 그제야 저 사람이 차오름이라는 것을 알아차렸다.

태진은 자리에서 일어나 차오름에게 인사를 건넸다.

"연락 주신 분이시군요. 안녕하세요."

목소리를 들으니 차오름이 확실했다. 예전에는 통통한 느낌의 아저씨였는데 지금은 마치 아픈 사람처럼 굉장히 말라 있었다. 하지만 간호사처럼 보이는 복장을 하고 있는 걸 보면 아파서 마른 건 아닌 듯했다.

"안녕하세요. MfB의 한태진이라고 합니다."
"안녕하세요. 전 김국현이라고 합니다."

차오름은 다시 인사를 하더니 보는 사람마저 기분 좋아지게 만드는 미소를 지었다. 저 미소를 보니 예전에 봤던 차오름이라는 걸 느낄 수 있었다.

"보시다시피 내가 간병인으로 일하고 있어요."
"아……."

태진은 진심으로 당황했다. 배우 활동을 안 하더라도 계속 이쪽에서 일하고 있을 거라 생각했는데 완전히 다른 직업을 갖고 있었다. 왜 차오름이 계속 거절을 한 건지 이해가 되었다.

"이 병원에서 간병인으로 일하고 계신 거예요?"

"그렇죠. 좀 안 어울리죠? 하하."

안 어울린다고 말하고 싶지만 너무 잘 어울려 보였다. 차오름 말
고는 다른 배우를 생각조차 안 했던 태진은 어떻게 말을 꺼내야
할지 난감했다. 투자까지 해결된 이상 차오름을 섭외하고 싶었는데
이렇게 막힐 거라고 예상하지 못했다. 그때, 차오름이 입을 열었다.

"전화로 들으셨겠지만, 연기 안 한지도 오래됐고, 지금 하고 있
는 일도 있고 그래서 좀 힘들어요. 아이고, 이건 별거 아니지만
받아 주세요."

차오름이 대뜸 봉투 하나를 내밀었다.

"얼마 안 돼요. 제작하는 데 적게나마 도움이 됐으면 해요."
"네?"

갑자기 돈을 주는 상황에 태진은 어리둥절했다. 거절을 하면
서 배우가 오히려 돈을 주는 경우는 들어 본 적도 없었다. 차오
름은 연신 미소를 지은 채 입을 열었다.

"조금이라도 힘이 됐으면 좋겠어요."
"아닙니다. 저희 이런 거 받으면 안 돼요."
"에휴, 다 알아요. 넣어 두세요. 진짜 얼마 안 돼요."
"아니, 그런 게 아니라요. 저희는 섭외만 하는 곳이고 제작사

는 따로 있어요."

"그래도 나 섭외하러 온 거 보면 제작비가 쪼들려서 그러는 거 같은데 넣어 두세요. 이걸로 후배님들 따뜻한 식사 한 끼라도 준비해 주시면 좋겠네요."

태진은 차오름의 오해를 알아차렸다. 예전에 차오름이 연기를 할 때 참여한 게 독립영화 위주였다 보니 촬영 환경이 다들 열악했을 것이었다. 아마 그때를 생각하고 돈을 건넨 듯했다.

'사람 자체가 따뜻한 사람이구나.'

미소도 그렇고 마음씨도 그렇고 배우와 에이전트로서의 관계가 아니라 사람 대 사람으로 관계를 맺고 싶을 정도로 느낌이 좋았다. 그러다 보니 태진은 차후 생길 수도 있는 오해를 없애기 위해 먼저 자신에 대해 말을 꺼냈다.

"제가 어렸을 때 다쳐서 표정을 지을 수가 없어요. 그러니까 오해하지 마시고 들어 주세요."

"허, 얼마나 다쳤어요. 지금은요?"

"지금은 괜찮고요."

"어휴, 다행이네. 건강이 최고예요."

"감사합니다."

차오름이 진심으로 걱정해 주는 게 느껴졌다. 만약에 아파서 간병인이 필요하다면 차오름 때문이라도 이 병원에 오고 싶다는 생각이 들 정도였다. 그러던 태진이 헛기침을 했다.

'이런 식으로 사람을 홀릴 수도 있구나……'

전혀 다른 느낌으로 대화의 주도권을 뺏겨 버렸다. 차오름이 의도한 건 아니겠지만 잠깐 사이에 해야 할 말을 잊었다. 그러다 보니 더욱더 욕심이 났다. 아주 잠깐 대화를 나눴을 뿐인데도 차오름에게 매료가 되다 보니 대중들에게도 분명히 통할 것 같은 느낌이었다.

"저희가 말씀드린 작품을 쓰신 작가님이 김정연 작가님이세요."
"어?"
"저희가 말씀드리려고 했는데 계속 거절을 하셔서 알려 드릴 수가 없었어요."
"아! 하하, 유명한 작가님 작품이었군요. 내가 괜한 걱정을 했네."

차오름은 민망해하기는커녕 오히려 축하해 주는 표정이었다.

"그래도 단역 배우들은 많이 힘들 거예요. 이건 그분들이 조금이라도 편하게 연기할 수 있게 써 주세요. 제가 다 해 봐서 알거든요."
"아닙니다. 직접 오셔서 응원해 주시는 게 더 좋을 거 같은데요."
"시간도 없고 날 모르겠죠. 지금은 그냥 드라마의 팬으로서 응원해 주고 싶은 거에요."

그때, 국현이 웃으며 대화에 끼어들었다.

"배우님을 모를 수가 없죠. 김정연 작가님이 시나리오 구상할 때 저희 팀장님이 도와주셨거든요."
"아하, 팀장님이셨군요."
"능력이 엄청 좋으신 분이세요. 아무튼 그때 저희 팀장님이 바로 추천하신 분이 차오름 배우님이세요. 김정연 작가님도 알고 계셔서 좋다고 하셨고요."
"아이고, 절 너무 좋게 봐주셨네."
"지금도 배우님 아니면 안 된다고 다른 배우는 생각도 안 하고 계세요."
"하하, 기분은 되게 좋은데요? 그런데 저보다 잘하는 조연배우들이 얼마나 많은데요. 지금도 현역에서 열심히 하시는 분들 많은데 그런 분들한테 죄송하죠."
"조연 아니에요. 주연이에요."

차오름은 그제야 처음으로 당황한 표정을 지으며 태진을 봤다. 태진은 고개를 끄덕이며 입을 열었다.

"주연이 세 명이에요. 그리고 차오름 배우님은 혼으로 나오실 거라서 독백이 굉장히 많을 거에요. '개를 뜯어 먹은 남자'에서처럼요."

"혼이요?"

태진은 순간 변한 차오름의 표정을 봤다. 순간이었지만 굉장히 쓸쓸해하는 그런 느낌을 받았다.

"혹시 죽은 건가요?"
"아니요. 죽은 건 아니고요. 코마 상태에서 혼만 다른 사람한테 들어간 거예요."
"듣기만 해도 내용이 재미있겠네요."

말과는 다른 게 표정이 쓸쓸하게 보였다. 그때, 순간 차오름의 근황을 알아볼 때, 마지막으로 나왔던 기사가 떠올랐다. 차오름의 아내가 암 투병 끝에 사망했다는 기사가 있었다. 유명 배우가 아니다 보니 기사가 많진 않았기에 자세한 내용은 없었지만, 혹시 지금 차오름의 반응이 그 때문은 아닌 건가 하는 생각이 들었다. 태진은 일 얘기보다 차오름에 대해 알아 가는 게 우선인 듯했다.

"그런데 간병인은 언제부터 하신 거예요?"
"자격증은 3년 전에 땄는데 일은 올해부터 했죠."
"힘드시지 않으세요? 간병하는 게 보통 일은 아니거든요."
"그걸 어떻게 알아요? 아! 다쳤다고 그랬지."
"네, 십 년 동안 하반신 마비였거든요. 그래서 가족들이 고생하는 걸 봤어요."
"허… 아! 뉴스에 나왔던 그분이시구나!"

"보셨어요?"

"봤죠! 아이고! 아이고! 내가 꼭 보고 싶었는데 이렇게 만나고도 몰라봤네."

국현은 당황하며 태진을 봤다. 일 얘기를 하다 말고 포기라도 한 것처럼 차오름의 근황을 물어보더니 이젠 차오름이 엄청나게 놀라며 무슨 가족이라도 만난 사람처럼 반가워하고 있었다.

"이럴 게 아니라 사진이라도 찍어 가야 되는데."

"저요?"

"네! 우리 병동에서 희망의 상징인데!"

"아! 그럼요. 찍으셔도 돼요."

같이 찍을 줄 알았는데 차오름은 태진의 독사진만 찍어 댔다. 태진은 무슨 상황인지 알아차렸기에 최대한 입술을 끌어 올렸다. 그렇게 몇 번이나 찍었을지 모를 정도로 많은 사진을 찍은 뒤에야 태진이 물었다.

"혹시 암 병동에 계세요?"

"어? 어떻게 아셨어요?"

"제가 희망이 상징이라고 하셔서요."

차오름은 웃으며 고개를 끄덕거렸다.

"제가 맡는 분들이 거의 말기, 이런 분들이 많아요. 그러다 보니까 이제 포기하고 죽을 날만 기다리는 분들도 있거든요. 그런데 뉴스에서 하반신 마비였던 사람이 벌떡 일어나서 막 일하고 있다는 얘기가 나오니까 다들 희망이 생기는 거죠."

"아."

"이게 기적이라면 나한테는 안 생길 수 있겠구나 싶은데 기적이 아니라 의학 기술로 이뤄 낸 거잖아요. 거기의 본인의 의지까지. 재활치료를 5년 동안 했다고 그랬잖아요."

"그건 인터뷰에서만 나온 건데 보셨어요?"

"당연히 봤죠. 그래서 환자들도 진짜 희망을 얻었어요. 살겠다는 의욕이 생겼다니까요."

기적이 아니라고 말하지만 태진이 느끼기에는 기적이나 다름없었다. 태진은 알지 못하는 곳에서 자신이 희망의 상징이 되었다는 말에 머쓱했다. 하지만 지금은 그게 오히려 도움이 되고 있었기에 부정을 할 필요가 없었다. 그때, 차오름의 휴대폰이 울렸다.

"잠시만요. 다른 분한테 환자를 맡기고 와서 전화를 받아야 해서요."

"네, 편하게 받으세요."

"금방 받고 올게요."

여기서 받아도 되는데 차오름은 커피숍 밖으로 나가 전화를 받았다. 그런 차오름의 모습을 볼 때 국현이 조그맣게 속삭였다.

"차오름 배우님 간병인 말이에요. 돌아가신 아내분 때문에 자격증 딴 거 같죠?"

"저도 그 생각 했는데."

"그런 거 같죠? 아… 진짜 좋은 사람 같은데… 꼭 좋은 사람은 힘들단 말이야."

"지금 간병인 하시는 것도 아내분 생각해서 하는 게 아닐까 싶어요."

"아! 그럴 수도 있겠네요. 남 간병하는 게 쉬운 게 아닌데… 그나저나 어떻게 하죠?"

"될 거 같기도 한데……."

"어떻게요? 안 하려고 하시는 거 같은데."

그때, 통화를 마친 차오름이 뭐가 미안해하는 듯한 표정으로 커피숍에 들어왔다. 병동에 올라가 봐야 하는 것처럼 보였다. 지금 얘기를 제대로 해 보지도 못했기에 언제 다시 만나야 하나 고민이 되었다. 그때, 차오름이 굉장히 미안해하며 말했다.

"지금 전화 온 곳이 제가 담당한 환자분이거든요."

"아, 올라가셔야 돼요?"

"그게 아니라… 제가 너무 기쁜 나머지 팀장님 얘기를 했거든요. 그랬더니 직접 보고 싶으시다고 막 조르시네요. 혹시 시간 되세요? 시간 되시면 잠깐 인사만 좀… 힘들겠죠?"

태진은 가서 무슨 얘기를 해야 될지 고민이 되었지만, 차오름을 섭외할 수 있는 기회라는 생각에 바로 수락했다.

"시간 괜찮아요. 그런데 제가 병동에 올라가도 되나요?"
"그건 행정실에 물어보면 되거든요. 제가 좀 친하기도 하고 환자분들 응원하러 왔다고 하면 괜찮을 거예요. 중환자실은 힘들고 일반 병동만 가시면 될 거예요."

그때, 국현이 웃으며 물었다.

"병원에서 파워 좀 있으시나 봐요!"
"하하, 간병인이 무슨 파워가 있어요. 그냥 병원 소속이라서요."
"병원 소속이요?"
"아, 보통 간병인은 용역으로 들어오거든요. 저는 좀 오래 있어서 그런지 병원하고 직접 계약하자고 제안해 주셨어요."
"그런 게 있군요."

차오름은 씨익 웃고는 잠깐 기다리라고 하고는 다시 통화를 하러 나갔다. 그러고는 잠시 뒤 누군가가 커피숍으로 다가오더니 차오름과 인사를 나누고는 커피숍으로 들어왔다.

"행정실장님인데 직접 인사드린다고 오셨어요."
"안녕하세요. 행정실에서 일하는 박찬중이라고 합니다."
"실장님이세요."

"직급이 뭐 중요한가요. 하하."

딱 봐도 엄청 친한 느낌이었다. 잠깐 대화를 해 본 차오름이라면 누구라도 친해지고 싶을 것 같은 성격이었기에 이상해 보이진 않았다. 그때, 행정실장이 입을 열었다.

"센터장님은 안 계셔서 교수님한테 여쭤 봐야 하거든요. 문제되진 않을 거 같은데 그래도 잠시만 기다려 주세요. 금방 답 듣고 말씀드릴게요."

"아, 네."

"이렇게 뵙게 되니까 신기하네요. 뉴스에서 보고 우리 환자들 진짜 많이 힘냈거든요. 이럴 게 아니지. 잠시만 기다려 주세요."

행정실장은 곧바로 전화를 걸며 밖으로 나갔다. 그러자 차오름이 웃으며 말했다.

"사람이 되게 좋아요. 행정실이라는 게 환자보단 돈이 중요하다고 생각했는데 안 그러더라고요."

"그렇게 보여요. 좋은 분 같네요."

"저도 진짜 많이 도움 받았죠."

"원래 알던 분이셨어요?"

"안 지는 한 5년 됐죠? 와이프가 처음 위암 진단받았을 때 봤죠. 저 조사하고 오셨으니까 아시죠?"

차오름의 입에서 처음으로 아내의 얘기가 나오자 태진은 그 어느 때보다 귀를 기울였다.

차오름은 밖에 나가 있는 행정실장을 보며 미소 짓더니 웃었다.

"실장님이 진짜 많이 도와주셨어요. 그때 거의 거지나 다름없었거든요. 오디션에 자꾸 떨어지고 돈 안 되는 독립영화에만 섭외 오고 그러니까 연기 그만할 생각으로 고향에 온 거라서 돈이 하나도 없었어요."

"아."

"그런데 병원에서 중간 정산 안내서가 나왔어요. 그때부터 막막하더라고요. 지인들이라고 해 봤자 죄다 같은 바닥에서 노는 애들인데 다 상황이 비슷했죠. 그래도 퇴원할 수가 없잖아요. 그래서 얼굴에 철판 깔고 사정했죠. 그때 행정실장님을 만났고요. 절 아시더라고요. 후후."

"그래서 실장님이 병원비 내 주신 거예요?"

"그건 아니고요. 병원에 지인 있으면 좀 싸지더라고요. 뭐 그거 해도 돈이 없는 건 마찬가지지만. 그래도 알지도 못하는 절 지인이라고 해 주시고 아무튼 사정을 되게 많이 봐주셨어요. 그러면서 나라에서 받을 수 있는 것도 전부 알아봐 주시고 제가 그때는 기초수급자더라고요. 그래서 겨우겨우 해결했죠. 저한테 사람이 중요하지 돈이 중요하냐고 그러면서 진짜 응원 많이 해 주신 분이세요."

유명하지 못한 배우들이 넉넉지 못하다는 건 알고 있었지만,

기초수급자로 분류될 정도의 생활을 할 줄은 몰랐다.

'좋은 사람끼리 만났네.'

태진은 약간 무거운 얘기 속에서 훈훈함을 느끼며 옅은 미소를 지었다.

"그럼 그때 간병인 자격증 따신 거예요?"
"그건 아니고요. 아무리 병원에서 계속 생활할 수가 없어서 집에서 돌보려고 한 거예요. 좀 더 전문적으로 돌봐 주고 싶었거든요. 그래서 와이프 간병하면서 공부했죠."
"힘드셨겠어요."
"힘들긴요……. 더 잘해 주지 못했던 게 미안하죠."

그때, 행정실장이 커피숍의 문을 열고 차오름을 불렀고, 차오름도 밖으로 나갔다. 그러자 국현이 한숨을 크게 뱉으며 말했다.

"스흡, 저희 괜히 잘 살고 계신 분 들쑤시는 거 아닌가 모르겠어요."
"후……."
"팀장님도 그렇게 생각하시죠? 어휴, 연기에 대한 미련을 완전 접으신 거 같은데."
"그런 거 같진 않으신데."
"아니긴요. 지금까지 계속 병원 얘기만 하셨는데요."

태진은 아직까지 테이블에 놓여 있는 봉투를 쳐다봤다.

"미련이 없으면 이걸 주시지도 않으셨을 거 같아서요."

"아, 그럴 수도 있겠네요."

"그렇다고 또 하고 싶어 하시는 것도 아닌 거 같고. 그래서 같이하자고 얘기하기가 좀 어렵네요."

"에휴, 왜 이런 일은 죄다 사정이 어려운 사람한테만 생기는 거야."

"돈 많으면 해결을 쉽게 하니까 그런 거죠."

"아… 그렇네."

막무가내로 밀어붙일 상황이 아니다 보니 이번만큼은 태진도 차오름을 어떻게 섭외해야 할지 감이 잡히지 않았다. 그때, 행정실장과 차오름이 웃으며 들어왔다.

"기다리게 해서 죄송합니다."

"아니에요."

"지금 허락받았고요. 환자분들한테 사전에 안내를 한 게 아니라서 오름 씨가 담당하는 분들만 만나 주실 수 있을까요?"

"아, 그럼요. 몇 분이나 되세요?"

"두 분인데요. 두 분 다 같은 병실이라서 같이 얘기하시면 될 거 같아요. 6인실이라서 다른 분들도 팀장님 얘기 들을 수 있을 거 같고요."

그 정도면 태진도 부담이 줄어드는 숫자였다.

"네, 그렇게 할게요."

*   *   *

병실에 올라가자 아주 오래전 기억들이 떠올랐다. 태진도 사고 당시 몇 개월간 병원 신세를 졌기에 기억이 안 날 수가 없었다. 약간은 마음이 무거워졌지만, 태진은 고개를 털며 무거움을 던져 버리고는 병실에 들어섰다. 차오름과 행정실장이 했던 얘기와 다르게 다들 자신을 알아보지 못하는 눈치였다. 그때, 차오름이 웃으며 꼿꼿한 자세로 앉아 있는 한 노인에게 다가갔다.

"아버지, 저 기다리셨죠."
"뭘 기다려."
"이렇게 앉아 계신 거 보면 기다리셨고만."
"됐고, 그 양반은?"
"저기 같이 왔죠. 아버지 때문에 오신 거예요."

아버지라는 말에 태진은 순간 흠칫했다. 그때, 행정실장이 웃으며 태진에게 조용히 속삭였다.

"그냥 어르신 이렇게 부르면 부탁하기 힘들어한다고 일부러 아버지라고 부르시는 거예요. 마침 성도 같아서요."

"아."

태진은 고개를 끄덕이고는 노인에게 다가갔다. 그러자 노인이 대뜸 손을 내밀었고, 태진도 인사를 나눌 새도 없이 노인의 손을 잡았다.

"아이고, 나도 기운 좀 받읍시다. 이렇게 와 줘서 고마워요."
"하하, 아니에요. 제가 실례를 하고 있는 건 아닌가 모르겠네요."
"실례는 무슨. 이럴 게 아니지. 오름아, 손님 오셨는데 음료수라도 드려라."

모르는 사람이 보면 친자식이라고 생각할 정도로 편하게 대했다. 그렇게 얘기를 나누다 보니 병실의 다른 환자나 환자의 가족들도 태진에게 관심을 보였다.

"그래서 병이 나았다고?"

태진은 많은 사람들의 시선을 받으며 어떻게 얘기를 해야 할지 생각했다. 아무래도 암 환자들이다 보니 희망 섞인 얘기가 필요할 듯했다. 태진은 잠시 생각하고는 입을 열었다.

"제가 2006년도에 사고를 당했어요. 그때 어머니하고 동생하고 같이 서점에 가고 있다가 공사 현장이 무너지면서 잔해가 차를 덮쳤어요."

태진이 말을 한 순간부터 병실 안 모든 사람들의 시선이 태진에게 고정되었다. 그중 차오름은 상당히 놀란 얼굴로 국현에게 속삭였다.

"이거 라디오 드라마 성우 톤인데요? 성우도 하세요?"
"하, 또 팀장님이 능력 발휘하시네요."
"능력이요?"
"저렇게 누굴 따라 하고 그런 거 잘하시거든요."
"아… 그래요. 신기하네. 그래서 그런가 다들 아주 재미있어하네."

태진은 목소리까지 바꿔 가며 혼자 대화를 나누기까지 하다 보니 환자들은 마치 드라마를 보는 듯했다.

"형, 괜찮아?"
"나한테 말 시키지 말라고 했잖아. 나가!"
"미안해… 진짜 미안해……."

태민과 있었던 일도 얘기를 하다 보니 다들 진짜 드라마라도 보는 듯 안타까워하며 한숨까지 뱉으며 태진을 나무라기까지 했다.

"아이고! 동생이 무슨 잘못이라고! 에이! 못났다!"
"맞아요. 그땐 제가 좀 못났었어요."

태진은 맞장구까지 쳐 가며 계속해서 말을 이었다. 국현마저도 처음 듣는 태진의 얘기에 귀를 기울이고 있을 정도로 많은 사람들이 태진의 얘기에 흠뻑 빠져 있었다. 그렇게 한참이나 얘기하던 태진이 잠깐 틈을 주어 사람들의 집중도를 높인 뒤 말을 이었다.

"그렇게 된 원인을 만만한 사람한테 돌렸던 거 같아요."

"그러면 쓰나!"

"그러면 안 되죠. 그렇게라도 해야지 살 수 있을 거 같았거든요. 그런데 결국은 그게 가족 모두를 힘들게 했던 거 같아요."

"아이고⋯⋯."

"그 떡국 일로 인해서 나만 힘든 게 아니었다는 걸 알게 됐어요. 가족 모두가 제 눈치를 보고 어떻게든 도와주려고 하는데 혼자서만 닫아 두고 외면했던 거더라고요."

"동생도 진짜 마음고생 많이 했겠네."

"맞아요. 그때도 동생 덕분에 사고 이후로 처음으로 가족 모두가 같이 식사를 했는데 되게 즐거웠던 기억이 나요. 그리고 그때 내가 몸이 불편한 것보다 마음의 병이 더 컸다는 걸 알았죠. 그때 이후로 일부러 얘기도 많이 하고 가족들하고 많이 부딪히다 보니까 스스로도 많이 바뀌더라고요. 혼자 침대에서 내려올 수도 있게 됐고, 산책도 나갈 수 있게 됐어요. 그리고 비록 이런 형태긴 하지만 웃을 수도 있게 됐고요."

"그렇지⋯ 마음의 병이 더 큰 법이지."

환자들은 공감한다는 듯 저마다 고개를 끄덕였고, 가족과 함께 있는 환자는 그동안 가족에게 막말을 했던 것을 떠올리며 미안해하기도 했다. 그렇게 한참이나 얘기하던 중 노인이 궁금하다는 듯 물었다.

"그런데 우리 오름이하고는 어떻게 아는 사이인가?"
"아, 차오름 배우님이요?"
"배우? 누가? 오름이가?"

차오름은 말하지 말라는 듯 앞으로 나설 때 노인이 차오름을 다가오지 못하게 했다.

"넌 가만있어!"

태진은 순간 자신이 눈치 없이 얘기를 한 건가 싶었지만, 이미 얘기를 꺼냈기에 멈추는 것도 이상했다.

"제가 연예인들 섭외하고 그런 일 하고 있거든요."
"알지. 뉴스에서도 보고 텔레비전에서도 봤지."
"어렸을 때부터 TV 보는 걸 되게 좋아했어요. 사고 나서도 대부분 TV 보면서 지냈고요. 차오름 배우님이 출연하신 영화도 그때 보고 오늘 인사차 들렀어요."
"오름이가 영화에도 나왔다고?"

독립영화 위주로 출연했기에 행정실장을 제외하고는 모두가 모르는 눈치였다. 다들 놀란 얼굴로 차오름을 쳐다봤고, 차오름은 아니라는 듯 손을 저으며 웃고 있었다.

"내가 저놈 저럴 줄 알았지."
"어휴, 제가 또 뭘요."
"사람 홀리는 게 보통이 아닐 때부터 알아봤어. 영화배우일
거 같더라고."
"에이, 아버지도 참. 영화배우 아니에요."
"그럼 저 양반이 거짓말한다는 게냐?"

노인의 말에 다른 환자들도 웃으며 맞장구쳤다.

"맞아. 오름 씨 매력 있지!"
"진즉에 얘기 좀 해 주지! 사인도 받고 그럴 텐데!"
"와… 신기하다… 오름이가 배우였구나."

담당 환자도 아닌데 다들 친하게 지내는 모양이었다. 그러다
보니 태진이 더 이상 자신의 얘기를 하기도 애매한 상황이 되어
버렸다. 태진의 얘기보다 다들 차오름의 얘기를 더 궁금해했다.
그때, 노인이 태진에게 물었다.

"그래서 오름이 찾아온 게 무슨 영화에 나와 달라고 그러는 겐가?"

태진은 거기까지 말하는 건 아니라는 생각에 입을 다물었다.
그럼에도 노인은 알아차렸는지 대뜸 차오름을 꾸짖었다.

"이놈 봐라. 아주 정신 나간 놈. 그걸 거절한 게야?"

"또 왜 그러세요."

"여기가 뭐가 좋다고 여기 있으려고 그러는 거냐."

"다 좋죠. 아버지도 좋고, 우리 철수 형님도 좋고."

"이런 정신 나간 놈을 봤나."

차오름은 그저 웃고 있었고, 노인은 그런 차오름을 보며 한숨을 뱉었다. 그러고는 약간 낮아진 톤으로 말을 이었다.

"며늘아기 때문에 그러냐?"

"에이, 아니에요."

"아니기는 이놈아. 네가 하도 미안해하길래 내가 좀 알아봤다. 간호사 선생님 말로는 너 같은 남편 없다고 그러던데 뭐가 그렇게 미안한 게야."

"……."

"미련한 놈."

자세한 내용을 들을 순 없었지만, 어떤 상황인지 대충 알 수 있었다. 태진이 예상했던 대로 아내에 대한 미안함이 남아 있는 듯했다. 그리고 연기에 대한 미련도.

* * *

병원 로비 앞에 선 태진은 크게 한숨을 뱉었다. 결과적으로는 아무런 성과가 없었다. 환자들 병문안도 희망을 줬다기보다 오히려 태진이 예전 얘기를 함으로써 달라진 지금을 감사하게 만드는 일이 되어 버렸다.

"스흡, 이거 말 꺼내기가 되게 어렵네요… 어떻게 하실 거에요?"
"그러게요. 어떻게 해야 될까요."
"뭐가 이래. 눈은 또 왜 이렇게 많이 와."

조금씩 내리던 눈이 지금은 앞이 보이지 않을 정도로 내리고 있었다. 게다가 바람도 어찌나 센지 눈이 흩날려 병원 정문도 잘 보이지 않을 정도였다. 그때, 태진과 국현의 휴대폰이 동시에 울렸다. 휴대폰을 보던 국현은 혀를 내밀며 말했다.

"안전 재난 문자 왔는데요? 대설 특보래요. 오 마이 갓."
"좀 이따가 가야겠는데요?"
"어우, 군대 이후로 눈 이렇게 오는 거 처음 보네. 완전 알래스카 같은데요?"

차오름 섭외 건도 어떻게 해야 할지 감이 잡히지 않았는데 날씨도 비슷했다. 운전을 해도 되는지 아니면 눈이 그칠 때까지 기다려야 하는지 감이 잡히지 않았다. 그러다 보니 피곤함이 몰려왔고, 태진은 마른세수를 했다. 그때, 휴대폰을 만지던 국현이 혀를 찼다.

"이걸 어쩔까요? 찾아보니까 여기가 어중간한 위치인데요? 교동이라고 거기까지 가면 괜찮은 숙소 있다는데 10분 걸린대요. 지금 당장 앞도 안 보이는데 거길 어떻게 가. 버스도 안 보이는고만."

"이 근처는 없대요?"

"잡히는 게 없어요. 그냥 아파트 단지 하나랑 식당 몇 개가 단데요? 뭐 이런 데 병원을 세웠지."

"그럼 일단 눈 좀 그치나 기다려 보죠."

태진과 국현은 병원 로비에서 눈이 그치길 하염없이 기다렸다. 하지만 눈이 그치기는커녕 아까보다 더 많이 내리고 있었다. 눈도 많이 오는데 해도 지다 보니 더 막막한 상황이 되어 버렸다. 아무래도 밖에 나가서 숙소를 찾아보는 게 나을 것 같았기에 병원 로비를 나서려 할 때, 뒤에서 익숙한 목소리가 들렸다.

"어? 아직 안 가셨어요?"

로비에서 만난 사람은 다름 아닌 차오름이었다. 차오름은 바깥의 상황을 보더니 태진과 국현을 자신의 집으로 안내했다. 태진도 차오름과 조금 더 대화를 할 수 있다는 생각에 바로 따라나섰다. 아파트에 들어서자 국현은 한시름 걱정을 놓았다는 듯 안도의 한숨을 뱉었다.

"배우님 아니었으면 저희 눈사람 됐을 뻔했어요. 감사합니다."

"이런 걸로 감사는요. 좀 누추하죠?"

"아니요? 이 정도면 대궐이죠. 전 원룸에 사는데."

"하하. 임대아파트예요. 이것도 행정실장님이 도와주셔서 들어올 수 있었고요."

"아, 좋은데요? 그런데 엄청 깔끔하네요."

국현의 말처럼 굉장히 깔끔했다. 가구가 없어서 깔끔해 보이는 게 아니라 짐이 가득 차 있는데도 굉장히 정리 정돈이 잘 되어 있었다.

"먼저들 씻고 나오세요. 감기 걸리겠네. 옷 없으시죠? 제 옷이 맞으려나 모르겠네. 씻고 계세요. 큰 옷 찾아볼게요."

차오름이 방으로 들어가자 국현이 말했다.

"팀장님 먼저 씻으세요."

"아니에요. 먼저 씻으세요."

"그럼 저 먼저 씻어도 될까요? 발 냄새가 날까 봐 걱정돼서요. 하하."

국현이 먼저 화장실에 간 사이 태진은 가만히 서서 집 안을 둘러봤다. 정리 정돈 된 곳곳에 액자가 있었고, 액자 속 사진에는 아내로 보이는 사람과 차오름이 있었다. 병원에서 노인이 말한 대로 아직까지 아내가 그리운 모양이었다.

'하긴, 아직 2년밖에 안 지났으니까.'

사랑하는 사람을 잃은 지 2년밖에 되지 않았기에 충분히 이해가 되었다. 그때, 차오름이 웃으며 말했다.

"앉아 계시지."
"아니에요."
"옷 젖어서 그래요? 괜찮아요. 커버야 빨면 되는 걸요."
"너무 신세 질 순 없잖아요."
"괜찮은데. 후, 사진 보고 계셨어요?"
"아내분이시죠?"
"그럼요. 다 연예할 때 사진들이에요."

차오름은 미소를 지으며 말을 이었다.

"이런 거 보면 배우 하길 잘한 거 같기도 하고. 배우 안 했으면 이런 사진도 없었을 거예요."
"왜요? 사진 찍는 걸 싫어하셨어요?"
"아니요. 예전에는 좋아했는데 결혼하고 얼마 뒤에 아팠거든요. 아픈 모습 남기기 싫다고 사진을 안 찍었죠."
"아."

그러던 중 사진 한 장이 눈에 들어왔다. 태진이 사진을 자세히 보려 할 때, 화장실 문이 열리면서 국현이 나왔다.

"아, 진짜 개운하다. 두 분도 씻으시죠? 혹시 식사는 어떻게……."

"아, 반찬이 딱히 없는데. 눈이 많이 와서 배달도 안 될 거 같은데. 그 생각을 못 했네. 배고프시죠? 제가 나가서 라면이라도 사 올게요."

"아닙니다! 아니에요! 쌀은 있나요?"

"쌀은 있죠."

"실례지만 제가 냉장고 좀 살펴봐도 될까요?"

"그러세요. 뭐 없을 건데……."

"그럼 제가 저녁을 책임지겠습니다! 두 분 씻고 오세요."

"한 팀장님, 전 천천히 씻어도 되니까 먼저 씻으세요."

가만히 사진을 보던 태진은 차오름에게 떠밀려 화장실로 들어갔다. 남의 집에서 샤워를 하는 게 굉장히 어색했지만, 이미 다 젖어 있어서 안 할 수도 없는 노릇이었다.

잠시 뒤 샤워를 마치고 나왔고, 그제야 차오름도 화장실에 들어갔다. 약간 옷이 작아 불편한 것만 빼고는 국현이 말했던 것처럼 굉장히 개운한 느낌이었다. 게다가 샤워를 하는 동안 뭘 했는지 맛있는 냄새가 진동했다.

"뭐 만드세요?"

"김치찜이요! 냉동 고등어가 있더라고요. 고등어 김치찜 괜찮으시죠?"

"그런 것도 할 줄 아세요?"

"저 취사병 출신입니다! 하하. 이제 밥 기다리고 김치찜 뚜껑

덮어 놓고 끓이기만 하면 됩니다."

남의 집에 와서 요리하는 국현을 보니 웃음이 나왔다. 태진은
피식 웃고는 곧바로 아까 보던 사진 앞에 섰다. 식사 준비를 하
던 국현도 당장 할 일이 없는지 태진의 옆으로 다가왔다.

"아내분하고 사이가 좋으셨나 봐요. 전부 여행 사진이네요."
"여행 사진 아니에요."
"네? 배경이 다 여행지 같은데요."
"이거 대부분 촬영장일 거예요."
"팀장님이 그걸 어떻게 아세요?"
"저도 몰랐는데 이 사진 보니까 알 거 같더라고요."
"이 사진이요?"
"'개를 뜯어 먹은 남자' 보셨죠?"
"팀장님이 말씀하셔서 당연히 봤죠."

태진은 미소를 지으며 말을 이었다.

"거기 초반에 개 훔쳐갔다고 막 모함하던 이장 기억하세요?"
"알죠."
"여기 그 집 앞이에요."
"네?"

국현은 어이가 없다는 듯 태진을 봤다. 자신이 보기에는 일반

시골집을 배경을 두고 찍은 사진으로밖에 보이지 않았다.

"아내분도 배우셨네요. 같이 출연한 걸 지금 알았어요."

국현은 화들짝 놀라며 화장실을 힐끔 보고는 태진에게 물었다.

"진짜 촬영장이에요?"
"세트장인지 장소만 빌린 건지는 모르겠는데 영화에 나온 건 맞아요."
"배우님 아내분도 개뜯남에 나왔어요?"
"네, 저도 지금 보니까 알겠더라고요. 이장 딸 있잖아요."
"이장 딸이요……?"
"제대로 안 보셨네. 초반에 개 찾으러 다니는 여성분 있잖아요. 그 역할 하신 분인 거 같아요."
"아… 전 들어도 모르겠네. 팀장님은 그런 걸 다 기억하세요?"

태진이 보기에는 확실했기에 고개를 끄덕거렸다. 그러고는 다른 사진들도 하나하나 설명했다.

"이건 피터팬 촬영장 같고요. 마지막에 꿈에서 깨면서 사회복지사가 돌봐 주는 장면이 나오거든요. 그때 그 방 같아요."
"피터팬이요……?"
"개뜯남보다 전에 나온 영화예요. 계속 안 늙는 남자 얘긴데 알고 보니 다 꿈인 그런 영화예요. 이거 보면 아내분 만난 지

오래되셨구나."

국현은 태진의 설명을 들으며 신기해하며 사진들을 봤다. 그러던 중 차오름이 화장실에서 나왔다.

"오우, 엄청 맛있는 냄새가 나네요."
"아! 기대하세요! 조금만 기다리면 됩니다."
"하하. 제가 손님이 된 기분인데요?"
"공짜로 자는데 이 정도는 해야죠. 그런데 형수님도 배우셨네요?"

국현이 확인차 한 질문에 차오름은 깜짝 놀라면서도 알아보는 게 기쁜 표정을 지었다.

"어떻게 아셨어요?"

차오름의 질문에 국현도 깜짝 놀라며 태진을 힐끔 봤고, 태진은 계속하라는 듯 고개를 아예 돌려 버렸다. 눈치 빠른 국현은 태진의 마음을 알아차리고 너스레를 떨기 시작했다.

"이 사진 보고 알았죠. 이 사진, 개뜯남 이장님 댁이잖아요. 형수님은 이장님 딸로 나오신 분이고."
"어? 진짜 아시네!"
"그럼요. 이건 피터팬에서 배우님 마지막에 눈 뜨는 방이고요. 그때 사회복지사!"

"허… 설마 나 섭외하려고 내가 나온 영화 다 봤어요?"

"아니죠. 원래부터 알고 있었죠. 형수님하고 인연이 꽤 오래되셨네요."

"이거 끝나고부터 연애 시작했죠. 연애를 7년이나 했어요."

"이야, 연애 기간이 엄청 기네요."

"둘 다 가진 게 없으니까 그랬죠. 하하. 계속 가진 건 없었는데 이러다가 결혼 못 하고 미루기만 할 거 같아서 결혼하자고 했죠."

"아! 부럽다!"

국현의 너스레 덕분인지 차오름은 아내 얘기를 하며 즐거워했다.

"어우, 김치찜 다 된 거 같은데. 식사부터 하면서 얘기할까요?"

작은 식탁에 앉은 세 사람은 국현이 만든 김치찜을 쳐다봤다.

"와, 요리 잘하시네요. 이거 그냥 먹기 좀 그런데. 소주가 당기네요."

"드세요. 저는 술을 잘 못 마셔서 분위기만 맞추겠습니다. 하하."

"저도 잘 못해요. 소주 두 잔이면 취해요."

"저랑 주량이 비슷하신데요? 하하하."

태진은 술 마실 생각이 없었지만 분위기를 맞추기 위해 입을 다물었다. 잠시 뒤 차오름이 소주를 가져오자 식사가 시작되었다.

"캬아. 진짜 맛있다. 이거 냉장고에 있던 걸로 만든 거 맞아요?"

"그럼요! 제가 레시피 보내 드릴게요. 하하."

태진의 입맛에도 맛있게 느껴지는 요리였다. 맛있는 음식 덕분인지 주량이 소주 두 잔이라던 차오름과 국현은 연달아 잔을 부딪쳤다. 그리고 잠시 뒤 태진은 두 사람의 모습에 어이가 없어 웃음이 나왔다. 그 잠깐 사이에 둘 다 눈이 풀렸고, 누가 보더라도 취했다고 할 정도였다.

차오름은 그렇다 쳐도 제작사 사람들을 만나러 뻔질나게 술자리를 다니던 국현마저 취할 줄은 몰랐다. 술을 못 먹는다고 얘기는 들었는데 진짜일 줄은 생각도 못 했다. 누가 보면 소주 몇 병씩 먹은 사람들처럼 보였다. 다행히 주사는 없는지 둘다 별다른 대화도 없이 뭐가 그렇게 좋은지 웃고만 있었다. 태진은 약간 걱정되는 마음에 차오름에게 물었다.

"조금만 드세요. 괜찮으세요?"

"이게 너무 맛있어서 나도 모르게 많이 마셨네요. 잠시만요."

차오름은 주섬주섬 일어나더니 오래된 카세트 플레이어를 들고 왔다. 카세트 플레이어가 있다는 것도 신기한데 거기에 테이프까지 넣고는 플레이 버튼을 눌렀다. 그러자 노래가 흘러나오기 시작했고 차오름은 그제야 자리에 앉았다.

"술만 마시면 이상하게 노래가 듣고 싶어지더라고요."

"아, 이 노래."

"아세요?"

"개를 뜯어 먹은 남자에 정태 OST잖아요."

"와, 모르는 게 없네. 두 분 다 제 팬이에요?"

"그럼요. 그러니까 찾아왔죠."

차오름은 풀린 눈으로 흐뭇하게 웃더니 또다시 술을 한 잔 들이켰다.

"이 노래 정미가 만든 노래예요."

"사모님이요?"

"네, 음악감독도 하고 조연출도 하고 엑스트라도 하고 별의별 걸 다 했어요. 사실 독립영화 하면 배우 하면서 스태프까지 겸하는 경우가 많으니까 특별한 건 아니죠."

"아. 능력이 많으셨나 봐요."

"그럼요. 똑소리 났죠. 제가 거기에 반한 거고."

그때, 국현이 음악에 취했는지 술에 취했는지 턱을 괸 채 대화에 끼어들었다.

"그럼 형님하고 결혼하고 바로 아프신 거예요?"

"그렇죠. 지금 있었으면 되게 좋아했을 텐데. 사람들이 저 알아보는 걸 되게 좋아했거든요."

"잘됐네. 그럼 형수님이 더 좋아하시게 드라마에 출연하시죠."

"그렇게 연결이 되나요? 하하. 난 지금이 딱 좋아요."

태진은 약간 씁쓸한 표정의 차오름을 보며 말했다.

"아까 어르신이 말씀하시는 거 들어 보니까 사모님 잘 보살펴 드리지 못한 게 후회되세요?"

"후회되죠. 그냥 다 미안해요. 내가 혹시 나도 모르는 사이에 귀찮은 티를 낸 건 아닌지, 그래서 아픈데도 나 귀찮을까 봐 혼자 병원에 간 건 아니었나⋯ 그런 사람한테 혼자 갔다고 화를 낸 것들⋯ 전부 다 후회되죠."

"후⋯ 사모님은 큰 의미 없이 그냥 혼자서 해 보고 싶으셨던 걸 거예요. 오히려 그런 거 담아 두고 계시면 더 미안해하실걸요."

"그런가요?"

"저희 가족도 그랬어요. 저희 아버지도 야구 본다고 집에 남으셨을 때 제가 사고를 당했거든요. 그때 이후로 야구를 아예 안 보시더라고요. 그걸 모르다가 최근에 알게 됐는데 전 신경도 안 쓰고 있던 일인데 혼자서 힘드셨던 걸 알고 나니까 너무 죄송하더라고요."

"아⋯⋯."

"다 못 해 준 것만 기억하나 봐요. 저희 가족들도 아직까지 그러거든요. 심지어는 막냇동생까지도 그래요. 그런데 당사자인 제 입장에서 보면 의지가 되고 힘이 되어 준 건 가족밖에 없었거든요. 사모님도 저하고 비슷했을 거 같은데요."

차오름은 아내의 얼굴이 떠오르는지 눈을 살짝 감았다. 그러고는 감정이 북받치는지 숨을 크게 한 번 내쉬었다.

"맞아요. 비슷한 말 했어요. 실은 아내가 처음부터 위암 말기로 진단을 받았어요. 당장 죽을 수도 있다고 곧바로 입원해야 된다고 그러더라고요. 그런데 버티고 버텨서 3년을 보냈어요. 아내가 그러더라고요. 저 때문에 조금 더 오래 숨 쉬고, 조금 더 오래 행복할 수 있었다고. 후……."

태진은 물론이고 국현도 어느새 자세를 바로잡은 채 차오름의 얘기를 들었다.

"거의 마지막에는 대화도 못 했는데… 그 전에는 항상 그랬어요. 고맙다고… 미안하다고… 그리고 자기 없어도 항상 밝은 모습으로 다니라고… 자신에게 했던 것처럼 남들에게 희망을 주는 사람이 되라고… 다 제 걱정만 하다가 갔어요."

"혹시 남들한테 희망을 주려는 말 때문에 간병인 하시는 건가요?"

"그런 것도 있긴 하죠. 그런데 그거보다 병원에 있으면 정미 얼굴이 또렷하게 기억이 나요. 사실 그 전까지는 자꾸 얼굴이 생각이 안 나더라고요… 그런데 병원만 가면 정미 얼굴이 생각이 나요."

차오름의 울먹거리는 말에 국현은 감정이 올라오는지 애꿎은 목만 쓰다듬었다. 물론 태진도 마찬가지였지만, 한편으로는 참 바보 같다는 생각을 했다. 태진은 한숨을 크게 뱉고는 차오름에게 말했다.

"배우님."

"네?"

"사모님이 즐거워하셨던 얼굴 떠올려 보고 싶지 않으세요?"

"네?"

"사진 보니까 촬영장에서 정말 즐거워하셨던 거 같은데 촬영장 오시면 사모님과 추억이 되살아나지 않을까 해서요."

"아……."

아무것도 아닐 수도 있는 말이었는데 차오름은 약간 흔들리는지 고민이 되는 표정으로 변했고, 국현은 빨개진 얼굴로 태진에게 엄지를 내밀었다. 하지만 태진은 아직 끝나지 않았다는 듯 차오름을 물끄러미 쳐다봤다.

만난 이후 처음으로 갈등하는 듯한 차오름의 모습에 태진은 머뭇거림도 없이 곧바로 말을 이었다.

"그리고 제가 느끼기에는 사모님이 남들한테 희망을 주라는 말씀이 간병을 말씀하시는 건 아닌 거 같아요."

차오름도 바보가 아닌 이상 아내가 했던 말의 의미는 알고 있었다. 그러다 보니 쓸쓸한 웃음만 나왔다. 그때, 태진이 사진을 가리키며 말했다.

"사모님이 가장 즐거워 보이시는 때가 촬영장에서 계셨을 때 같아요. 그런데 단지 촬영장이라서 즐거우셨던 걸까요? 배우님의 연기를 보며 즐거워하셨던 건 아니었을까요?"

"후… 알죠……."

"그런데 왜 배우 일을 안 하고 계세요?"

"바보같이 보일지 몰라도… 아내가 희망을 주는 사람이 됐으면 좋겠다고 했는데 현실은 그럴 수가 없잖아요. 지금은 일이 들어오지도 않지만 들어온다고 해도 대부분이 독립영화판이었거든요. 그럼 뻔하잖아요. 내가 젊은 것도 아니니까 등장해 봤자 사회 밑바닥 얘기일 텐데 거기에 희망이 어디 있어요."

태진은 차오름과 눈을 마주쳤다. 그러고는 그 어느 때보다 무게감 있는 목소리로 말했다.

"저희 얘기는 다릅니다."

"다른 사람에게 혼이 들어간다면서요."

"주 내용은 그렇습니다."

"지금 내가 암 병동에 있는 건 아시죠? 그런 분들이 보면……."

처음으로 차오름의 입에서 먼저 시나리오에 대한 얘기가 나왔다. 태진은 갈등하는 차오름의 모습에 박차를 가하기 위해 김정연과 채이주, 그리고 자신만 알고 있던 엔딩 씬에 대해 얘기했다.

"마지막 화에 원래의 몸에 들어갈 거예요. 부당함을 밝히고 벌을 준 뒤 자신의 역할을 끝내고 원래의 몸에서 깨어날 거예요."

"아……."

"그럼 지금 배우님이 간병하시는 어르신들한테도 응원이 될 거 같은데요. 뇌사 상태인 사람이 깨어났다는 것만 봐도 기적이잖아요."

"뇌사는 아니고… 식물인간이겠죠. 후, 아무튼 그렇긴 하겠네요."

"그리고 희망이란 게 큰 게 아니라고 생각해요. 제가 경험한 바로는 여러 가지 희망이 있었어요."

차오름은 궁금하단 얼굴로 태진을 봤고, 태진은 자신이 느꼈던 예전 일들을 얘기했다.

"사고 후유증에 하반신 마비도 있었는데 머리를 떼어 내고 싶을 정도로 심한 원인 모를 두통도 있었어요. 아직까지도 두통약을 먹고 있고요. 그런데 하루는 두통이 정말 심하다 보니까 살고 싶지가 않더라고요. 몸도 마음대로 못 움직이는데 왜 나한테만 이런 불행이 생기는지 진짜 죽을까도 생각했어요."

"아……."

"그런데 바로 그날 틀어 놓은 TV에서 예능이 나오더라고요. 예전에 했던 예능 재방송인데 무리한 도전이라고요. 그런데 그 출연자들 목소리만 듣는 데도 웃기더라고요. 그러다 보니까 저도 모르게 TV를 보면서 웃고 있었어요. 그리고 다음 화가 궁금해서 주말이 기다려지더라고요. 좀 웃기죠? 방금까지도 죽고 싶다는 생각을 했는데 예능을 보고 주말을 기다린다는 게."

약간은 무거운 얘기에 차오름은 물론이고 국현까지도 진중한 표정으로 고개를 끄덕거렸다.

"그런 것도 일종의 희망이나 응원 아닐까요?"

"그렇죠……."

"연기도 마찬가지로 생각해요. 배역 자체로도 희망과 용기 그리고 응원을 해 줄 수 있지만 재미있는 연기로도 가능하다고 생각해요. 그리고 악역을 해도 그 악역을 보면서 욕을 하면서 스트레스를 날릴 수도 있고요."

"그렇겠네요……."

"그리고 기왕이면 환자분들만이 아니라 더 많은 사람들에게 희망을 주는 게 사모님이 원하시던 게 아니었을까요. 세상에 응원이 필요한 사람들이 많잖아요. 심지어는 환자를 돌보는 간병인들도 응원이 필요한 분이 있을 건데요."

차오름은 뭔가 깨달은 듯한 표정이었다. 아내를 돌보면서 본 사람들이 전부 환자다 보니 시야가 너무 좁아져 있었다. 차오름은 스스로가 바보 같다는 생각에 헛웃음을 뱉었다.

"이번이 좋은 기회가 될 것 같습니다. 배역도 그렇고, 작품도 좋아서 정말 많은 사람들이 볼 수 있을 거예요. 그만큼 많은 사람들에게 희망과 용기를 줄 수 있을 겁니다."

"하아……."

"당장 결정하기 힘드신 거 알아요. 생각해 보시고 결정하세요."

"그래요… 고마워요."

기다려 줄 시간이 많지 않았기에 태진은 당장 답을 듣고 싶었지만 차오름의 사정도 있기에 바로 결정을 내리는 게 어려울 것이었다. 그렇기에 지금은 생각할 시간을 주는 게 맞는 판단인 듯했다.

*   *   *

다음 날. 눈이 그치고 밤새 염화칼슘을 뿌렸는지 도로의 눈도 다 녹아 있었다. 그래도 조심해야 된다는 생각에 서울로 올라가는 태진은 평소보다 느리게 운전 중이었다.

"스흡, 연락이 올까요?"

"차오름 배우님 성격상 거절해도 전화는 주실 거 같아요."

"그렇겠죠? 사람 진짜 좋은 거 같은데. 같이 했으면 좋겠네. 올 거 같기도 하고 아닐 거 같기도 하고. 팀장님 얘기 듣고 되게 흔들렸거든요. 진짜 말씀 잘하시던데."

"그냥 제 얘기 한 거예요."

"저도 좀 놀라긴 했어요. 사실 지금 팀장님 모습 보다 보면 아팠던 사람이란 걸 가끔 잊을 때가 있거든요. 그런데 어제 얘기 들으니까 정말 힘드셨겠구나 하는 생각이 들더라고요. 그러면서 그걸 이겨 낸 게 대단하구나 싶기도 했고요. 그리고 병원에서 왜 희망의 상징이라고 하는지도 알 것 같더라고요. 자기들만큼 힘들었던 사람이 이렇게 멀쩡히 다니니까 당연히 그런 생각이 들 거 같아요."

국현은 덤덤하게 자신이 느꼈던 얘기를 꺼냈고, 태진은 멋쩍
은 기분에 말을 돌렸다.

"속은 괜찮으세요?"
"속이요? 아! 어제! 저 술 한 잔밖에 안 마셨는데."
"네? 제가 본 것만 해도 세 잔은 넘으시던데요."
"그거 다 물이에요. 중간에 바꿨죠."
"그럼… 취하신 거 아니었어요?"
"취한 척 연기한 거죠. 어? 팀장님도 못 알아보신 거 보면 제
가 연기를 꽤 잘했나 본데요?"

진짜 취한 줄 알았던 태진은 어이가 없어 웃음이 나왔다. 그
러자 국현은 신난 얼굴로 말을 이었다.

"아, 그러고 보면 연락이 올 거 같기도 해요."
"뭐 보셨어요?"
"상황이 그렇잖아요. 하늘에서 눈이 조금씩 내리던 눈이 눈보
라로 바뀌었잖아요. 그게 하늘이 저희 노력을 가상해서 눈보라
로 바뀌게 한 거 같더라고요. 그래서 차오름 씨 집으로 인도한
거고! 오, 주여!"
"기독교세요?"
"아니요? 그냥 한 말이죠. 그리고 냉장고에 딱 고등어 있던 것

도 그렇고."

"아, 어제 진짜 맛있더라고요."

국현은 씨익 웃더니 말을 이었다.

"MSG 파워죠. 일부러 술 당기게 술안주처럼 만들었거든요."

"일부러 그렇게 만드신 거예요?"

"그럼요. 보니까 주방 옆에 분리수거 해 놓은 데 있잖아요. 거기에 소주병들이 보이더라고요. 그래서 술을 좋아하나 보다 하고서 일부러 안주 만든 거죠. 술 먹으면 경계가 좀 풀리잖아요."

"아……."

태진은 진심으로 감탄했다. 술 취한 연기를 했다는 것도 놀라운데 일부러 그런 상황을 만든 것도 놀라웠다. 하늘이 돕고 국현이 만든 판에 자신이 주연을 한 듯한 그런 느낌이었다. 그때, 국현이 갑자기 피식 웃었다.

"참 잘 만난 거 같아요."

"뭐가요?"

"팀장님이랑 저요. 하하. 술 잘 먹는 상사가 얼마나 고역인데요. 천생연분인 듯."

"하하."

"진짜예요. 이거 차오름 배우님 같은 분만 몇 분 더 있으면 회식비도 어마어마하게 줄 거 같은데요? 하하하. 소주 한 병으로 몇 명 취하는 거 볼 수도 있을 거 같은데!"

태진은 그런 모습이 실제로 보고 싶다고 생각하며 웃었다.

*　　　　*　　　　*

태진이 다녀간 뒤, 차오름의 마음에 변화의 씨앗이 싹트기 시작했다. 매일 사진을 보며 들을 수 없는 아내의 의견을 물어보기도 했고, 자신이 담당하는 환자의 의견을 넌지시 물어보기도 했다. 당연히 환자들은 다시 배우를 권유했다. 특히 아버지라고 부르는 노인은 최근 며칠간 일부러 정을 떼려는지 평소와 달리 모질게 대했다. 지금도 그 때문에 행정실장과 만나는 중이었다.

"오름 씨, 어르신이 간병인 교체해 달라고 한 거 너무 마음에 담아 두지 마요."

"안 그래요. 아버지 마음 다 알고 있어요."

"그래요. 어르신이 진짜 자식처럼 생각해서 잘됐으면 하는 바람으로 밀어내는 거예요."

"알죠. 후……."

오름은 씁쓸한 웃음을 지으며 고개를 끄덕거렸다. 그런 오름의 모습을 보던 행정실장이 조심스럽게 서류 한 장을 내밀었다.

"이거 내년 간병인 계약서인데."

"아, 곧 있으면 벌써 내년이군요······."

"사실 나도 여기에 사인하라고 하고 싶진 않아요. 차라리 1년
을 쉰다고 생각하고 갔다 오는 건 어때요? 그동안 휴식다운 휴
식도 없었잖아요."

"······."

"다시 연기하다가 정 마음에 안 들면 다시 와요. 오름 씨야 언
제 와도 다들 환영하니까. 환자들이 의사나 간호사보다 더 오름
씨를 찾는데 누가 거절하겠어요. 그러니까 리프레시한다는 기분
으로 다녀와요."

차오름은 쉽게 대답을 하지 못한 채 탁자 위에 놓인 계약서만
쳐다봤다. 그러던 오름이 씨익 웃으면서 계약서를 집어 들었다.

"일단은 가져갈게요."

"그래요."

"항상 신경 써 주셔서 정말 감사합니다."

"아니에요. 팬으로서 이렇게 해 줄 수 있는데 내가 더 고맙죠.
아무튼 진짜 잘 생각해요."

"네, 그럴게요."

"이제 병실 가 봐야죠. 아버님이 말은 그래도 기다리실 텐데."

"가 봐야죠······."

오름은 고개를 끄덕이고는 계약서를 들고 행정실을 나섰다.
그리고는 곧장 병동으로 올라갔는데 간호사들의 표정이 평소와

달랐다. 보통 다들 반갑게 인사를 해 주는데 지금은 어째서인지 일부러 눈을 피했다. 저러는 데 이유를 꼽자면 아버지밖에 없기에 차오름은 자신의 눈을 피하는 간호사에게 말했다.

"아버지가 많이 힘들게 하세요?"
"아니에요."
"제가 잘 다독여 드릴게요."
"그런 게 아닌데… 김진국 환자분이 선생님이랑 얘기하지 말라고 계속 그러시거든요… 얘기하면 어떻게 될지 보라고 그러시면서."
"아… 죄송해요. 제가 그런 일 없도록 할게요."

오름은 헛웃음을 뱉고는 서둘러 아버지가 있는 병실로 향했다. 병실로 들어가자 예상과 다르게 상당히 조용했다. 또 아버지가 인사를 나누지 말라고 했다고 생각한 오름은 씁쓸한 미소를 짓고는 아버지에게 갔다.

"아버지, 저 왔어요. 식사하셨어요?"

차오름의 질문에 대답은커녕 쳐다보지도 않았다. 그저 침대에 달린 개인 TV만 보고 있었다. 평소에 잘 보지도 않는 TV를 보는 모습에 궁금한 나머지 차오름도 TV를 봤다.

"어… 어……?"

TV에는 어디서 구했는지 '개를 뜯어 먹은 남자'가 나오고 있었다.

"이게… 왜……."
"말더듬이야? 배우란 놈이 말을 왜 이렇게 더듬어. 영화 보니까 조용히 해."

차오름은 놀란 얼굴로 작은 TV를 봤다. 그때, 바로 옆 칸 자신이 담당하는 환자가 웃으며 말했다.

"오름 씨, 이거 재미있는데요? 제목 듣고 약간 걱정했는데 재미있어요!"

고개를 삐쭉 내밀어 환자의 TV를 보니 아버지와 마찬가지로 개를 뜯어 먹은 남자를 보고 있었다. 그리고 두 사람만이 아니었다. 병실 전체의 모든 사람들이 자신이 나온 영화를 보고 있는 중이었다. 차오름은 당황스러운 마음에 아버지에게 물었다.

"이게 여기에 있었어요……?"
"있으니까 보지. 없으면 어떻게 봐. 이거, 이거 아주 며칠 사이에 모지리 다 됐네."
"그랬구나……."

아버지는 오름을 쳐다보지도 않은 채 말을 이었다.

"이거 보니까 알겠어. 넌 이렇게 보는 것보다 텔레비전으로 보는 게 더 나아 보여. 이제 그만하고 원래 자리로 가. 사람이 자기 자리가 다 있는 법이야."

"제가 없으면 아버지 간병은 누가 해요."

"너 말고도 많아. 그러니까 귀찮게 그만하고 가."

오름은 아버지의 손을 잡았고, 아버지는 그제야 오름의 얼굴을 봤다.

"나도 원래 내 자리로 돌아갈 테니까 너도 돌아가."

"퇴원하신다고요? 몸이 이런데 어떻게 돌아가요."

"이 모지리 같은 놈! 빨리 나아서 부동산으로 간다고 이놈아!"

"아!"

"나중에 돈 많이 벌면 내가 좋은 집 소개해 줄 테니까 가서 돈이나 벌어 와."

그렇지 않아도 약간 흔들리고 있던 참이었는데 아버지의 말이 더해지자 오름은 드디어 결정을 내린 듯한 얼굴로 고개를 끄덕거렸다. 그러자 아버지도 그제야 편안해진 얼굴로 말을 이었다.

"너 텔레비전에 나올 때까지 안 죽을 테니까 걱정 말고 다녀와. 알았어?"

"네… 그럴게요."

"그래. 그래야지 이 차영식이 아들이지."

차오름은 진짜 아버지가 생긴 것 같은 기분에 눈물이 터져 나올 것만 같았다.

"나이 잔뜩 처먹은 아들 우는 꼴 보기 싫으니까 울지도 말고."
"네, 안 울어요."
"안 울기는. 가서 똑바로 하라고. 마음 단단히 먹고!"

아버지의 말이 끝나자마자 병실에 모든 환자들과 보호자들이 차오름을 축하해 주었다. 오름은 사람들의 축하에 눈물을 글썽이며 고개를 꾸벅 숙여 인사했다.

"열심히 하겠습니다!"

제3장
—

투자자 에이드

두 번째 미팅을 위해 멀티박스에 도착한 태진은 가벼운 마음으로 걸음을 옮겼다. 하지만 함께 움직이는 스미스는 태진과 달리 발걸음이 무거워 보였다.

"진짜 에이드 씨 만난 거 맞죠?"
"네, 저 아침에 공항 다녀왔잖아요."
"그러니까 내 말은 진짜 투자에 대한 얘기를 했냐는 거예요."
"한겨울 씨한테 들으셨잖아요."
"듣긴 했죠. 그런데 한겨울 씨는 아무 힘도 없던데요?"

투자를 대행한다는 약속을 하든가 MfB에서 주도하에 이뤄지는 일이면 불안하지 않았을 텐데 그렇지 않다 보니 영 불안한 모양이었다.

"취재진이 많아서 잠깐 차에서 만났어요. 그래도 할 얘기는 다 했고요. 지금쯤 인터뷰 끝났을 거니까 이리로 오실 거예요."
"진짜 오는 거 맞죠?"
"네, 맞아요."
"진짜 70억 투자하는 거 맞죠?"
"정확히는 모르겠어요. 직접 들어 보고 결정하신다고 하셨거든요."
"아이고……."

아침부터 인천공항까지 가서 에이드를 만나고 왔다. 그리고 상황을 설명했고, 전화로 들은 대로 이미 결정까지 내린 상태였다. 그래도 직접 투자를 할 곳인 제작사의 설명을 들어야 했기에 바쁜 스케줄 중에도 방문한다고 알렸다.

"내가 괜히 걱정하는 게 아니라 차오름 씨 때문에 그래요. 사실 차오름 씨만 문제인가. 우리가 만든 섭외 리스트 보면 아주 난리를 칠 게 뻔해요. 그럼 또 어떤 상황이 펼쳐질지 보이죠?"
"지은철 배우님 밀려고 하겠죠."
"그래요! 차오름 씨는 아직 연락 없잖아요."

태진도 그 부분이 마음에 걸렸다. 차오름에게 다녀온 뒤 혹시 거절할 수도 있기에 다른 배우들을 알아봤고, 몇몇 배우들을 추리기까지 했다. 하지만 다들 차오름보다 더 유명하지 않은 배우들이었다. 차오름도 싫어하는데 그보다 못하면 노발대발하며 반대할 것이 뻔했다.

'언제 연락 오시려나.'

당장은 기다려 주는 수밖에 없었다. 그리고 그 시간을 벌기 위해서는 MfB가 힘이 있어야 했고, 에이드가 그 부분을 해결해 줄 것이었다. 그렇기에 스미스가 걱정을 하는 듯했다.

"오신다고 했으니까 오실 거예요."

첫 미팅 때와 다르게 이번 미팅에서는 태진이 스미스의 긴장을 풀어 주었다.

*　　　　*　　　　*

저번 미팅과 다르지 않은 회의 내용이 계속되었고, 서로의 입장이 전혀 좁혀지지 않았다. 김희준 감독은 태진의 편이지만 멀티박스의 입장도 이해가 되기에 대놓고 편을 들어주진 않았다. 그러다 보니 양쪽 입장이 대립할 수밖에 없었다. 강 이사는 물론이고 멀티박스의 직원들도 이제 질린다는 얼굴이었다.

"양보를 좀 해야 되지 않겠습니까? 저희가 OTN하고 미팅할 때 얼마나 난감했는지 모르시죠."

강 이사는 피곤이 몰려오는지 눈을 크게 한 번 뜨고는 말을 이었다.

"김정연 작가님 작품이라고 얘기하니까 당장이라도 편성해 준다고 그랬는데 출연 배우 듣는 순간 태도가 바뀌어요."

"그래도 채이주 씨는 이름 있으시잖아요."

"채이주 씨도 완벽히 검증이 된 건 아니잖아요. 배우들 때문에 제작비 지원도 50%도 안 되게 잡으려고 하고 있어요. 원래 같았으면 자기네들이 80% 투자하고 판권 가져가겠다고 할 텐데 그걸 고민하고 있다고요. 이러다가 진짜 엎어질 수도 있어요. 그러면 MfB도 손해가 이만저만이 아니잖아요. 그동안 다 여기에 매달렸을 텐데."

태진은 강 이사의 눈을 피하지 않고 마주 봤다. 방금 한 말이 사실일 수도 있지만, 겁을 주려고 과장한 것일 수도 있었다. 만약이라도 엎어진다면 MfB보다 멀티박스가 입는 피해가 더 컸다. 김정연 작가의 작품을 소화하지 못한 제작사라는 오명을 쓸 수도 있는 상황이었다. 그렇기에 지금 최선을 다하고 있지만, 자기들 얘기는 빼놓고 MfB만 피해를 입는다는 식으로 얘기하고 있었다.

"아까 말씀드렸듯이 투자하신다는 회사가 있습니다."

"코인기획이라면서요."

이미 말을 하기는 했지만, 정확한 투자 금액을 얘기할 수는 없다 보니 이름만 언급한 게 전부였다. 그리고 멀티박스에서도 그 사이 찾아봤는지 코인기획에 대해 알고 있었다. 원래라면 회사에 대해 자세히 조사를 했겠지만, 이 자리에서 들었기에 시간도 없었고 1인 기획사나 다름없다 보니 큰 기대를 하지 않고 있었다.

"소액 투자를 말하는 게 아닙니다."

"소액이 아닐 거예요."

"아이고… 그게 말이 됩니까. 후… 저기요. 저희 사정도 좀 봐주셔야죠. 언제까지 이럴 순 없잖아요."

그때, 태진의 휴대폰이 울렸다. 기다리던 전화였기에 태진은 양해를 구하기도 전에 전화를 받았고, 회의를 하다 말고 전화를 받는 모습에 멀티박스 측 사람들은 어이없다는 얼굴로 태진을 봤다.

"다 오셨다네요."

"누가요."

"에이드 씨요. 투자하신다고, 설명 듣고 싶다고 하셔서요."

"아… 지금 그럴 때입니까?"

그때, 멀티박스 직원이 강 이사에게 뭐라고 속삭였다. 딱 봐도 지금 에이드의 이름을 이용하자는 얘기일 듯했다. 얼마를 됐든 간에 에이드가 투자를 했다는 얘기로 홍보할 수 있었다. 지금 에이드의 인기를 보면 영향력이 상당할 것이었기에 강 이사는 마지못해 고개를 끄덕거렸다.

태진은 곧바로 밖으로 나갔고, 잠시 뒤 두 여성과 함께 들어왔다. 그와 동시에 강 이사는 언제 불만이 있었냐는 듯 반갑게 맞이했다.

"어서오세요. 이렇게 모시게 돼서 영광입니다. 강찬열이라고 합니다."

"안녕하세요. 코인기획&투자 대표 문다은이에요."

태진은 에이드의 모습에 웃음이 나왔다. 무슨 생각인지 TV 드라마에서나 보던 재벌가 사모님처럼 행동했다. 어디서 샀는지 챙도 엄청 넓은 모자에 비싸 보이는 정장을 입고 있었다. 오면서 한겨울에게 듣기로는 인터뷰 때 입었던 옷이 아니라 지금 자리를 위해서 준비한 옷이라고 했다. 그런 에이드는 자리에 앉더니 한겨울에게 말했다.

"한 비서도 앉아."

졸지에 비서가 된 한겨울이 화를 삭이는 모습으로 옆에 앉았다. 그 모습에 태진은 웃기기도 했지만 가벼운 행동에 지금 상황을 너무 쉽게 여기고 있는 건 아닐까 하는 생각에 걱정이 되기도 했다. 그때, 멀티박스 직원이 입을 열었다.

"커피 괜찮으세요?"

"핀카 엘 인제 르토로 내린 커피 되나요?"

"네······?"

"그럼 됐어요."

태진이 보기에는 굉장히 어색했다. 적당히 좀 했으면 좋겠는데 에이드는 작정을 하고 온 사람처럼 행동했다. 그런 에이드가 팔짱을 낀 채 회의를 계속하라는 듯 손짓을 했다. 하지만 진행이 안 되는 상황이다 보니 강 이사는 아예 처음부터 투자 유치를 위한 설명을 지시했다.

멀티박스의 직원은 한참이나 김정연 작품에 대해 얘기했고 여전히 재벌 흉내를 내고 있는 에이드는 아직 결정을 내리지 못했다는 얼굴로 갑자기 입을 열었다.

"내가 들은 정보로는 캐스팅에 난항을 겪고 있다고 하던데요."

"큰 문제는 아니고 캐스팅을 하다 보면 항상 있는 일입니다."

강 이사의 대답에 에이드는 고개를 끄덕이더니 태진을 봤다.

"한 팀장, 나한테 얘기한 거랑 다르네? 어렵다고 들었는데."

태진은 자신에게마저 저렇게 행동할 줄 몰랐기에 순간 당황했다. 그런 태진의 모습에 에이드가 피식 웃더니 말을 이었다.

"내가 투자하는 조건은 딱 한 가지! 한 팀장이 마음대로 할 수 있는 판만 만들어 주면 투자하죠."

강 이사는 말도 안 되는 조건에 헛웃음을 뱉었다. 예의를 벗어나도 한참 벗어난 행동이었다. 소액 투자자에게 단독 설명회를 갖는 것도 자존심이 상하는데 저런 말까지 듣자 더 이상 입을 열고 싶지 않았다. 그래서 직원을 보며 대신 얘기하라는 듯 고갯짓을 했고, 직원은 최대한 예의 바르게 설명했다.

"한태진 팀장님하고 좋은 관계로 투자를 하시겠다는 건 알겠는데 그것까지는 좀 무리가 있습니다. 제작 환경을 위해서 저희도 입장이 있거든요."

에이드는 어디서 봤는지 미소를 짓더니 검지를 세워 좌우로 흔들었다.

"으음으음. 그 조건 아니면 안 돼요."

그런 에이드의 행동에 멀티박스 직원들도 어이가 없는지 조그맣게 한숨을 뱉었다. 그때, 에이드가 다리를 꼬더니 말을 이었다.

"제작비 총 예산이 200억 내외라면서요? 그중에 반은 방송사에서 지원받고 나머지 반은 여기 멀티박스에서 해결한다고."
"맞습니다."

"투자 스튜디오에서 투자받으면 되는데 그걸 안 받으려는 거 보면 판권을 멀티박스가 갖고 싶다는 얘기고요. 그래서 투자를 끌어오는 거고."

"맞습니다."

이제는 대답도 귀찮은지 건성건성 대답했다. 그럼에도 에이드 는 계속 컨셉을 유지한 채 입을 열었다.

"모자란 예산은 100억 정도겠네요?"

"맞습니다."

"그럼 방금 내가 말한 조건을 받아들이면 내가 9를 해결해 드리죠."

태진도 순간 깜짝 놀랐다. 처음에 손가락을 9개 펼치고 있는 모습이 우스웠는데 지금은 전혀 우습지 않았다. 저번의 경험상 9억 이 아니라 90억일 것 같다는 생각이 들었다. 그와 동시에 재벌 흉내가 아니라 진짜 재벌이라는 것을 다시금 깨닫는 순간이었다.

하지만 에이드에 대해서 알지 못하는 멀티박스 사람들은 헛웃음을 뱉었다. 9억이 분명히 많은 금액이기는 했지만, 그 정도로 저런 조건을 내세우는 건 말이 안 됐다.

"투자를 많이 해 주신다고 하셔서 감사합니다. 하지만 그렇게 하기에는 좀 힘이 듭니다."

"그럼 얼마를 투자해야 그런 말을 할 수 있는 건데요?"

"보통 저희를 믿고 투자를 하시니까 그런 얘기를 안 하시죠."

"내 돈 투자하는데 그런 얘기도 못 해요?"

에이드는 예상과 다르게 흘러가는지 재벌 흉내 내던 걸 잊고 원래의 모습으로 돌아왔다. 그때, 한겨울이 에이드의 마음을 잡아 주었다.

"대표님."

"아, 그래. 한 비서, 고마워요."

그 나물에 그 밥이라고, 컨셉을 싫어하던 한겨울도 한통속이었다. 한겨울 덕분에 다시 재벌로 돌아온 에이드는 한숨을 크게 뱉더니 입을 열었다.

"백억이면 입김 좀 생기나요?"

"네?"

"구십억 투자해도 안 된다길래요."

"네⋯⋯?"

이미 금액을 예상했던 태진은 미소가 절로 지어졌다. 그와 동시에 여기저기서 눈동자 돌아가는 소리가 들리는 기분이었다. 심지어는 스미스마저 벌벌 떨고 있었다. 아니나 다를까 한발 물러났던 강 이사가 자세를 고쳐 앉았다.

"90억이라고 하셨나요?"

"좀 전에 손가락 아홉 개 펼쳤는데. 잘못 펼쳤나?"

"그러니까… 그게 9억이 아니라 90억……."

"9억? 기분 나빠지려고 그러네."

"죄송합니다. 아닙니다."

멀티박스 직원들은 듣도 보도 못한 상황에 어리둥절해했다. 이런 규모는 대기업에서나 이뤄지는 투자였다. 그리고 지금 같은 캐스팅에서는 대기업이라고 하더라도 이런 투자를 할 리가 없었다. 그러다 보니 강 이사는 재차 확인을 했고, 또다시 사과를 해야 했다.

"죄송하지만 진짜 90억 투자하신다고요."

"한 비서, 내가 돈이 없어 보여? 왜 자꾸 똑같은 걸 확인할까."

"원래 다 확인이 필요한 법입니다. 대표님."

에이드는 마음에 안 든다는 듯 고개를 저으며 말했다.

"투자 계약서를 가져와요. 바로 사인해 줄 테니까. 단, 내가 말한 조건이 지켜진다는 하에. 그 조건이 안 되면 나도 투자할 이유가 없어요. 다 한 팀장 믿어서 투자하는 건데."

강 이사는 약간 의심이 되기는 했지만 지금은 물러날 수밖에 없는 자리였다.

"투자 금액이 커서 저희가 최대한 빠르게 준비를 해서 다시 찾아봬도 괜찮겠습니까?"

"한 비서한테 연락하세요. 내가 스케줄이 바빠서."

"알겠습니다."

"일주일 뒤에 다시 미국 들어가니까 그 전에 가져오는 게 좋겠죠?"

"네, 알겠습니다."

그때, 한겨울이 에이드의 귀에 속삭였다.

"음, 들은 건 다 들었고 스케줄이 있어서 이만 가 봐야 할 거 같은데 괜찮겠죠?"

"물론이죠. 최대한 빠르게 찾아뵙겠습니다."

천천히 자리에서 일어난 에이드는 태진을 보며 씨익 웃었다. 태진이 궁금한 것도 있었기에 마중을 나가려고 했지만 에이드가 제지를 했기에 그럴 수 없었다. 에이드가 그렇게 사라지고 나자 이번에는 모두의 시선이 태진에게 쏠렸다. 다들 아무런 말도 하지 않았지만 네가 어떻게 저런 투자자를 끌고 왔냐는 궁금증이 가득한 얼굴이었다. 그때, 직원 한 명이 강 이사에게 하는 말이 들렸다.

"코인기획 FCFF가 140억이 넘습니다……."

"하… 진짜였네……."

그와 동시에 태진의 휴대폰에도 메시지가 도착했다. 메시지를 본 태진은 기쁜 나머지 입술을 부르르 떨면서 강 이사를 쳐다봤다. 그때, 김희준이 피식 웃으며 말했다.

"주연 세 명은 권단우 씨, 채이주 씨, 그리고 차오름 씨 확정이네요. 내가 차오름 씨 영화 봤는데 좋더라고요. 하하."

태진은 뒤늦게라도 편을 들어주는 김희준을 보며 웃었고, 강이사는 여전히 멍한 얼굴로 고개만 끄덕거렸다.

*　　　*　　　*

회사로 돌아가는 태진의 입술이 연신 떨리는 중이었다. 그런 태진의 모습에 운전을 하던 스미스가 물었다.

"뭐 마음대로 안 된 거 있어요?"
"아니요?"
"그런데 왜 그렇게 뭐 말하고 싶은 사람처럼 그래요."
"아, 좋아서 그래요."
"그런 거죠? 뭐 말 안 하고 그런 거 없죠?"
"그런 거 없죠. 차오름 씨 연락이 생각보다 빨리 와서 기분 좋아서 그래요."

차오름 얘기에 스미스도 미소를 지었다.

"타이밍이 기가 막히던데. 안 할 수도 있다고 그래서 좀 걱정했는데. 뭐라고 문자 왔어요?"

"만나고 싶다고 그러시너라고요."

"그게 다예요?"

태진은 웃으며 휴대폰에 온 메시지 내용을 그대로 읽어 주었다.

"며칠 전 만났던 차오름입니다. 그때 잘 도착하셨는지 연락드렸어야 했는데 늦었네요. 다름이 아니라 저번에 말씀하신 배역 때문에 연락드렸습니다. 이번에는 제가 서울로 가는 게 좋을 것 같은데 가능하실 때 연락 부탁드려요."

"한다는 얘기는 없네요?"

"서울로 오신다는 얘기가 하신다는 거 같은데요."

"그래요? 아까 전화할 때 그랬어요?"

"전화는 제가 회사 가서 다시 연락드린다고 하고 끊었죠. 그런 거 없이 문자만 봐도 하실 거 같아요. 간병인 하고 계셔서 서울 올 시간 없으시거든요. 그런데 오신다는 거 보니까 마음을 정하신 거 같아요."

"후, 잘됐네. 이제 한시름을 놓았네. 아."

안도의 한숨을 뱉던 스미스가 피식 웃고는 말을 이었다.

"한시름이 아니지. 이제 우리 마음대로 해도 될 거 같은데. 에이드 그분은 원래 성격이 좀 그래요?"

"아니요. 전혀 안 그러신데 오늘 왜 그러셨나 모르겠어요. 이
럴 게 아니지. 전화 한 통화만 할게요."

"그래요."

태진은 곧바로 에이드에게 전화를 걸었고, 마치 기다렸다는 듯
신호가 몇 번 울리지도 않았는데 에이드의 목소리가 들려왔다.

—한 팀장님. 흐흐.

"네, 스케줄 잘 가셨어요?"

—아니요? 집에 가고 있어요.

"어? 스케줄 없으세요?"

—이따 저녁이라서요. 그것도 대명이 오빠 만나는 거라서 꾸
밀 필요도 없어요.

"레몬 기획 대표님이요?"

—네, 오빠가 돈 벌었다고 트리스타 새 앨범 낸다고 그 얘기
좀 하자고 해서요. 아무튼 지금은 겨울이하고 집에 가서 라면
먹으려고요. 라면에 김치!

"하하. 아까는 무슨 커피더라. 그런 거 드신다면서요."

—아! 뭔지 나도 까먹었네. 그거 비싼 커피 검색해서 간 거였
어요. 커피 안 준다고 하면 물어봐서라도 얘기하려고 했는데 딱
커피 준다길래 얘기한 거죠. 흐흐. 좀 있어 보였어요?

"하하하."

태진은 크게 소리까지 내 가며 웃었고, 통화 내용도 모르는

스미스도 웃는 태진을 보며 신기해하며 따라 웃었다.

"정말 감사해요."

—감사는요. 다 돈 벌려고 하는 건데.

"그런데 너무 많이 투자하시는 거 아닌가 걱정이 좀 되네요."

—에이, 그거 전부 한 팀장님이 벌게 해 준 돈이에요. 아직 들어오진 않았는데 우리 문진철 씨가 그 정도 예상하던데.

"문진철 씨요?"

—저희 아빠요. 이번에 우리 회사로 스카웃했거든요.

"아버지를요?"

—우리 아빠 용산 세무서장이었거든요. 그래서 좀 돈 돌아가는 거에 빠삭하세요. 좀 쉬긴 하셨지만! 아무튼 돈이 계속 굴러가야 된다고 그러면서 번 대로 투자하면 세금 줄어든다고 그래서 투자하는 거예요.

"아… 그렇게 많이 버셨어요?"

—더 될 거 같은데. 잘은 모르겠어요.

돈을 너무 막 쓴다고 생각했는데 다 계획하에 이뤄진 일이었다. 그러다 보니 태진도 부담스럽던 마음이 조금은 편해졌다.

"정말 감사해요."

—에이, 인사 그만해요. 내가 더 고마운데! 아무튼 도움은 된 거죠?

"그럼요. 도움 진짜 많이 됐어요."

—잘됐네. 한 팀장님 말대로 해야지 더 성공하는데 사람들이 그런 것도 모르고 무슨 제작사를 한다고. 안 그래요?

"다 입장이 있어서 그래요. 그걸 에이드 씨가 해결해 주셨고요. 감사합니다."

—됐대도요.

"그런데… 그 재벌 컨셉은 좀 안 하시는 게 좋을 거 같아요."

—왜요? 어색했어요? 살면서 한번 해 보고 싶었던 건데.

태진은 약간 실망한 듯한 에이드의 반응에 가볍게 웃고는 말을 이었다.

"혹시나 오해 같은 게 생길까 봐 그래요. 괜히 문제 만들 필요는 없을 거 같아서요."

—아, 그렇지! 어? 그거 생각을 못 했네! 그런데 그런 일은 앞으로 없을 거예요. 이게 아무나 하는 게 아니더라고요. 모자가 얼마나 무거운지 목 부러질 뻔했네.

"하하."

—아무튼 미국 다시 가기 전에 식사라도 한 번 해요.

"네, 언제든지 연락 주세요."

통화를 마친 태진은 회의 때 에이드의 모습을 떠올리며 미소를 지었다.

*　　　*　　　*

며칠 뒤. 섭외 주도권을 가져오자 일이 일사천리로 진행되었다. 다만 진행이 빠르다 보니 4팀 전체가 대부분 섭외를 하러 뛰어다녀야 했다. 그런데 이건 겨우 시작일 뿐이었다. 주조연만으로 드라마가 진행되는 것이 아니기에 오디션 공고까지 내었고, 지원 팀 세 사람은 참가자들이 보낸 영상을 보며 추리는 중이었다. 한참이나 영상을 보던 국현은 피곤한지 눈을 깜빡거리며 안면 운동을 했다.

"피곤하시면 좀 쉬세요."
"그럴 수 있나요. 팀장님도 하고 계신데."
"전 괜찮은데. 이런 거 보는 거 좋아해요."
"후, 대단하세요. 그런데 김희준 감독도 진짜 신기하네!"
"감독님이 왜요?"
"이렇게 완전히 다 맡기는 경우는 처음 봤거든요."
"작가님하고 얘기 다 돼서 그러신 거예요. 그래도 계속 배우들 리스트 보내 달라고 하고 확인하시잖아요."
"그렇긴 하죠. 그리고 팀장님도 좀 의외고요."
"저요? 제가 뭐가요?"

국현은 순간 자신이 말을 잘못한 건 아닐까 싶었지만, 이미 말을 꺼낸 이상 그만둘 수도 없었다.

"단역들도 좋은 단역 뽑는다고 찾아다니고 그러실 거 같아서 걱정했거든요."

"아! 저도 그러고 싶었는데 그건 사람이 너무 많아서 감당이 안 될 거 같아서요."

"하하! 그렇죠!"

"그냥 최대한 지시한 연기 잘하는 분으로 뽑으면 될 거 같아요."

"휴. 다행이네요."

국현이 뱉는 안도의 한숨에 태진은 가볍게 웃었다. 그때, 통화를 하던 수잔이 태진에게 말했다.

"근데 차오름 배우님이요. 이거 소속사가 없어서 계약을 저희를 끼고 하셔야 할 거 같은데요."

"아. 그러네요. 우리 소속은 아니더라도 작품 계약은 가능하잖아요."

"그렇긴 한데요. 지금 매니저 팀에 여유가 있나 모르겠어요. 촬영 시작하면 이주 씨하고 단우 씨 같이 들어가지, 거기다가 1팀 정만 씨가 먼저 촬영 들어가잖아요. 거기에 차오름 씨까지 들어오면… 이거 욕먹을 수도 있을 거 같은데."

"아, 그거요. 촬영까지 텀이 있어서 괜찮을 거예요."

"그래도 동시에 들어가면 전쟁터 같을 텐데. 그래서 보통 활동 계획을 나눠서 잡잖아요."

"오늘 매니저 팀 면접이라서 인원 충원될 거예요. 아, 그 부분을 놓치고 있었네. 일단 차오름 배우님 회사 소속 가능한지 알아보고 이따 저녁에 만나면 권유해 봐야겠어요."

수잔은 고개를 끄덕이며 맞장구쳤다.

"아! 그러네! 오늘 면접이었구나. 인원 문제만 해결되면 문제없죠. 그럼 우리 팀으로 소속될 거고 그럼 주연 세 명이 다 우리 팀 담당이네! 어······? 그럼 우리가 문제네! 우리는 신입 사원 모집 언제 돼요?"

"저희는 이제 공고 내고 서류 받고 있을걸요."

"어? 그런데 저희한테는 왜 안 와요?"

"그걸 우리가 봐요?"

수잔은 고개를 갸웃거리며 말했다.

"어? 이상하다? 저랑 국현 씨는 스카웃으로 온 거라서 잘 모르는데 팀장님 면접 볼 때는 팀장님들이 보셨던 거 같은데요. 다른 회사 도움 받고 그랬던 거 같은데."

"그랬구나······."

"이번도 비슷할 줄 알았는데 이상하네. 우리 바쁜 거 알아서 배려해 주는 건가?"

그때, 사무실 전화가 울렸다. 전화를 받은 국현이 수잔을 노려보더니 말했다.

"말이 씨가 된다고 입조심하라고 했잖아요! 팀장님! 부사장님이 면접 일로 하실 말씀 있으시다고 올라오시래요."

"아……."

수잔은 이마를 부여잡으며 말했다.

"오 마이 갓!"

태진은 그런 수잔을 보며 웃었다.

"걱정 마세요. 다른 팀장님들이 도와주실 거예요."
"아무도 안 도와주죠! 팀장님이 저번에 저지른 일이 있잖아요!"
"네?"
"곽이정 스파이 없앤다고 기존 직원 안 받고 신입들로만 채운
다고 하셨잖아요. 그럼 신입들이 다 우리 지원 팀에 오는 건데
자기 일도 바쁜 사람들이 도와주겠어요?"
"아!"
"스미스 팀장님도 며칠 전부터 회사에서 얼굴도 못 볼 정도로
밖에 돌아다니지, 자 팀장님도 미국 가신다고 준비하시잖아요.
그럼 곽이정이랑 1호 팀장님밖에 없는데 둘이 한편이지! 이거 우
리 섭외하면서 신입 사원 모집해야 되게 생겼어요!"

태진도 자신도 모르게 수잔이 했던 행동을 따라 하며 말했다.

"오 마이 갓!"

　　　　*　　　　　*　　　　　*

　차오름을 만난 태진은 전에 국현이 했던 말이 떠올라 그만 웃음이 나왔다. 그러자 국현이 의아하다는 얼굴로 물었다.

"왜요?"
"술을 괜히 시킨 거 같아서요."
"아! 하하. 그냥 술은 데코죠! 감자탕 먹는데 분위기는 잡아야죠. 하하. 안 그렇습니까, 형님!"

　섭외 기념으로 좋은 식당에 가려고 했는데 차오름이 부담이 된다면서 고른 메뉴가 감자탕이었다.

"하하, 저번에 과음해서 며칠 동안 힘들었거든요. 두 분도 힘드셨죠?"

　태진은 자신도 모르게 큭큭대며 웃었다. 채이주나 단우와 있을 때도 웃긴 해도 이 정도는 아니었는데 차오름과 있다 보면 마음이 편해졌다. 다 간병인을 하며 몸에 밴 배려 때문인 듯했다. 차오름도 미소를 짓고는 말을 이었다.

"제가 연락을 드렸어야 했는데 생각을 정리하느라고 좀 늦었어요."

"아, 괜찮습니다. 결정은 하셨어요?"

"결정했죠. 할게요. 저한테 좋은 기회를 주셔서 감사합니다."

이미 예상하고 있었지만, 차오름의 입에서 직접 하겠다는 말을 들으니 입술이 떨렸다.

"그래도 한 달 간은 간병인을 계속해야 될 거 같아요. 계약기간이 남아서 마지막까지 채우고 싶거든요."

"시간 충분하죠. 가능하실 거예요."

"다행이네요."

"아버님이랑 다른 환자분들도 좋아하시죠?"

"하하. 그럼요. 다들 축하해 주시죠. 축하해 주신 만큼 마지막까지 책임지고 싶어서요."

태진은 웃으며 고개를 끄덕거렸고, 차오름은 환자들을 떠올리는지 흐뭇한 미소를 지었다.

"그럼 제가 일하면서 연습을 좀 해야 될 거 같은데 대본을 좀 받아 볼 수 있을까요?"

"그럼요. 아직 정식 대본이 나온 건 아니라서 나오면 바로 보내 드릴게요."

"감사해요. 그런데 작가님은 김정연 작가님이시죠?"

"네, 맞아요."

"그럼 감독님은……"

"연출은 김희준 감독님이 맡으실 거예요. SBC에 계셨다가 이번에 멀티박스로 옮기신 분이세요."

"아, 그렇군요. 혹시 감독님 성향 같은 건 아세요?"

"성향이요……? 저도 그렇게 많이 만나 본 건 아니라서 잘 모르겠는데 되게 유쾌하신 분 같던데요."

"그렇군요. 그냥 오디션 볼 때 좀 도움이 될까 해서요. 팀장님이랑 국현 씨랑 저를 추천하셨는데 감독님이 마음에 안 들어서 교체하자고 할 수도 있어서요. 제가 워낙 이름이 없다 보니까요."

태진은 웃으며 차오름을 봤다. 자신의 연기에 불만이 있다는 얘기가 아니었다. 믿어 준 사람에게 피해를 끼치고 싶지 않다는 말이었다. 그 마음이 느껴졌다. 그러고 보면 플레이스의 권은희 부장도 자주 보지 않았음에도 친한 느낌이었다. 물론 태진만의 착각일 수 있지만, 친한 느낌을 받은 건 사실이었다. 자신이 어떤 사람에게 좋은 느낌을 받는지 알 것 같았다.

'내가 배려가 많은 사람하고 잘 맞는구나.'

그러다 국현이 눈에 들어왔고, 이내 고개를 저었다. 국현을 보니 꼭 그런 것 같지도 않았다. 하지만 그래도 어떤 신입 사원을 뽑아야 터놓고 일을 할 수 있을지는 알 것 같았다.

*　　　　*　　　　*

며칠 뒤. 에이전트에 대해 점점 알아 갈수록 해야 할 일이 점점 늘어나는 기분이었다. 지금도 4팀에서 보내 온 오디션 참가자들을 확인해야 했고, 차오름과 계약을 위해 활동 계획도 세워야 했다. 그중 가장 어려운 점은 신입 사원을 선택하는 일이었다.

"아! 너무 어렵다!"

갑작스러운 태진의 외침에 국현과 수잔은 눈을 동그랗게 뜨며 놀랐다. 하지만 자신들도 같은 처지였기에 이해한다는 듯 고개를 끄덕였다.

"팀장님! 이거 진짜 너무한 거 같아요!"
"스흡, 이거 우리를 믿어 줘도 너무 믿어 주는 거 같은데요?"
"퇴근하지 말라는 말이지 이게! 팀장님도 화나시면 위에다 뭐라고 막 하세요."
"수잔 씨 오랜만에 나하고 생각이 맞는데요?"
"어후… 왜 서류 면접을 인사 팀이 아니라 우리가 보냐고!"

그동안 참았던 것이 태진의 외침으로 인해 터져 나왔다. 하지만 태진이 말한 이유는 힘들어서가 아니다 보니 두 사람의 눈치를 봤다.

"그게 아니라 이력서 때문에 그래요."
"이력서가 왜요."

"자기소개서를 읽고서 뽑아야 되는데 누가 진심으로 지원하는지 안 보여서요."

"간절함 그런 게 안 보인다고요? 그런 게 보이면 무당 해야죠."

"그런 게 아니라 진심으로 에이전트를 하고 싶은 건지 그냥 취직이 하고 싶은 건지 모르겠다는 거예요."

"모든 취업자들이 일단 취직이 우선이죠! 자기 하고 싶은 일 다 할 순 없잖아요. 팀장님도 그러셨을 거 아니에요."

"전 아닌데요?"

별것 아닌 말에 수잔은 깜짝 놀라기까지 했다.

"그럼 우리 회사만 넣었어요?"

"그렇죠. 연예계 쪽 일 하려고 알아봤거든요. 그런데 다른 데는 학력부터 걸려서 넣을 수도 없었거든요. 그래서 MfB 넣었는데 붙었어요."

"와, 한 번에요?"

"네."

"이제 보니까 그냥 운을 달고 태어난 사람이네!"

운을 달고 태어났다기에는 지금까지 너무 험난했다. 태진은 가볍게 웃고는 말을 이었다.

"제가 썼던 거랑 비슷하게 보냈으면 바로 뽑을 텐데 다 비슷비슷해서 뭘 보고 뽑아야 될지 전혀 모르겠어요."

"하긴 다 비슷비슷하죠. 그런데 팀장님은 어떻게 보냈는데요?"

"전 연예인들 분석해서 보냈거든요."

"자기소개서예요? 그런데도 붙었어요?"

"원래 그런 거 아니에요?"

"누가 자기소개서에 연예인 분석해서 올려요. 어? 남들하고 달라서 붙은 건가?"

대화를 듣고 있던 국현이 슬그머니 입을 열었다.

"어떤 건지 보여 주시면 안 될까요? 참고하면 좋을 거 같은데요."

"좀 부끄러운데."

"그냥 참고만 하려고요."

"잠시만요."

메일에 그대로 남아 있기에 태진은 MfB에 보냈던 이력서를 뽑아 두 사람에게 나눠 주었다.

"스읍, 이게 자기소개서 맞아요? 몇 장이야. 4장? 그것도 엄청 빼곡한데요."

"저도 다 그렇게 하는 줄 알았는데… 지금 보니까 아닌 거 같더라고요."

"당연하죠. 이렇게 보내면 입구 컷이죠. 이걸 누가 뽑은 거지? 이거 뽑아 준 사람한테 고마워해야겠는데요."

"그거 라온 이 부장님이 뽑아 주셨다고 들었어요."

"아, 그때 다른 회사에 도움받았다고 하더니 라온에서도 도움받았었나 보네요."

그때, 자기소개서를 읽고 있던 수잔이 혀를 내밀며 놀랐다.

"싹부터 달랐네… 이건 뽑힌 이유가 있네요."
"뭔데요."
"한 번 봐요. 무슨 연예인들 특징하고 고쳐 나가야 될 점을 아주 정확하게 써 놨어요. 이걸 보면 나라도 뽑겠네."

수잔의 말에 궁금했던 국현도 태진의 소개서를 읽기 시작했고, 금방 수잔과 같은 반응을 보였다.

"처음부터 준비된 사람이었네!"
"아니에요."
"그런데 이거 보니까… 누굴 뽑아야 되는지 더 막막해지는데요? 팀장님이 왜 어렵다고 한 건지 알 거 같네요."

동의의 뜻으로 고개를 끄덕거리던 수잔이 입을 열었다.

"더 어려워졌어. 팀장님이 서로 배려할 줄 아는 사람으로 뽑자고 할 때만 해도 쉬울 거라고 생각했는데 이게 뭐야……."
"내 말이. 차라리 얼굴 보고 얘기하고 뽑으면 더 쉬운데. 도대체 이걸 곽이정은 어떻게 한 거야."

국현의 입에서 곽이정의 이름이 나왔다. 태진은 궁금한 마음에 국현을 봤다. 그러자 국현이 자신도 모르게 나온 이름에 어색하게 웃으며 말했다.

"우리 회사에서는 서류 면접 곽이정이 했거든요."

"다른 팀장님들도 같이 하신 거 아니에요?"

"다들 하긴 했는데 대부분을 곽이정 혼자 했어요. 가끔 팀원들이 도와주기도 했는데 거의 혼자 했다고 보면 되죠."

"아."

어떻게 혼자 한 건지 궁금했다. 곽이정과 사이가 좋았다면 노하우라도 물어봤을 텐데 그러고 싶은 생각이 들지 않는 사이였다. 그때, 국현이 입을 열었다.

"곽이정 요새 혼자 다닌다던데."

"1팀에서 그래요?"

"네. 알게 모르게 불만이 터져 나오고 있더라고요."

"왜요?"

"이게 쌓일 대로 쌓인 거겠죠. 그, 4팀에 브라운 있잖아요. 그 사람이 불붙였다고 들었는데 자세한 건 얘기 안 해 주더라고요. 아무튼 그래서 전처럼 곽이정 체제가 아닌 모양이에요."

"곽이정이 가만있고요?"

"곽이정이라고 뭔 수가 있나요? 국민이 있어야 대통령이 있듯이 팀원이 있어야 팀장이 있는 건데. 이거 잘하면 곽이정 팽 당할 수도 있어요. 이런 거 보면 진짜 사람이 줄을 잘 서야 돼. 저봐요. 바로 갈아타서 황금 동아줄 잡았잖아요."

착하게 살아야 된다는 말이 나올 줄 알았던 태진은 헛웃음을 뱉었다. 그와 동시에 대단하다고 생각하던 곽이정이 무너지고 있다는 말을 듣자 감정이 묘했다. 수단 방법을 가리지 않고 성공을 하려던 사람이 그 수단으로 인해서 무너지는 게 안타깝기도 했고, 팀원들의 불만이 이해가 되기도 했다.

"후……."
"라이벌의 몰락이 신경 쓰이세요?"
"그런 건 아니고요. 그냥 있는 그대로 일했으면 지금보다 더 나을 거 같아서요."
"하긴 곽이정이 일은 참 잘하죠. 1팀원들도 좀 그래요. 다들 콩고물 떨어지는 거 얻어먹으려고 붙어 있다가 팀장님한테 조금 밀린다 싶으니까 바로 들고일어나잖아요. 그게 사람이 할 짓인가."

태진은 이유 모를 답답함이 느껴졌다. 그때, 태진의 휴대폰이 울렸다.

"네, 필 씨."
―일하고 있어요?
"네, 회사예요. 혹시 단우 씨한테 무슨 일 있어요?"

―단우야 열심히 연습하고 있죠. 그런 게 아니라 내가 엊그제부터 연습 들어갔거든요.

"아! 연극이요! 벌써 연습 시작하시나 봐요."

―그렇죠. 그런데 단우를 데리고 가면 좋을 거 같아서 데려가려고 하는데 그게 문제가 되나 봅니다.

"네?"

―단우한테 연극 연습하는 거 보여 주면 도움이 될 거 같아서요. 그래서 같이 가겠다고 했더니 1팀에서 안 된다고 하더군요. 태진한테 얘기하면 해결될 거 같아서요.

"이상하네. 왜 안 된다고 했지?"

―그걸 나한테 물어보면 어떻게 해요.

"아! 제가 알아보고 바로 연락드릴게요."

전화를 끊은 태진은 소식통인 국현을 쳐다봤다.

"왜요? 필 선생님 무슨 문제 있대요?"

"연극 연습하는 데 단우 씨 데리고 가려고 하는데 1팀에서 안된다고 했대요. 무슨 들은 얘기 없으세요?"

"그런 얘기는 못 들었는데. 아! 혹시 단우 씨가 우리 팀이라 곽이정이 괜히 꼬장 부리는 거 아니에요?"

"그런 건가. 하아……."

듣고 보니 그럴 수도 있다는 생각이 들었다. 그러다 보니 조금 전에 안타깝다고 생각하던 스스로가 바보처럼 느껴졌다. 태진은 약간 화가 난 채로 곧장 통화 버튼을 눌렀다.

"어디세요? 좀 보죠."

태진이 누구에게 전화를 거는지 알고 있는 수잔과 국현은 단호한 태진의 말투에 놀란 얼굴로 서로를 쳐다보기만 했다.

*   *   *

오랜만에 플레이스의 소극장을 찾았지만 좋지 않은 기분 탓에 반가운 마음은 들지 않았다. 극장 주차장에 차를 대고는 예전에 곽이정과 만났던 커피숍으로 향했다. 커피숍에 도착하니 이미 도착해 있는 곽이정이 보였다.

방금까지도 화가 나 있었는데 곽이정을 보자 이상하게 화가 가라앉는 느낌이었다. 평소와 다르게 뭔가 의욕이 없는 사람처럼 느껴졌다. 게다가 안 본 사이에 부쩍 나이를 먹은 듯한 느낌까지 들었다. 강철처럼 느껴지던 사람이었는데 지금은 그냥 아저씨 같은 느낌이었다. 아니나 다를까 태진을 발견한 곽이정의 말투가 예전과 달랐다.

"왔어요? 앉아요."

태진은 곽이정의 표정을 살피며 자리에 앉았다. 자신이 알던 곽이정이 아닌 느낌이었다.

"왜 그렇게 뚫어져라 보는 거죠?"

"아니에요."

"그래요? 그럼 말고. 그런데 난 왜 보자고 한 겁니까?"

이제는 화도 나지 않았다. 그동안 곽이정을 볼 때는 항상 가면을 쓴 것처럼 느껴졌는데 지금은 그런 느낌이 들지 않았다.

"필 씨 때문에 왔습니다."

"로젠 필 씨요?"

"네."

"음? 아, 계약 때문에 왔군요. 후후. 단기적으로 보면 한 팀장이 건 조건보다는 못하지만 장기적으로 보면 더 나을 거란 걸 알 텐데요. 앞으로 시즌이 계속될 예정인데 고정으로 들어가는 것이나 다름없죠. 우리 MfB 입장에서도 그 편이 훨씬 도움이 될 테고요."

곽이정의 말을 듣는 순간 태진은 자신이 잘못 찾아왔다는 것을 느꼈다. 다른 말을 하는 걸 보면 아무래도 전혀 모르고 있는 눈치였다. 태진은 확실히 해 두기 위해 질문을 던졌다.

"필 씨 만나 보셨나요?"

"이제 만나야죠. 그동안 좀 바빠서요. 필 씨가 계약에 문제 있다고 했습니까?"

"아니요."

"그럼요? 날 보자고 한 이유가 그거 말고는 없을 텐데."

곽이정은 전보다 편해진 얼굴로 커피를 마시며 태진의 대답을 기다렸다. 태진은 그런 곽이정의 모습이 좀처럼 적응되지 않았다. 조금이라도 이득을 보려고 기 싸움을 해야 되는데 그런 게 전혀 없었다. 차라리 예전 같은 모습이 더 편하다는 생각마저 들었다.

'그럼 왜 1팀원들이 곽이정 지시라고 한 거지?'

1팀에는 지원 팀에 지원했던 사람들도 있었다. 물론 뽑을 생각은 없지만 자신에게 잘 보이려고 해도 부족할 판에 왜 지원 팀에 방해가 되는 일을 하는 건지 이해가 되지 않았다. 그것도 곽이정을 팔아서까지.

그때, 곽이정이 태진을 보며 코웃음을 뱉었고, 그 소리에 태진은 정신을 차리고 곽이정을 봤다.

"바로 그거죠. 난 한 팀장이 그럴 거 같았어요."

"뭐가요?"

"조금이라도 얻어 가려고 그러는 거 아닙니까?"

"아닙니다."

이런 거 보면 또 변한 것 같지도 않았다. 태진은 곽이정을 가만히 쳐다본 뒤 입을 열었다.

"제가 보자고 한 건 단우 씨 때문입니다."

"권단우 씨요?"

"네. 필 씨 극장에 오실 때 단우 씨도 함께해서 시야를 넓혀 주려고 하신다네요."

"음, 문제 될 건 없죠. 오히려 연극 프로젝트 출신으로 우리와 계약한 권단우 씨가 지켜본다면 다른 배우들에게도 자극이 되겠네요."

"그렇죠?"

곽이정은 잠시 대답을 머뭇거리더니 말을 이었다.

"그래서 나한테 원하는 건 뭡니까? 나 좋으라고 이런 걸 그냥 해 줄 건 아니고. 뭡니까?"

이로써 이번 일은 곽이정과는 상관이 없다는 것이 확실해졌다. 무슨 이유인지에서 몰라도 팀원들에게 아무런 정보도 얻지 못하고 있었다. 태진은 팀원들에게 뒤통수 맞는 곽이정의 얼굴도 궁금했지만, 그보다 해탈한 듯한 곽이정이 마음에 안 드는 게 더 컸다. 그때, 곽이정이 말했다.

"원하는 게 없다고요?"

"없어요. 그냥 단우 씨 구경만 할 수 있게 해 주시면 되는데요……."

"그런데요?"

"왜 팀장님하고 1팀원들하고 얘기가 다를까요?"

곽이정은 생각이 많은 표정을 지었고, 태진은 그런 곽이정의 표정을 하나라도 놓치지 않기 위해 뚫어져라 쳐다보며 말했다.

"왜 1팀에서는 팀장님 지시라면서 단우 씨를 데려오면 안 된다고 했던 거죠?"

태진의 질문이 끝나기 무섭게 곽이정이 아주 잠깐이지만 씁쓸한 표정을 지었다. 하지만 무척이나 짧았고, 다시 예전으로 돌아간 듯한 곽이정의 표정이 보였다.

"후후, 신경전이죠."

말도 안 되는 이유를 대기에 태진은 더 이상 할 말이 없었다. 거짓말이라는 게 너무 보였다. 왜인지 거짓말까지 하면서 자기 팀원들을 옹호하려 하고 있었다. 다 부서져 가는 가면을 쓴 채로.

제4장

—

곽이정의 과거

　태진이 곽이정을 만나는 동안 국현은 정보를 수집해 왔다. 그 사이에 1팀에 갔었는지 생각보다 많은 정보를 얻어 왔다.

　"스흡, 이거 분위기가 묘해요. 곽이정도 이상하다고 그랬죠."
　"네. 뭐라고 해야 되나. 억지로 기운 내는 느낌?"
　"회광반조인가?"
　"네?"
　"죽기 전에 잠깐 멀쩡해지는 그런 거 있잖아요. 진짜 회사 그만두려고 그러나?"
　"곽이정이 퇴사한대요? 아까 보니까 그런 건 아닌 거 같은데."
　"자진 퇴사는 아니고 밑에서 밀어내려고 하고 있는 거 같던데. 아주 지금 1팀 보면 오합지졸이나 다름없어요. 곽이정이 저러고 있어서 그런가 서로 팀장 되려고 그러는 거 같더라고요."

태진은 말도 안 되는 소리에 헛웃음을 뱉었다. 아무리 곽이정
이 지금 기운이 없다고 해도 곽이정은 곽이정이었다.

"안 될 거 같으세요?"
"그럼요. 곽이정이 일은 잘하잖아요."
"그걸 혼자 할 순 없잖아요. 작정하고 안 따라 주면 곽이정이
라도 별수 없죠. 안 따라 주기만 하면 다행이지. 밀어내려고 별
수작을 다 부리는데 그걸 어떻게 버텨요. 팀장님도 만약에 저랑
수잔 씨가 시키는 거 안 하고 방해만 한다고 생각해 보세요."
"아……."
"그거 곽이정이라도 못 버틸걸요?"

이해를 했다는 얼굴로 고개를 끄덕이던 태진이 갑자기 입술을
깨물었다. 그런 태진의 모습에 국현이 의아하다는 얼굴로 말했다.

"싸우면서 정드셨어요? 자기가 뿌린 대로 거두는 거죠. 1팀 팀
원들이 그동안 본 게 수작질인데 못 하는 게 이상하죠. 전 자업
자득 같은데."

태진은 입술을 깨문 채 잠시 생각하더니 대답했다.

"곽이정하고는 다르죠. 곽이정이 수작을 부려도 신기한 게 배

우들한테는 피해가 가는 게 없어요. 그게 어떤 팀 배우더라도 일단 배우는 아무런 상관도 없거든요. 저한테 수작 부릴 때 그런 거 보셨어요?"

"어? 그러고 보니까 그러네?"

"남들한테 피해를 주는 것도 잘못인데 일단 배우한테는 안 그래요. 그런데 1팀원들은 지금 회사 일인데도 자기들 수작 부린다고 방해하고 있는 거잖아요. 아이디어 가로채고 공을 가로채고 그런 짓은 해도 그게 다 배우들한테 돌아가잖아요. 그런데 1팀은 단우 씨가 구경한다는데 그걸 막고 있는 게 화가 나는 거예요."

곽이정도 마음에 들지 않지만 1팀원들의 행동이 더 마음에 들지 않았다. 차라리 곽이정의 관리하에 있는 것이 오히려 더 나을 것 같았다.

'설마 회사를 그만두려고 그러는 건가?'

곽이정이 밀려나고 누가 될지는 몰라도 1팀원 중 누군가가 팀장에 앉는다면 더 골치가 아플 듯했다. 곽이정에게 잘못 배운 걸로 방해를 할 수도 있다는 생각이 들었다. 그리고 그런 팀원들을 감싼 곽이정도 이해가 되지 않았다. 다만 이대로 그만두면 안 될 것 같다는 생각이었다.

그때, 수잔이 깊은 한숨과 함께 태진과 국현을 노려봤다.

"왜요? 뭐 들은 얘기 있으세요?"

"들은 얘기요?"

태진의 질문이 도화선이라도 된 듯 수잔이 화를 내기 시작했다.

"아니! 언제까지 우리하고 상관없는 곽이정이랑 1팀 얘기 할
거예요! 지금 이거 안 보여요?"
"아!"
"팀장님도 나갔다 오고! 국현 씨도 정찰한다고 하루 종일 밖
에 있지! 지금 나 혼자 계속 자기소개서 보고 있다고요! 언제 그
만하나 봤는데 끝날 생각을 안 해! 사람들이 말이야! 이거 말고
도 할 일이 얼마나 많은데! 진짜!"

완전 폭발한 수잔의 모습에 태진과 국현은 슬그머니 자리에 앉
았다. 태진은 헛기침을 하고 앞에 놓인 자기소개서를 들추려 할 때,
자리에 앉은 국현이 수잔의 눈치를 보며 무언가를 말하려 했다.

"미안해요. 전 수잔 오늘 퇴근하면 야근하면서 보려고 했죠.
하하."
"자기가 오버로드야 뭐야! 자꾸 정찰만 해!"
"오버로드요? 아! 하하… 그냥 좀 걱정돼서 그랬죠. 지금부터
열심히 할게요."
"아니, 가면 누구라도 데려올 줄 알았는데 그냥 정찰만 하고
오니까 화가 나죠! 1팀이 어떻게 되든 우리하고 무슨 상관이에
요. 차라리 빨리 무너졌으면 좋겠네. 곽이정 우리 팀에 데려다가

이거 하라고 그러게."

"네……?"

"곽이정이 서류 면접 잘 본다면서요! 후… 너무 나갔네. 아무튼 지금부터 어디 가지 마요! 팀장님도!"

수잔의 말을 듣던 태진의 머리가 순간 반짝거렸다. 그러고는 곧장 자리에서 일어났다.

"어디 가세요!"

"아니요. 가는 게 아니라요. 진짜 곽이정 데려오려고요."

"네? 우리 팀에?"

"아니요. 이거 도와 달라고요. 곽이정 스파이 걸러 내려다가 생긴 일이니까 도와 달라고 하게요."

수잔은 물론이고 국현도 무슨 소리를 하는 건지 이해가 되지 않는다는 얼굴로 태진을 쳐다봤다.

*　　　*　　　*

태진과 만난 뒤 극장에 자리한 곽이정은 낮은 한숨과 함께 씁쓸한 미소를 지었다. 자신이 만든 팀이 자신이 벌인 일로 인해 흔들리고 있었다. 얼마 전 이철진에게 얘기를 들은 이후부터 조금씩 변화가 보이더니 이제는 아예 밀어내려고 하고 있었다. 그 사람들 중에는 자신에게 얘기를 해 준 이철진도 포함되어 있었다.

필의 담당이 이철진이었다. 그리고 이철진이 그러는 이유가 뻔히 보였다. 태진과 자신을 저울질해 본 결과 태진을 우세라고 판단한 모양이었다. 그렇기에 싸움을 붙이려고 했고 자신이 밀리면 그걸 빌미 삼아 팀원들에게 이제 곽이정은 힘이 빠졌다고 선동할 것이 뻔했다. 실제로도 힘이 빠진 건 사실이었지만, 이런 식으로 해선 안 됐다. 마침 필이 극장에 들어오는 모습이 보였다.

바로 자리에서 일어난 곽이정은 곧바로 필에게 다가가 함께 있는 통역사에게 말했다.

"내일부터 권단우 씨 관람하셔도 됩니다. 플레이스에는 제가 얘기를 끝냈으니까 문제없을 겁니다."

통역사에게 전해 들은 필이 곽이정을 물끄러미 쳐다보더니 피식 웃었다. 그러고는 뭐라고 말을 한참 했는데 통역사가 통역을 하지 않고 머뭇거렸다.

"말씀해 주시죠."
"아, 네. 태진한테 말했더니 바로 해결된다고 하셨고요… 회사 일로 견제하는 건 상관 안 하는데 필 씨가 맡은 배우나 연극 배우분들한테 피해를 주지 말라고 그러시네요."
"후후… 그게 다인가요?"
"조금만 피해를 줘도… 죽여 버린다고……."
"음, 네, 알겠습니다. 그런 일 없을 거라고 전해 주시죠."

곽이정은 가벼운 인사를 건네고는 쓴웃음과 함께 자리로 돌아왔다. 팀원들에게 항상 소속 배우를 우선으로 생각하라고 그렇게 알려 줬는데 그런 건 신경도 쓰지 않고 배우지 않아도 될 것들만 배운 것처럼 느껴졌다. 같이 있을 때는 몰랐는데 조금 거리를 두니 팀원들의 성향이 잘 보였다. 조금만 빨리 알았다면 조금이라도 바꿀 수 있을 텐데 지금은 너무 늦었다. 팀원들이 자신을 어떻게 생각하는지 곽이정도 알고 있었다. 그리고 자신의 자리도 더 이상 없을 듯했다.

큰 꿈을 갖고 MfB에 왔는데 한 사람으로 인해 꿈을 이뤄 보기 전에 끝나 가고 있었다. 바로 태진이었다. 그렇다고 태진에게 악감정이 있는 건 아니었다. 오히려 자신이 부족했던 점을 느끼게 해 주었다. 자신이 생각한 회사와 다르게 흘러가고 있지만 지금의 회사 모습도 괜찮아 보였다. 다만 이런 회사에 자신의 자리는 없었다. 곽이정은 쓴웃음을 짓고는 가만히 휴대폰을 들여다 봤다. 화면에는 사진이 있었고, 곽이정은 그리움이 가득한 얼굴로 사진을 넘겼다.

'너희들도 한태진 만났으면 달라졌으려나……'

그때, 휴대폰이 울렸다. 태진을 생각할 때, 진짜 태진에게 전화가 오자 마음을 들킨 것 같은 기분에 잠시 머뭇거렸다. 곽이정은 그런 자신의 모습에 피식 웃고는 전화를 받았다.

"못 했던 말이 있나요?"

—이따 퇴근하시고 회사로 좀 오시죠.

"늦을 거 같은데요."

—거기서 하실 거 없잖아요. 필 씨가 다 하실 텐데요.

"음?"

—저 거기 있어 봐서 알아요. 퇴근하면 회사로 오세요.

평소 태진의 말투가 아니었다. 자신을 싫어하지만 그래도 예의는 지켰는데 지금은 마치 부하 직원을 대하는 듯한 말투였다.

"명령하는 겁니까?"

—명령은 아니고요. 거래죠.

"거래요? 나하고 할 거래가 있나요?"

—있죠. 오셔서 신입 사원 서류 면접 좀 도와주세요.

"음⋯⋯?"

곽이정은 생각지도 못한 부탁에 어이가 없었다. 이런 부탁을 할 사이가 아니었다.

"신입 사원 면접이요? 내가 잘못 들은 건가요?"

—제대로 들으셨어요. 전에 면접 볼 때 서류 면접 거의 혼자 다 하셨다면서요.

"그랬죠."

—그러니까 좀 도와 달라고 말하는 거에요.

"나한테 전화한 거 맞나요?"

—곽이정 팀장님한테 건 거 맞아요.

"허… 그런데 내가 왜 그래야 되죠?"

잠시 입을 다물던 태진이 말을 하기 시작했다.

—팀원들하고 사이 안 좋으시죠?

"으음?"

—으음 좀 그만하세요. 다 알아요.

"한 팀장하고 무슨 상관이죠?"

—1팀 사람들이 이상하게 나올까 봐 걱정돼서요. 그래서 도와
드리려고 하는 거거든요.

태진이 무슨 말을 할지 예상이 되지 않았다. 하지만 팀원들에
대한 얘기를 하는 걸 보니 마음이 동했다. 이미 회사를 나갈 생
각이긴 하지만, 갈 때 가더라도 회사가 잘 돌아갈 수 있게 제대
로 된 사람을 팀장으로 앉히고 싶었다. 그러다 보니 기회일 수도
있다는 생각에 곽이정은 자세를 고쳐 앉고는 입을 열었다.

"말이 이상하군요."

—네?

"돕는다는 말이요. 이건 돕는 게 아니라 거래라고 말하는 게
맞을 거 같군요."

—아… 그래요. 거래.

"그래서 내가 면접 보는 걸 도와주면 한 팀장은 뭘 해 줄 겁니까."

―곽이정 팀장님 위상 올려 드릴게요.

"내 위상을요? 어떻게요?"

　―되게 쉬울 거 같은데요. 일단 오시죠. 오시면 다 설명해 드릴게요. 그럼 오시는 걸로 알겠습니다.

　곽이정은 끊어진 전화를 가만히 쳐다봤다. 대화를 이끌어 나가며 태진이 무슨 말을 할지 알아내려 했는데 마치 다 알고 있다는 듯이 자기 할 말만 하더니 끊어 버렸다. 그러다 보니 자기도 모르게 헛웃음이 나왔다.

　'많이 컸네. 한태진이.'

＊　　　　＊　　　　＊

　다음 날, 극장이 아닌 사무실에 자리한 곽이정은 나오는 하품을 참느라 고역이었다. 자기소개서라고 해서 얼마 안 될 거라 생각했는데 예전 면접 때보다 더 양이 많게 느껴졌다. 거기다가 태진과 국현이 노하우를 묻는 통에 시간이 더 걸렸다. 문제는 이게 어제 하루로 끝나는 것이 아니었다.

　'후……'

　곽이정은 하품을 참다 말고 피식 웃음이 나와 버렸다. 태진이 말한 자신의 위상을 돌려 놓을 방법이 떠올랐기 때문이었다. 처음에는 말이 안 된다고 생각했지만, 자신 있어 하는 태진의 모습에 설득이 되어 버렸다. 설득을 하며 보여 준 태진의 모습에 웃음이 나온 것이었다. 그때, 1팀원들이 하나둘씩 사무실로 들어왔다. 곽이정은 그런 팀원들을 보며 피식 웃었다.

"왜요? 여기 내 자리인데 있으면 안 되는 사람이 있는 것처럼 놀라고 그래요."

"아… 아닙니다. 극장으로 출근하신 줄 알았습니다."

"그래서 출근이 늦었나요?"

"그런 게 아니라 거래처 들렀다 오느라고요……."

"아침 시간에요? 후후. 그래요. 앉아요."

곽이정이 사무실로 출근했을 거라고 생각하지 못했는지 당황하는 게 보였다. 하지만 그것도 잠시 뻔뻔한 얼굴로 자신들의 자리에 앉았다. 원래의 곽이정이라면 말도 안 되는 변명을 듣고 그냥 넘어갈 리 없는데 지금은 그냥 넘어가고 있었다. 그러다 보니 팀원들은 곽이정이 지금 자신의 처지를 알고 있다고 생각했다.

다들 곽이정이 있다는 걸 크게 개의치 않았고, 업무를 보기 시작했다. 그리고 시간이 지날수록 누구를 중심으로 돌아가는지 곽이정은 느끼고 있었다. 어느 정도 예상은 하고 있었지만, 팀원들은 자신이 아닌 이철진에게 보고를 하고 있었다. 그리고 이철진이 정리한 걸 자신에게 알려 주고만 있었다. 지금 보고를 받는 곽이정은 헛웃음만 나왔다.

"강원 스파클링 후원을 왜 JJJ극단에 넘긴다는 겁니까?"

"강원 스파클링에서 그러길 원하더라고요."

"그게 말이 됩니까? 처음부터 JJJ극단 연극에 후원을 하기로 한 건데 이제 와서 극단을 바꿔서 후원을 한다고 하면 경호단은 어쩌라는 거죠?"

"팀장님도 아시다시피 후원사들도 기왕이면 더 나은 곳에 후원하고 싶어 하잖아요."

"그래서 계약을 엎고 새로 하겠다?"

"다 그러잖아요… 저쪽에서 그러겠다는데 저희가 힘이 있나요."

"후… 계약을 했으면 그대로 해야죠. 그리고 후원을 받은 만큼 더 나은 성공을 할 수 있게 도와주는 게 우리 일인데. 순서가 틀렸다고 생각하진 않나요? 그걸 허락하면 안 되는 거죠."

이철진이 실수했다는 듯 고개를 숙이고 있지만, 전혀 잘못한 표정이 아니었다. 그런 모습에 곽이정은 헛웃음을 뱉었다.

'당신은 아니네……'

곽이정은 다른 팀원들을 둘러봤다. 그런데 예전이라면 자신의 말에 동의했을 팀원들이 지금은 별거 아닌 일에 히스테리를 부린다고 생각하는 표정들이었다. 가뜩이나 피곤한데 저런 얼굴들을 보자 피곤함이 배로 몰려왔다. 그때, 자신을 부르는 소리와 함께 태진이 1팀 사무실에 들어왔다.

"곽이정 팀장님 계신가요?"

*　　　　*　　　　*

태진의 등장에 곽이정은 헛기침을 한 뒤 손을 들어 올렸다. 그러고는 팀원들의 표정을 살폈다. 모든 팀원이 자신과 태진의 관계가 좋지 않다는 걸 알기에 태진이 아침부터 1팀에 왜 온 건지 궁금해하는 얼굴들이었다. 특히 이간질을 하던 이철진은 무척이나 당황한 얼굴이었다. 곽이정은 피식 웃고는 태진을 봤다.

태진은 1팀원들의 시선이 신경 쓰이지도 않는다는 듯 팀원들에게 아예 고개도 돌리지 않고 있었다. 그저 곽이정만 쳐다보며 허리를 꾸벅 숙여 90도 인사를 했다. 이것도 태진이 만든 시나리오였다. 표정에서 티가 나지 않는다면 처음 보여 주는 이미지를 강하게 인식할 수 있게 해야 된다며 한 일이었다.

"좋은 아침입니다. 팀장님."

"그래요."

"저 말씀하신 대로 해 봤는데 한번 확인 좀 부탁드리려고 왔습니다."

"놓고 가세요."

"시간 되시면 옆에서 확인 같이 했으면 하는데."

곽이정은 귀찮다는 표정을 태진을 한 번 보고는 고개를 끄덕거렸다. 그러자 태진이 1팀원들을 등진 채 곽이정만 볼 수 있도록 섰다. 곽이정은 그런 태진이 가져온 서류를 보고는 다시 태진을 보며 헛웃음을 뱉었다. 태진이 가져온 건 입사 지원자들의 자기소개서였고, 이 잠깐의 시간에도 부려먹으려고 하고 있었다. 곽이정은 헛웃음을 뱉고는 손에 펜을 들었다.

"어제 말했죠. 여기, 여기. 이거 기존에 있는 걸 가져다 쓴 거예요. 이런 것부터 열외시키는 게 우선입니다."
"네, 죄송합니다. 저희가 확인할 때 안 보였던 건데……."

어쩌면 저렇게 태연하게 연기를 잘하는지 마음 같아서는 진짜 배우로 영입하고 싶었다. 표정을 짓지 못하더라도 오디오 드라마에만 출연해도 먹힐 것 같았다. 다만 태진이 만든 판에서 말이 된 것이 약간 못마땅했다. 그렇다고 망칠 생각은 없었기에 망치지 않는 선에서 태진에게 말했다.

"정신 차려요. 정신. 어제도 그렇게 알려 줬는데 이런 식으로 하면 어쩌자는 거죠?"

약속에 없던 말에 태진의 눈동자가 잠깐 떨렸고, 곽이정은 그런 태진의 모습에 웃음을 참느라 고개를 숙여 버렸다. 하지만 태진은 곧바로 정신을 차리고 대답했다.

"죄송합니다……."
"똑바로 합시다. 이것들 다시 가져가서 검토하고 이따 지원 팀 사무실가서 확인할 테니까 가 있어요."

"네, 알겠습니다."

"뭐 더 할 말 있어요?"

곽이정은 서류를 다시 돌려주었고, 태진은 서류를 받아 들고
는 다시 고개를 꾸벅 숙였다.

"그럼 이따 몇 시쯤······."

"음, 극장에 가야 되니까 이따 6시 이후에 가죠."

"네, 감사합니다. 그럼 식사는 준비할까요?"

"간단하게 초밥 먹죠."

"그렇게 준비해 놓겠습니다."

태진은 끝까지 고개를 숙인 뒤 1팀 사무실을 나갔고, 곽이정
은 피식 웃고는 팀원들을 쳐다봤다. 지금 상황을 파악하려는지
다들 생각이 많은 얼굴들이었다. 그런 모습에 곽이정은 피식 웃
었다. 태진이 상황을 완전히 뒤집어 놓은 셈이었다.

남들이 안다면 별것 아닐 수도 있지만, 곽이정은 이번 계기로
인해 인정할 수밖에 없었다. 현재 자신의 위치와 사람들이 자신
을 어떻게 보는지 정확하게 파악하지 않는 이상 나올 수 있는
방법이 아니었다. 아직 경험이 많은 편이 아님에도 스스로를 잘
파악하고 있었다. 감정이 앞서는 줄만 알았는데 객관적으로도
보고 있었다.

'후후, 재밌어.'

곽이정은 씨익 웃고는 다시 팀원들을 봤다. 그러다가 아까 대화 중이었던 이철진을 봤다. 팀원들에게 어떻게 신임을 얻었는지 모르겠지만 사이를 벌려 놓을 필요가 있어 보였다. 곽이정은 아무렇지도 않은 표정을 짓고는 이철진을 봤다.

"그래서 아까 어디까지 얘기했죠?"

"네?"

"후원 얘기요."

"아… 그게."

"아무리 생각해도 스파클링 후원을 JJJ극단에 넘길 이유가 없단 말이에요?"

"강원 스파클링에서 원해서요……."

"갑자기 후원 극단을 바꾸는 것도 이상하고. 혹시 JJJ극단에서 뭐 받았어요?"

"아니요! 받은 거 없습니다. 진짜 없는데요?"

"그렇죠? 혹시라도 뭐 받고 그랬으면 팀원들하고 나눠요."

곽이정의 말이 끝나자마자 팀원들의 시선이 이철진에게 향했다. 곽이정은 피식 웃었다. 진짜로 받았는지 아닌지는 알 수 없지만 그 동안의 이철진의 평판 덕분인지 팀원들의 눈에 의심이 싹트기 시작했다.

"진짜 받은 거 없는데요."

"네, 그래요. 혹시라도 받은 거 있으면 나누라고요."

"없는데……."

"그리고 강원 스파클링은 내가 해결하죠. 경호단에 후원하는 걸로 다시 돌려 놓을게요."

"아! 아닙니다. 제가 하겠습니다……."

"안 된다면서요?"

곽이정은 헛웃음을 뱉으며 이철진을 봤다.

'진짜 받았어?'

아마 받았다면 강원 스파클링이 아니라 JJJ극단에 받았을 것이었다. JJJ극단도 여유가 없었기에 크진 않겠지만 그 크기가 문제가 아니라 받았다는 것 자체가 문제였다. 그리고 팀원들도 바보가 아닌 이상 전부 눈치를 챘는지 인상을 찌푸리고 있었다.

"원래대로 돌려놔요."

"네, 알겠습니다……."

"오늘까지."

"네……? 네……."

"일 봐요."

이철진은 고개를 숙인 채 깊은 한숨을 뱉었다. 곽이정은 혀를 차고는 자리에서 일어났다. 그러고는 팀원들을 주욱 둘러봤다. 태진이 잠깐 등장한 것만으로도 팀원들의 눈빛이 예전으로 돌아온 듯 보였다. 조금 늦긴 했지만 남들이 보기에 수작처럼 보이는 일을 어떻게 처리하는 건지 알려 줘야 했다.

옷과 가방을 챙긴 곽이정은 팀원들을 보며 말했다.

"매니저 팀에 연락해서 권단우 씨 당분간 우리 팀에서 맡을 거라고 알려 주세요."

"네?"

"필 씨하고 같이 극장에 올 동안만 맡을 겁니다. 헤어 숍에도 알려주고 권단우 씨한테 연락해서 늦지 않게 갈 수 있도록 해요."

"네……? 권단우 씨 지원 팀 담당인데……."

"필요해서 불렀습니다."

원래라면 이 정도 선에서 말을 멈췄을 것이다. 하지만 지금 본인이 어떻게 생각하는지를 알려 줘야 했다.

"배우 섭외할 때 어필하려고 그러는 겁니다. 같은 연극 프로젝트 출신으로 MfB와 계약한 권단우 씨. 그걸 보면 다른 배우들도 의욕과 열정이 생기겠죠. 그 의욕을 생기게 하려면 허접하게 보일 순 없잖아요. 최대한 화려하게 준비하세요."

"네? 아, 네……."

처음부터 알아들을 거라고는 생각하진 않았다. 하지만 남은 시간 동안 최대한 많이 보여 줘야 했다. 말을 마친 곽이정은 팀원들을 보며 한숨을 푹 쉬고는 사무실에서 나왔다.

"처음부터 제대로 좀 보여 줄 걸 그랬나."

전에는 오해를 해도 상관이 없었다. 어차피 자신이 그린 그림대로 될 것이라는 확신이 있었고, 그게 맞다고 확신했기 때문이었다. 하지만 또 다른 길이 있다는 걸 봤기에 예전에 자신이 했던 행동을 돌아보게 되었다.

그래서인지 이상하게 선우 무대에 있을 때 만났던 한 부장의 얼굴이 떠오른 곽이정은 입꼬리를 살짝 올리고는 걸음을 옮겼다.

*　　　　*　　　　*

지원 팀 사무실은 전쟁터나 다름없었다. 잠깐 휴식을 취하는 중에도 전부 퀭한 얼굴이었다.

"사람 뽑다가 내가 먼저 골로 가겠네."
"힘내요. 오늘은 나도 남을게요."
"수잔도요? 괜찮겠어요?"
"우리 팀 일인데 해야죠. 어젠 자꾸 밖으로 도니까 화가 난 거고."
"오케이! 그럼 내일이면 끝나려나. 곽이정 속도 보면 장난 아니던데."

반쯤 드러누워 있던 수잔이 몸을 일으키며 말했다.

"그런데 진짜 신기하네. 팀장님이 연기하겠다고 말한다고 받아들일 사람이 아닌데. 팀장님, 또 무슨 조건 거셨어요?"

"아니요. 아까 말해 준 게 다예요. 정말로 팀원들하고 사이가 안 좋은 거 같더라고요."

"신기해."

"아까 보니까 확실히 그런 게 보이더라고요. 그래도 곽이정이 보통 사람은 아니에요. 잠깐 동안 자소서 한 장이라도 더 보게 하려고 했는데 안 넘어가더라고요."

"1팀원들도 이상하네. 밉보이면 자기들만 손해인데. 뭐 하러 곽이정한테 그런 걸까요?"

태진도 그 부분이 계속 신경 쓰였다. 어제 극장 앞에서 만날 때는 힘이 빠진 것처럼 보였는데 지원 팀에서 봤을 때는 그때와 완전히 달랐다. 하지만 확실히 전과는 느낌이 달랐다. 마치 국현이 했던 말처럼 죽기 전에 힘을 내는 그런 것처럼 느껴졌다.

"정말 그만두려고 그러나? 국현 씨 뭐 들은 얘기 없죠?"

"없죠. 오늘 정찰 못 했잖아요. 그런데 곽이정이 그만둘 리가 없을 거 같은데. 그만두면 어디 갈 데나… 많겠네."

"많아요?"

"곽이정이 일 하나는 끝내주게 하잖아요. 주위 사람들을 피곤하게 해서 그렇지. 단우 씨만 봐도 그렇잖아요."

"아."

어제 곽이정이 지원 팀 사무실에 왔을 때 단우가 극장에 오는 동안은 1팀에서 맡겠다는 얘기를 했다. 일단 필과 함께라서 걱정이 되지 않았기에 수락을 했다. 이후 단우에게서 전화가 왔다. 너무 부담스럽다고, 앞으로가 걱정된다고 하며 사진을 보내 온 것이었다. 머리까지 세우고 정장까지 입은 데다가 극장 의자 때문에 혼자 시상식에 간 것처럼 보였다. 그게 전부 곽이정의 지시였다.

"그런 거 보면 완전 여우죠. 단우 씨 기도 살려 주고, 연극배우들한테 자극도 주고. 덤으로 MfB 오면 이렇게 변한다는 걸 보여줘서 오고 싶게 만들고. 머리가 진짜 비상해요."
"그런데 왜… 그럴까요. 도대체 뭐 때문에 사람이 그렇게 힘이 빠진 거 같지."

생각을 하던 태진이 국현을 가만히 쳐다보더니 이내 고개를 저었다. 하지만 국현은 태진의 마음을 알아차렸는지 씨익 웃으며 말했다.

"술 준비할까요?"
"아니요. 괜찮아요."
"곽이정이 술고래이긴 해도 저한테는 안 되죠. 저번에 보셨죠? 아무도 모르게 술 바꿔 치는 거!"
"아니에요. 그냥 생각만 한 거예요."

"궁금하잖아요."

"불러 놓고 술 먹자고 하면 그 전에 욕부터 먹을 거 같아서요."

"일 다 하고 하면 뭐라고 안 해요. 밤에 술 한잔하자고 하면 먹을 거 같은데. 제가 술안주 기가 막히게 배달하는 집 알거든요. 아! 사무실에서 먹자고 하면 욕먹겠네!"

국현의 말에 태진은 흠칫 놀라며 시계를 확인했다.

"아! 배달! 이따가 저녁 초밥 먹자고 했는데 잊어버리고 있었네."

"누가요? 곽이정이요?"

"네, 갑자기 초밥 먹자고 하더라고요."

"어? 이상하네? 어제 얘기할 때는 도시락이었잖아요. 그리고 곽이정이 회사에서 도시락 말고 다른 거 먹는 걸 본 적이 없는데. 그리고 초밥 회 이런 거 엄청 싫어했는데."

"그래요? 분명히 초밥 먹는다고 했는데."

국현은 갑자기 미간을 찡그리더니 태진을 봤다.

"초밥 먹는다는 게… 팀장님이랑 밥 먹기 싫다는 뜻 아닐까요……?"

태진도 그런 건가 생각할 때, 어느새 자리에 앉은 수잔이 말했다.

"또 시작했네! 그만! 초밥 시키고 그거 갖고 뭐라 하면 네가 먹는다면서? 그러면 되잖아요. 괜히 다른 데 기운 빼지 말고 빨리 하죠!"

태진은 별거 아닌 일에 휘둘릴 뻔한 것을 멋쩍어하며 자리에 앉았다.

＊　　　＊　　　＊

6시 정각이 되자 곽이정이 지원 팀 사무실로 들어왔다. 앞에서 기다리다 온 거라는 생각이 들 정도로 1분의 오차도 없었다.

"시간 없으니 식사부터 하죠."

곽이정의 성격을 알고 있던 국현 덕분에 미리 준비를 해 두었고, 테이블에 둘러앉아 식사를 하기 시작했다. 태진은 국현이 했던 말이 신경 쓰여 곽이정을 살폈다. 그런데 국현의 말과 다르게 곽이정이 미소까지 지으며 초밥을 입에 넣고 있었다. 그런 곽이정의 모습에 국현은 억울하면서도 신기하다는 얼굴로 쳐다봤다. 그런 국현의 시선을 느낀 곽이정이 물었다.

"왜 그러시죠?"
"아, 그냥… 원래 초밥이나 회 안 드시지 않으셨어요?"

곽이정은 들고 있는 초밥을 보며 미소를 지었다.

"좋아하죠. 그동안 참았지만."

태진은 진심으로 놀랐다. 식사를 하는 동안 곽이정에게서 한 번도 보지 못했던 얼굴이 보였다. 초밥이 뭐라고, 진심으로 그리웠다는 듯한 얼굴이었다. 따라 할 수 없는 진짜 곽이정의 얼굴이었다.

*　　　　*　　　　*

태진은 자기소개서를 읽고 분류하는 곽이정을 신기하게 쳐다봤다. 제대로 읽고 있는 것이 맞나 의심이 될 정도로 **빠른** 속도로 서류를 분류하고 있었다. 속도도 신기한데 곽이정의 태도도 신기했다. 초밥에 약이라도 탔던 건지 식사를 하고 나서 국현의 말에 웃기도 하고, 질문에 대답을 해 주기도 했다. 심지어 평소 수작을 부릴 때의 얼굴이 아니었다. 지금도 국현의 질문에 자세히 설명을 해 주고 있었다.

"팀장님은 어떻게 그렇게 빨리 보세요?"
"보이지 않나요?"
"그러니까 방법이 있나 해서요."
"앞에만 보면 대충 답이 나오죠. 난 일단 문장도 깔끔한 걸 좋아해요. 괜히 길면 정신이 없다고 해야 하나? 그래서 잘 안 읽혀요."
"내용이 좋을 수도 있지 않을까요……?"

곽이정은 피식 웃더니 말을 이었다.

"문장도 깔끔하고 내용이 좋은 사람, 문장은 어지럽지만 내용은 좋은 사람. 어떤 사람 뽑을래요?"

"아!"

"그런 사람 찾는 겁니다."

"아하! 일단 문장부터 보라는 거군요."

"그래야 나중에 일하게 되더라도 보고할 때 알아듣기 쉽잖아요. 난 주저리주저리 하는 것보다는 간단한 게 좋아서요."

"그다음은요?"

"그다음은 간단하게 자기 얘기 있고, 뒤에를 읽고 싶게 만드는지를 보죠. 그리고 지원하는 에이전트가 어떤 일인지 알고 있나 보고요."

국현은 이해를 했다는 듯 고개를 끄덕거렸고, 곽이정은 그런 국현을 보며 씨익 웃었다.

"내가 너무 늦게 봤네. 남아 있었으면 좋았을 텐데. 아깝네."

"네? 뭐가요?"

"아니에요. 아무튼 에이전트를 제대로 알고 있나를 보는 거죠. 매니저와 하는 일이 비슷하면서도 다르니까. 자기가 지원한 직업에 대해서 제대로 알고 한 건가를 보는 거죠."

"아하!"

"이런 것만 충족해도 2차 면접으로 넘어갈 만하니까요."

곽이정을 못마땅해하지도 반기지도 않던 수잔도 곽이정의 말에 고개를 끄덕거렸다. 저런 걸 보면 확실히 일적으로는 굉장히 능력이 좋은 사람이었다. 설명을 듣던 국현은 무언가 생각났는지 태진을 힐끔 보더니 곽이정에게 물었다.

"그런데 지금 말씀하신 거하고… 우리 팀장님이 쓴 자기소개서하고는 거리가……."

"그거 내가 뽑은 거 아닙니다."

"아, 하하……."

"그래도 확인은 했죠."

"아! 그렇죠?"

"아직도 기억해요. 처음에 분량 보고 보지도 않으려고 했는데 라온 이 부장님이 너무 좋아하길래 봤죠. 그러고 나니 안 뽑을 이유가 없더라고요. 에이전트 일을 너무 정확하게 알고 있어서. 정확히 연예인 40명에 대해서 적었죠. 그런데 틀린 내용이 하나도 없었거든요. 내가 확인도 했고요. 그만큼 정확히 봤다는 말인데 그런 사람을 안 뽑는 게 더 이상하잖아요."

"역시! 우리 팀장님! 저희도 보고 놀랐거든요. 하하."

태진은 아직까지 자신이 쓴 자기소개서를 기억하는 것을 멋쩍어했고, 국현은 마치 자신이 칭찬을 받은 것처럼 기뻐했다. 그때, 국현이 자기소개서 하나를 보여 주며 말했다.

"여기 한 팀장 자기소개서랑 비슷하게 보낸 사람 있네요."

"진짜요?"

"근데 이 사람은 배우 쪽이 아니라 연출 쪽을 조사해서 보냈네요. 연출부터 파악하고 연출 입맛에 맞는 배우를 캐스팅해 주겠다. 이런 생각이네요. 꽤 자세한 게 괜찮네요."

자기소개서를 넘겨받은 태진도 이를 읽기 시작했다. 여러 감독들의 성향이나 작품 방향 등을 조사했고, 유망해 보이는 연출 쪽까지 정리해 놓았다. 꼭 이대로 흘러가진 않겠지만 꽤 노력했다는 점이 보였다. 그때, 국현이 갑자기 신기하다는 듯 곽이정에게 물었다.

"그런데 좀 많이 바뀌셨네요?"
"음?"
"음은 똑같은데… 원래는 칭찬도 안 하시고 그 전에 같았으면 이런 거 물어보면 얘기 안 하시거나 업무에 대해 물어도 이런 것도 모르냐는 것처럼 쳐다보셨잖아요."
"아, 후후."

곽이정은 씁쓸한 미소를 짓고는 대답했다.

"내가 너무 과대평가를 한 거죠. 그 정도면 알아들을 거라 생각했는데 다들 자기 편한 대로 알아듣더라고요. 그래서 제대로 알려 주기로 한 거죠."

확실히 사람이 변했다. 그런 곽이정을 가만히 쳐다보던 태진은 턱을 한 번 쓰다듬었다. 저렇게 변한 이유에 대해 대답해 줄지는 알 수 없지만 그래도 일단 물어보는 게 좋을 것 같았다.

"곽이정 팀장님, 혹시 회사 옮기세요?"

"음?"

수잔과 국현은 이렇게 대놓고 물어볼 줄 몰랐는지 깜짝 놀라는 얼굴이었다. 질문을 받은 곽이정도 약간 놀란 얼굴로 대답 대신 태진을 가만히 쳐다봤다.

"혹시 옮기시나 해서요."

"왜 그렇게 생각했죠?"

"변한 거 같아서요."

곽이정이 피식 웃을 때, 태진의 말이 이어졌다.

"아, 정확히 말하면 변한 게 아니라 원래 팀장님 모습을 보여주시는 거 같아서요."

태진의 말에 곽이정은 몸을 살짝 떨 정도로 놀랐다. 그와 동시에 왜 소속 배우들이 태진만 찾는 건지 이해가 되었다.

"이래서였구나."

"네?"

태진은 자신의 얘기를 하지 않아도 정확히 봐 주는 사람이었다. 그동안 태진이 담당했던 배우들이나 가수들에게도 이렇게 알아봐 줬을 것이었다. 때론 말하지 못할 정도로 힘든 일도 있을 테고 자랑하고 싶은 일도 있을 텐데 먼저 알아봐 주고 위로와 축하를 해 주면 누구라도 마음을 열 것이었다. 자신이 만들고 싶던 회사와는 다른 그림이지만 더 좋게 느껴졌다. 곽이정은 태진을 보며 미소를 짓고는 입을 열었다.

"신기하네요. 음, 그러고 보면 다른 직원들하고 확실히 달랐어요."
"저요?"
"네, 한 팀장. 날 자꾸 관찰하는 느낌이랄까. 다들 날 따르기만 했는데 한 팀장은 그러지 않았죠. 날 알고 일부러 엇나가는 느낌이랄까."

대답 대신 엉뚱한 말을 하고 있지만, 태진은 자신의 생각이 맞을 것 같았다. 그렇지 않고서야 이런 얘기를 할 필요가 없었다. 아니나 다를까 곽이정이 웃으며 말했다.

"아니에요."
"회사 옮기시는 거 아니에요?"
"음, 옮기는 건 아니고 그만두는 건 맞습니다."

예상을 하던 태진을 포함해 수잔과 국현까지 입이 벌어질 정도로 놀랬다. 설마 했는데 정말 그만둘 줄은 몰랐다. 지금까지 그렇게 싫어하던 곽이정이 그만둔다는 말을 듣자 뭔가 아쉽다는 느낌마저 들었다.

"왜 그만두세요?"
"내가 틀렸으니까요."
"네?"

곽이정은 들고 있던 서류를 내려놓고는 태진을 가만히 쳐다봤다. 태진은 마음이 뒤숭숭했다. 그동안 미워했던 게 미안할 만큼 곽이정의 미소가 편안해 보였다. 그런 곽이정이 씁쓸한 표정을 짓더니 이내 말을 이었다.

"후후, 이래서였어. 먼저 봐 주니까 자기 얘기를 하게 되는군요. 음, 내 얘기를 처음 해 보게 되네요."

곽이정이 태진만 쳐다보고 있기에 수잔과 국현은 혹시라도 곽이정이 말을 그만둘까 봐 안 듣는 척하면서 귀는 곽이정에게, 눈은 자기소개서로 향해 있었다.

"이혜영 알죠?"
"네?"
"투유 멤버였던 혜영이요."
"아! 혜영이에영이라고 인사하던 분이요."
"후후. 역시 아네요."

태진도 자세히는 아니지만 알고 있던 가수 겸 배우였다. 노래도 잘 못하고 연기도 잘 못하고, 특출난 게 없는 연예인이었다. 그래도 귀여운 말투와 밝은 성격으로 인해 꽤 인기를 얻었다. 하지만 이제는 더 이상 볼 수 없는 사람이었다. 그런데 왜 그런 사람의 이름이 곽이정의 입에서 나오는 것인지 의아했다.

'혹시… 그 사람이 죽은 데 원인이 있는 건가……?'

그동안 곽이정의 행태로 보면 그렇게 생각해도 부족하지 않았다. 하지만 지금 표정을 보면 그렇지 않았다. 오히려 그리워하며 슬퍼하는 얼굴이었다. 그런 얼굴로 말을 하기 망설이고 있었다. 그런 모습을 보던 국현이 입을 열었다.

"저희 오늘 일도 마무리되어 가는데 소주 한잔 어떠세요?"
"소주라. 설마 사무실에서도 먹고 그랬던 건 아니죠?"

국현이 예상했던 대로였다. 국현은 화들짝 놀라면서도 안도를 하며 말했다.

"회사 건너편에 연탄불 불고기도 있고요. 그 옆에 횟집도 있는데."
"음, 그러죠. 그동안 회식 한 번도 못 했네요. 횟집 괜찮죠?"

곽이정의 수락에 태진은 국현을 믿는다는 얼굴로 쳐다봤고, 국현은 걱정하지 말라는 듯 씨익 웃었다.

태진은 쓰러져 있는 국현을 보며 헛웃음을 뱉었다. 그렇게 자신하던 술자리 기술이 곽이정에게는 통하지 않았고, 정말 술을 마셔야 했다. 그 결과 3잔 만에 횡설수설하더니 잠들어 버렸다. 하지만 다행히 지원 팀에게는 수잔이 있었다. 생각지도 못한 주량에 곽이정과 대작을 하기 시작했고, 지금은 곽이정마저 취하게 만들었다. 멀쩡한 수잔도 회사에서 들었던 곽이정의 사정이 궁금했는지 자연스럽게 그 얘기를 꺼냈다.

"그러니까 처음 맡은 연예인이 투유였어요?"
"그렇죠. 내가 담당했어요. 그때는 내가 로드매니저에서 벗어나서 매니저 실장을 단 지 얼마 안 됐을 때였어요."
"바나나엔터에서요?"
"네, 그렇죠."

술에 취해서인지 아니면 그동안 답답해서인지 곽이정의 말이 술술 나오기 시작했다.

"거기가 지금은 커졌지만 나 있을 때만 해도 굉장히 작았죠. 그래서 직함만 실장이지 로드매니저가 할 일에다가 실장 일까지 일이 배로 늘었죠. 투유 애들은 지방으로 행사 다니기 바빴는데 혜영이만 예능에 출연했어요. 그러다 보니 매니저가 필요했고 내가 혜영이를 담당한 거죠."

말을 하던 곽이정이 입맛을 다셨다. 술에 취한 중에도 표정을 보면 괜한 얘기를 했다는 듯 약간 후회가 되는 얼굴이었다. 사연을 더 알고 싶었던 태진은 이혜영이 출연한 예능과 드라마를 떠올렸다. 태진이 사고를 당하고 얼마 안 됐을 때 봤던 기억이 있었다.

"러브 레터요?"
"음? 그것도 알아요? 그래요, 예능은 그게 마지막이고 드라마는……"
"신문고죠. 영의정 딸로 나오셨죠?"
"허… 모르는 게 없네요?"

곽이정은 신기해하며 태진을 봤다. 태진이 이혜영에 대해서 알고 있어서인지 말을 꺼낸 것에 대한 후회가 조금은 없어진 듯 보였다.

"많이는 아니어도 활동은 꾸준히 했죠."

곽이정은 숨을 크게 들이마시더니 한 번에 뱉어 냈다.

"그게 문제였죠. 예능이나 드라마에서의 비중은 상관 안 하고 꾸준히 얼굴만 비출 수 있게 어떤 역이라도 출연시켰죠. 그게 회사나 혜영이한테도 도움이 되는 일이라고 생각했어요. 그런데 그게 계속되다 보니까 사람들이 우습게 보더라고요."
"왜요?"

곽이정은 질문한 태진을 보며 미소를 지었다.

"지금 한 팀장처럼 생각하는 게 맞죠. 그런데 실상은 아니더라고요. 연기가 그렇게 뛰어난 것도 아닌데도 작은 역이라도 항상 얼굴을 비추니까 대중들에게 타깃이 되어 버리더라고요."

"악플이요?"

"그렇죠. 악플로 시작이 되는 거죠. 그래도 악플은 그룹 활동하면서 쌓인 내공으로 크게 걱정되진 않았죠. 그런데 그게 쌓이다 보니까 주변 사람들도 혜영이를 우습게 보더라고요."

태진은 곽이정이 말하는 상황이 쉽게 이해가 되지 않았다.

"조연분들을 우습게 보진 않잖아요."

"그렇죠. 그런데 주변 상황이 그렇게 만들더라고요. 분명히 혜영이랑 비슷하거나 오히려 혜영이보다 연기를 못하는데도 촬영장에서 항상 혜영이만 혼났어요."

"왜요?"

"만만한 거죠. 회사도 작지 사람들한테 욕을 먹으니까 자기도 해도 되겠지, 그런 생각들도 있었을 테고."

"그게 말이 돼요……?"

"지금은 나아졌지만, 그때는 그랬죠. 처음에 한두 명씩 그럴 때 바로잡았어야 했어요. 그런데 나도 힘이 없다 보니까… 혜영이한테만 좋아질 거라고, 시간이 지나면 괜찮아질 거라고만 했죠."

곽이정은 그때의 일을 생각하는지 후회가 가득한 얼굴이었다.

"그런데 전혀 나아지지가 않더라고요. 오히려 더 심해졌어요. 욕을 먹는 게 당연한 사람이 되어 버린 거죠. 스태프들도 우습게 봐. 하다못해 동료 배우들까지 혜영이를 우습게 봐요. 처음부터 배우인 사람이 어디 있다고, 걸 그룹 출신이라고 무시도 하고 그랬죠. 웃기게도 혜영이보다 연기를 못하는 배우까지도 그러더군요."

"그런 걸 대놓고 말해요?"

"그런 사람도 있고 아닌 사람도 있죠. 눈빛이란 게 있잖아요. 우리 회사 배우들이 한 팀장을 좋아하는 이유가 진심으로 대해서인 것처럼, 말하지 않아도 느껴지는 게 있죠. 차라리 말을 안 하면 다행인데 앞에서는 잘해 주다가 뒤에서는 욕을 하는 사람도 있고요."

"그런 사람들이… 있어요?"

"개차반인 사람들 생각보다 많죠. 음, 권오혁보다 못해도 비슷한 사람들이 있죠. 한 팀장이 만났던 사람들 중에도 그런 사람들이 있을 수 있습니다. 아직 티를 내지 않아서 그렇지."

가면을 벗어던져서인지 표정만 봐도 곽이정이 어떤 심정인지 알 수 있었다. 지금은 굉장히 화가 치밀어 오르는 듯 보였다. 하지만 그것도 잠시, 큰 한숨과 함께 허탈한 표정을 지었다.

"그런 게 쌓이니까 사람이 무너지죠. 대중들한테 욕먹고, 촬영장 가서 욕먹고, 동료들에게 욕먹고. 그걸 누구한테 말할 수도 없어요. 회사? 회사에 말하면 다 그런 거다, 참아라, 견뎌라, 분명히 좋은 날이 올 거다, 이런 말뿐이죠. 그리고 가족? 가족한테 자기가 욕먹고 있다는 걸 얘기할 수 있어요?"

태진은 예전에 잠깐이지만 자신이 라이브 액팅 동영상에 나왔을 때가 떠올랐다. 거기도 악플이 달려 있었고, 자기들 마음대로 판단하는 사람들도 많았다. 그리고 그런 걸 부모님께 말을 할 수가 없었다. 오히려 부모님이 봤을까 걱정하는 형국이었으니 충분히 이해가 되었다.

"친구라도 있으면 다행인데 어릴 때부터 연습생 한다고 친구도 없어요. 친구라고는 같은 그룹 애들인데 걔네는 또 걔네 입장이 있잖아요. 같은 그룹인데 행사는 자기네만 다니고 혜영이는 드라마에 나오는데 그 친구들 입장에서는 배부른 소리라고 생각했을 거예요."

"아……."

"결국 혼자죠."

곽이정은 마른세수를 한 번 하더니 술을 들이켰다.

"마음에 병이 생긴 거예요. 그래도 내가 알아차리기는 했죠. 늦었지만… 차라리 몰랐으면 하는 생각도 가끔 해요."

"그래서… 그런 선택을……."

"그렇죠. 그런 게 쌓이고 쌓이다 보니까 견디기 힘들었겠죠.

그런데 회사에서는 돈을 벌어야 되니까 드라마 조연을 따 왔고, 문제는 그 작품 감독이 혜영이를 많이 혼내던 감독이었어요. 정말 하기 싫어한다는 걸 알기에 진짜 미친놈처럼 말리고 다른 활동 계획을 짜서 겨우 무마시켰어요. 그래서 그 소식을 듣고 혜영이가 있는 숙소로 갔죠."

곽이정은 눈을 지그시 감으며 읊조리듯 말했다.

"그날의 공기 냄새, 기분, 잠들어 있는 혜영이 얼굴을 아직도 선명하게 기억해요."

*　　　　*　　　　*

2009년 12월 24일. 잔뜩 상기된 얼굴의 곽이정이 급하게 바나나엔터로 뛰어 들어왔다.

"실장님, 오셨어요."
"어, 그래. 대표님은?"
"안에 계세요. 무슨 일 있으세요?"
"푸하하. 됐어!"
"뭐가요?"
"투페이스한테 곡 받기로 했다고!"
"헐… 진짜요?"
"그래. 대박이지?"

곽이정은 손가락 하나를 들어 올리더니 씨익 웃었다.

"한 장으로 쇼부 쳤지!"

"천만 원이요? 곡비 천만 원에 준대요? 투페이스한테 술 먹였어요?"

"아니거든? 하아, 진짜 힘들었어. 일주일을 찾아가서 졸랐네."

"이상한 곡 준 거 아니에요?"

"아니야. 내가 들어 봤는데 기가 막히더라. 우리 애들하고 딱 어울려. 듣는 순간 따뜻하고 싱그럽고 상큼하고! 막 햇살이 나만 비추는 그런 느낌이더라. 오늘 곡비 보내면 마무리 작업 하고 애들하고 같이 가서 들어 보려고."

"애들 엄청 좋아하겠네. 한 건 하셨는데요?"

"나 실장이잖아. 하하. 아무튼 대표님 계시지?"

"네, 계세요."

곽이정은 직원에게 윙크를 보내고는 곧장 대표실로 향했다. 대표실에 도착한 곽이정은 약간 걱정이 됐지만 아무리 대표라 하더라도 투페이스의 곡이라면 투자를 할 거라 믿으며 대표실 문을 두드렸다. 안으로 들어가자 빈둥거리고 있는 대표가 보였다.

"어, 곽 실장. 왜."

"투유 애들 때문에 왔습니다."

"투유? 어디 행사 잡았어?"

"아니요. 혜영이 문제요."

"오, 얘기 잘됐니? 걔한테도 드라마 출연하는 게 더 이득이야."

곽이정은 치밀어 오르는 짜증을 겨우 삼키고는 말을 이었다.

"그건 안 된다고 했잖아요. 지금 혜영이는 혼자 활동하면 안 돼요."
"곽 실장아, 안 되는 게 어딨어?"
"정말 힘들어해요. 옆에서 보면 위태위태하다니까요."
"다 정신력이 약해서 그런 거야. 욕도 계속 먹다 보면 면역이 되게 돼 있어. 아직 덜 먹어서 그래. 걱정하지 말고 출연하라고 말해. 내가 아까 얘기하긴 했는데 곽 실장이 좀 다독여."
"전화하셨어요?"
"해야지."
"제가 그렇게 말했는데 전화해서 하라고 하시면 어떻게 해요."
"우린 땅 파서 돈 버니?"

곽이정은 대화를 할수록 표정을 숨길 자신이 없었기에 아예 고개를 푹 숙여 버렸다. 그런 상태로 입을 열었다.

"드라마 말고 투유로 활동하게 해 주세요."
"지금도 하잖아."
"그렇게 말고요. 혜영이 껴서 전체가!"
"나눠서 하는 게 낫지. 혜영이는 투유 이름 알리면서 자기 이름도 알리고 어? 나머지 애들은 행사 다니면서 무대 적응도 하고 어? 돈도 벌고 얼마나 좋아."

"그럴 거면 아예 혜영이 탈퇴를 시키든가요!"

"너, 나한테 화내니?"

"아니, 그런 게 아니라요."

여기서 대표와 다투면 그 파장이 투유에게 미칠 거란 생각에 곽이정은 억지로 화를 참고는 말을 이었다.

"행사비 더 많이 받아야죠."

"혜영이 낀다고 행사비 올리지? 그럼 애들을 찾겠냐? 그 돈으로 더 좋은 애들 부르지."

"그러니까 활동을 해야죠."

"성공할 거였으면 진즉에 했어. 딱 여기까지야."

"이번엔 달라요. 투페이스한테 곡 받기로 약속했어요. 딱 봄노래예요. 준비 잘해서 3월에 활동 시작했으면 합니다. 그러면 4월부터 축제 쏟아지는데 거기서 다 부를 거예요."

일부러 대표가 좋아할 법한 말만 했고, 역시나 대표는 그제야 미소를 보이며 말했다.

"그래! 그렇게 하는 거라고! 곽 실장 이제 일 좀 하네."

"후, 감사합니다."

"곡은 언제 준대."

"곡비 보내면 바로 작업 시작한다고 얘기 됐습니다."

"얼만데?"

"천만 원입니다."

"바로 보내!"

대표가 저럴 사람이 아니다 보니 곽이정은 의심스러운 얼굴로 쳐다봤다.

"혹시 애들한테 부담하라고 하는 건 아니시죠?"

"자기들 부를 건데 그게 맞지. 나중에 정산할 때 그거 까고 줘야지. 그렇게 진행해."

"어떤 회사가 곡비까지 애들한테 부담시켜요."

"그런 건 큰 회사들이나 그러지 다 이래. 쯧쯧 아직 덜 배웠어."

"하아. 내가 낼게요. 그 천만 원 내가 낼 테니까 그러지 좀 마요."

대표는 기분이 나쁘다는 얼굴로 곽이정을 봤다.

"지금 너, 날 나쁜 사람으로 만들고 있는 거 아니?"

"그런 게 아니라요. 애들한테 잘 좀 해 주시라고요."

"이 정도면 잘해 주고 있는 거지 뭘 어떻게 더 잘해 줘. 곡 사다 주면 잘해 주는 거냐? 그걸 애들이 알기나 할 거 같아?"

순간 참지 못하고 말을 내뱉은 게 후회되었다. 곽이정은 한숨을 삼키고는 입을 열었다.

"그런 게 아니라 애들 5주년인데 선물하고 싶어서 그래요. 제가 곡비 낼게요."

"하 참, 고집 부릴 걸 부려."

"회사에 어떤 요구도 안 하고 그냥 제 마음으로 하는 일이니 까 그렇게 해 주세요."

대표는 못마땅했지만 손해 볼 것이 없다 보니 수락했다.

"그렇게 해, 그럼. 진짜 다른 말 하기 없기다?"

"네, 그럴 일 없어요."

"그런데 돈 좀 모았나 봐? 우리가 월급이 좋긴 하지? 하하."

저 웃는 얼굴에 침이라도 뱉고 싶은 마음이었다. 하지만 현실 은 그럴 수 없기에 곽이정은 고개를 끄덕이고는 대표실을 나왔다. 이것만으로도 충분했다. 활동하면서 들어가는 비용은 다른 회사 도 아티스트와 분배를 하기에 그 부분까지 건드릴 수는 없었다.

회사를 나온 곽이정은 숨을 크게 들이마셨다. 답답했던 마음 이 차가운 공기로 인해 상쾌해지는 기분이었다. 곽이정은 가볍 게 미소를 짓고는 곧장 전화를 걸었다.

─어, 어쩐 일이냐.

"형 미안한데 삼백만 원만 빌려줄 수 있어?"

─삼백? 왜.

"쓸 일이 있거든. 급한데 오늘 좀 빌려주라. 다음에 월급 타면 갚을게."

─넌 일하면서 돈을 어디다 쓰는 거냐? 엄마가 너 맨날 늦게 들어온다고 그랬는데 어디 봉사하고 다니냐?

"그런 거 아니고 필요해서 그래. 빌려줄 수 있어, 없어."

─하아, 새끼. 알았어. 계좌로 보낼게.

"고마워."

친형에게까지 손을 벌려 겨우 천만 원이 되었다. 앞으로 쫄쫄 굶게 되었지만 지금 당장이 중요했다. 돈도 해결되자 이제는 들뜨기 시작했다. 아직 곡비도 보내지 않았는데 벌써 투유가 성공하는 모습이 상상되었다. 곽이정은 들뜬 표정으로 곧장 혜영에게 전화를 걸었다.

"어? 왜 안 받지."

혜영에게 필요한 건 힘든 걸 나눌 수 있는 사람이었기에 그룹 활동을 준비한 것이었다. 혜영도 좋아할 거라는 생각에 가장 먼저 알려 주려 했다. 몇 번 더 걸었지만 여전히 전화를 받지 않았다. 할 수 없이 다른 매니저에게 전화를 걸었다.

─네, 실장님.

"어디야?"

─저 지금 평창 가고 있습니다.

"스키장 행사지."

─네, 네. 무슨 일 있으세요?

"아니야. 혜영이는 못 봤지……?"

―아까 잠깐 보긴 했는데…….

"왜?"

―분위기가 좀 안 좋더라고요. 스마트폰을 진짜 다 없애야 돼요. 뭐 그런 게 나와서 참.

"왜? 사람들이 또 욕하니?"

―그렇겠죠. 진짜 속상해서. 지금 밥도 안 먹었을 거예요.

"후, 그래. 알았어. 운전 조심해라. 무슨 일 있으면 연락하고."

―네! 그럼 내일 뵙겠습니다.

아무래도 또 자기 기사를 검색해 본 모양이었다. 매니저의 말처럼 스마트폰이 문제였다. 하루 종일 스마트폰을 붙들고 자기 욕을 찾아보고 우울해했다. 보지 말라고 해도 사람들의 평가가 궁금한지 힘들어하면서도 계속 찾아봤다.

"자식이 보지 말라니까. 좀 심한 게 있었나?"

악플을 보더라도 전화를 안 받은 적은 없었기에 걱정이 되었다. 그러던 중 아까 대표가 했던 말이 떠올랐다.

"아, 화났나 보네. 이 대표는 뭐 하러 전화를 해서 가뜩이나 힘들어하는 애 속을 긁어 놔. 어휴."

드라마 하라고 강요를 했을 게 뻔했다. 곽이정은 질린다는 듯 고개를 젓고는 이내 환하게 웃었다. 이 기쁜 소식을 직접 들려주는 것도 나쁘지 않을 듯했다. 곽이정은 기뻐할 혜영의 얼굴을 떠올리며 들뜬 얼굴로 차를 돌려 투유의 숙소로 향했다.

"밥도 안 먹었다고 했지."

혜영이 평소에 힘들어할 때도 초밥만큼은 잘 먹었기에 곽이정은 혜영이 좋아하는 초밥집으로 향했다. 혜영이 좋아하는 것들로 준비를 마친 곽이정은 기쁜 얼굴로 차에서 내렸다. 그러고는 낡은 빌라를 쳐다봤다. 8명이나 되는 멤버가 살기에는 너무 좁은 집이었다.

"좀 기다려. 이번에 성공하면 숙소부터 옮기자!"

차가운 공기와 다르게 따뜻한 햇살이 투유의 앞날을 예고하는 것처럼 느껴졌다. 저 햇살처럼 투유도 곧 빛을 볼 수 있을 것 같았다. 곽이정은 씨익 웃고는 숙소 벨을 눌렀다.

"어?"

몇 번 더 벨을 눌렀지만 열리지 않는 숙소에 고개를 갸웃거렸다. 비밀번호는 알지만 여자들만 살고 있는 집이다 보니 그냥 열기가 꺼려졌다. 다시 전화를 해 보니 안에서 벨 소리가 들리기는 했다. 한참을 고민하던 곽이정은 순간 불안한 마음이 들었지만 애써 아닐 거라고 외면했다. 그러면서도 눈은 도어록에 향해 있었다. 낡은 빌라에 어울리지 않는 최신형 도어록으로, 이것도 곽이정이 달아 준 것이었다. 곽이정은 도어록을 올리고 천천히 비밀번호를 눌렀다.

띠리리.

문이 열리자 두근거리는 가슴을 애써 진정시키며 안으로 들어 갔고, 그와 동시에 거실 작은 소파에 누워 있는 혜영이 보였다.

"어휴, 자고 있네. 또 밤새 스마트폰 봤나 보네."

곤히 잠든 혜영의 모습에 안도의 한숨을 뱉고는 손에 들린 초 밥을 봤다.

"바로 먹는 게 좋은데."

먹는 모습을 보고 싶었는데 자고 있다 보니 어쩔 수 없었다. 아쉬운 얼굴로 발뒤꿈치를 들고 살금살금 걸어가 냉장고에 넣어 두고는 거실을 살폈다.

'메모라도 해 두고 가야지.'

일어나면 먹으라고 메모라도 남겨 놓을 생각에 종이를 찾을 때 혜영의 근처에 놓인 펜과 노란색 메모지가 보였다. 조심스럽 게 그 메모지를 집어 든 순간, 곽이정은 온몸이 굳어 버렸다. 메모지 맨 앞에는 혜영이 쓴 걸로 보이는 글이 있었다.

—내 말도 좀… 들어 줘… 제발…….

"혜영아!"

무척 짧은 메모를 본 순간 불안한 마음에 목이 터져라 큰 소리로 혜영을 불렀다. 그럼에도 혜영은 미동조차 없었고, 그제야 곽이정은 혜영을 흔들었다.

"혜영아! 이혜영! 좀 일어나 봐! 아이… 이거 뭐야. 혜영아!"

어떻게 해야 될지 아무런 생각도 들지 않았다. 그저 발을 동동 구르며 혜영을 흔들었고, 잠시 뒤에야 급하게 휴대폰을 꺼내 119로 전화를 걸었다.

"도와주세요. 애가 안 깨어나요. 혜영아!"

그때, 고이 모으고 있던 혜영의 손이 소파 밑으로 툭 떨어졌다.

"아이 좀! 혜영아! 제발 우리 혜영이 좀 살려 주세요. 빨리, 빨리!"

그것이 혜영이의 마지막 모습이었다.

　　　　　　＊　　　　　　＊　　　　　　＊

　곽이정의 과거를 들은 태진은 무척 혼란스러웠다. 이런 얘기를
해 주는 것도 이상한데 지금까지 봤던 곽이정을 보면 절대 상상이
되지 않는 얘기였다. 그러다 문득 예전에 매니저 실장이 했던 말
이 떠올랐다. 곽이정이 예전에는 달랐다고 했었다. 그땐 설마 하고
넘어갔는데 지금 얘기를 듣고 나니 진짜인가 싶은 마음이 생겼다.
그런 태진의 눈빛 때문인지 곽이정이 피식 웃으며 입을 열었다.

　"지금은 왜 이런 건지 묻고 싶죠?"

　태진은 물론이고 국현과 수진도 방금 들은 무거운 얘기에 어
떤 대답도 하지 않았다. 거짓일 수도 있다고 의심도 가지만 그
의심보다 진실일 가능성이 더 크다고 생각하기 때문이었다. 곽
이정은 세 사람을 보며 말했다.

　"내가 맡는 이상 누구에게도 욕을 먹지 않기 위해서. 높이 올라
가면 대중들은 몰라도 적어도 스태프들은 함부로 대하지 않으니까."

　곽이정은 눈을 지그시 감으며 숨을 크게 뱉었다. 그러고는 감
았던 눈을 천천히 뜨며 말했다.

　"두 번 다시는 보고 싶지 않거든요."

곽이정의 말에서 힘이 느껴졌다. 저 말과 표정이 너무 어우러져 태진의 마음까지 건드렸다. 태진은 볼을 타고 올라오는 소름을 가라앉히기 위해 가볍게 볼을 쓰다듬었다. 그때, 곽이정이 태진을 보며 미소 지으며 말했다.

"아직 의심되죠? 궁금한 거 물어봐요. 대답해 줄게요. 오늘 아니면 대답 안 해 줄 수도 있어요."

태진은 곽이정을 물끄러미 쳐다봤다.

아무래도 말하기 힘든 얘기였다. 친한 사람에게도 말하기 힘들 것 같은 얘기를 자신들에게 한 걸 보니 정말 회사를 그만둘 생각이란 게 느껴졌다. 전이었다면 무슨 일을 꾸민다고 생각했겠지만 곽이정의 얼굴은 너무 평온했다.

"없어요? 물어볼 게 많을 줄 알았는데?"

정말 모든 걸 말해 주려고 혜영의 얘기를 한 듯했다. 아마 다 털어 버리고 그만둘 모양이었다.

"그럼 왜 지금까지 팀원들한테 그런 얘기 안 하셨어요?"

곽이정은 태진의 질문이 재미있다는 듯 웃었다. 이런 얘기를 하면 그동안 자신의 행동에 대해서 물어볼 거라 예상했는데 태진의 질문은 달랐다.

"얘기했죠."

"하셨어요?"

"그럼요. 처음에는 했었죠. 음, 그 일이 있고 나서 바로 바나나 엔터에서 나왔어요. 그리고 한 일 년을 넋 나간 채 살았죠. 그러다가 어느 날 뉴스를 보는데 혜영이하고 비슷한 일이 나오더라고요. 꽤 인기 있는 아이돌이었는데 해체 후 여러 가지 구설수에 휘말리더니 결국 안 좋은 선택을 했더라고요. 그 친구를 알지도 못하는데 그 친구가 혼자서 얼마나 힘들었을지가 보이더군요. 그러면서 혜영이 얼굴도 떠오르고……"

"그래서 다시 일 시작하신 거고요?"

"그 뉴스를 보면서 그런 생각을 하긴 했죠. 알아보니까 그런 선택을 한 사람들이 정말 많더라고요. 그런 사람들이 없었으면 좋겠다는 생각을 하면서도 사실 자신이 없었죠. 내가 뭐라고."

곽이정은 가볍게 웃고는 말을 이었다.

"그때만 해도 결정을 내리진 못했어요. 그런데 딱 1년 되는 날. 혜영이를 만나러 가던 중이었어요. 그때는 차도 없어서 버스 터미널에 갔는데 익숙한 노래가 들리더라고요. 처음에는 그냥 알고 있는 노래인가 싶어서 넘어가려고 하는데 계속해서 들려요. 터미널에서도 들리고 휴게소에서도 들리고 그냥 지나다니다 보면 그 노래만 들려요. 신경이 쓰이더라고요."

태진은 어떤 노래인지 예상이 되었다. 곽이정의 말을 정리해서 추측하면 2010년 겨울이었을 것이다. 그리고 그 당시 어마어마하게 유행했던 노래가 있었다.

"화이트의 화이트 스노우요?"
"하……."

곽이정은 말하지도 않았는데 제목을 말하는 태진을 보며 어이없다는 듯 웃었다.

"어떻게 알았어요?"
"2010년 겨울에 유행한 곡이 그 노래라서요. 신인 그룹이 그 노래로 연말 시상식에서 신인상 받아서 기억해요."
"대단하네. 아무튼 그 노래 맞아요. 느낌이 이상해서 찾아봤어요. 그랬더니 작곡가가 투페이스더라고요."
"투유가 부르려고 했던 곡인 거네요……?"
"맞아요. 그 노래더군요. 그런데 아쉽다는 생각이 하나도 안 들더라고요. 오히려 그 노래보다 화이트라는 그룹에 관심이 생겼어요. 혹시 이 친구들도 힘들진 않을까. 당연히 악플을 받기도 하더라고요. 그런데 이 친구들은 힘들어하는 게 보이지 않았어요."

곽이정은 그때를 생각하는지 머쓱해하며 말했다.

"물론 내가 가까이서 본 게 아니니까 아닐 수도 있는데 그땐 그렇게 믿고 싶었죠. 아무튼 이거다 싶더라고요. 성공을 하면 힘든 일도 즐길 수 있구나."

"아."

"그런 생각들이 쌓이다 보니까 내가 맡은 친구들은 반드시 성공시키겠다는 생각을 하게 됐죠. 그래서 바로 화이트 스노우 있는 오리엔터에 지원했고 거길 다니게 됐죠. 확실히 다르더라고요."

"뭐가요?"

"아티스트를 대하는 게. 반말을 일삼던 바나나랑 다르게 모든 아티스트에게 존대를 하더군요. 어린 연습생들한테도 존대를 해요. 처음엔 어색했는데 사장이 그러더라고요. 우리가 먼저 대접을 해 줘야 다른 데 가서도 대접을 받는다고. 그 말이 진짜 크게 와닿았어요."

말을 듣던 국현이 뭔가를 알았다는 듯 커진 눈으로 입을 열었다.

"그래서 우리가 맡는 배우들한테 반말하지 말라고 하신 거예요?"

"그렇죠."

"반말을 하다 보면 선을 넘게 될 수도 있으니까."

"아… 난 그냥……."

"후후, 내가 성공하는 수단으로 이용한다고 봤겠죠. 언제든지 쓰고 버릴 수 있게 거리를 두는 것처럼 보였을 수도 있고."

"아니, 꼭 그런 건……."

국현은 머쓱해하며 웃었고, 곽이정은 다 알고 있다는 듯 피식 웃었다.

"그래서 그런지 소속 연예인들이 되게 열심히 하고 밝았어요. 그런데 그것도 잠깐이었어요. 대표가 건강이 안 좋아져서 동생이 대표로 왔어요. 잘 알지도 못하는 사람이. 대표가 어떤 사람이냐에 따라 정말 달라지더라고요. 알지도 못하면서 훈계하고 혼내고 지적하고, 그러다 보니까 변하는 건 순식간이더군요. 그래서 그때 결심했죠. 반드시 성공해서 내가 그리는 회사를 만들어 가겠다고."

태진은 곽이정을 물끄러미 쳐다봤다. 곽이정의 마음은 충분히 느껴졌다, 하지만 아직까지 선우 무대 때의 기억이 남아 있기에 어쩌다 저런 사람이 되어 버린 건지 안타까웠다.

"그러다 보니까 계속 부딪히게 되더라고요. 그러다가 잘렸죠. 힘이 없으니까. 그래도 그 동안 한 일이 있어서인지 여기저기 불러 주더라고요. 그래서 옮긴 곳이 바람 기획사예요. 바로 실장으로 들어갔죠. 거기서 처음 혜영이 일을 얘기했어요."
"아⋯⋯."
"난 이렇게 회사를 꾸려 나가겠다. 다 처음에는 좋아했어요. 그런데 시간이 지나니까 그것도 아니더군요. 나랑 같은 생각을 하고 있는 사람도 있지만 그냥 돈을 벌려고 이 일을 하는 사람도 있었어요. 같은 일을 하지만 목적이 다 다르죠."

곽이정이 에이전트 일에 저 정도로 깊은 의미를 두고 있을 줄은 몰랐다. 태진은 자신은 어떤 목적을 두고 이 일을 하고 있는지 생각해 봤다. 하지만 곽이정 같은 특별한 의미 없이 그저 재미있고 잘할 수 있기에 에이전트를 하고 있었다. 약간 본인이 작아지는 듯한 기분을 느낄 때 곽이정이 입을 열었다.

"가장 좋은 건 즐기는 것이지만 난 즐길 수가 없었죠."
"아."
"아무튼 목적이 다르다 보니 또 부딪치게 되더라고요. 그래서 생각했죠. 스태프들도 만족하면서 연예인도 행복해하는 방법. 성과를 내면 되더라고요. 성과가 쌓일수록 존중을 받고 직원들도 그에 따라 보너스를 받으니까 서로가 이득인 상황이죠."

가만히 듣던 태진은 낮은 목소리로 말했다.

"그런데 팀원들 아이디어 뺏는 건… 이해가 안 되는데요."
"정확히 말하면 다듬어 준 거죠. 물론 그렇게 생각할 수도 있는데, 그렇게 할 수밖에 없었어요. 어떻게 보일지 모르겠지만 그동안의 경험상 내가 그린 회사를 만들려면 내가 힘이 있어야 했거든요. 그렇게 보여야 했어요."
"팀원들의 아이디어까지 뺏어 가면서요?"
"내가 앞에 나서서 얘기만 했지 기획안 같은 거 올린 걸 보면 개인 이름이 아닌 전부 1팀으로 되어 있습니다. 한 팀장이 말했던 것들도 전부. 그리고 내 머리에서 나온 것들도 전부 1팀으로 올렸습니다. 그래야 팀이 뭉치니까."

"아······."

곽이정이 낸 아이디어가 직원들에 비해 많으면 많았지 적진 않을 것이었다.

"그럼··· 저 처음에 1팀에 갔을 때 이주 씨 이용해서 기사 낸 건요."
"그게 문제가 되나요? 욕은 나랑 한 팀장이 먹었는데. 채이주 씨는 오히려 당차다는 이미지를 얻었죠."

곽이정의 말대로였다. 당시에는 이용하는 것처럼 보였는데 결과만 놓고 보면 아니었다.

"선우 무대는요? 그것도 이유가 있으세요?"
"그건 예상하지 못한 일이죠. 사실 김 반장님이 그렇게 적극적으로 나올 줄 몰랐어요. 우리가 보도할 때도 어떤 내용도 없이 그냥 철거하는 소리에 놀랐다고만 했거든요."
"그래도 사고로 거짓말하는 건 좀 그렇잖아요."

곽이정은 씁쓸하게 웃으며 대답했다.

"이슈가 필요했어요. 채이주 씨를 보고 온 참가자들의 인지도가 너무 낮았으니까. 최정만 씨를 제외하고 나머지는 방송에 잘 나오지도 않았어요. 그래서 분위기가 굉장히 다운되어 있었죠. 그걸 해결해야 했고, 마침 건물 무너지는 소리가 들린 거예요."

"아……."

"김 반장님께는 진심으로 사과드렸습니다. 그리고 앞으로도 연극 프로젝트에 계속 동참하시게 도와드렸고요."

"왜 말씀을 안 하셨어요?"

"해결 방법이 없으니까요? 이미 시작한 방송에서 이목을 끌어오는 건 굉장히 어렵죠. 그래도 그 일로 이희애 씨나 임동건 씨 같은 분이 관심을 받기 시작했죠. 만약 다음에도 이런 일이 있다면 전 같은 선택을 할 겁니다. 물론 현장 관리하는 분과 입을 맞추겠죠. 같은 실수를 하면 안 되니까."

들고 보니 정말 곽이정의 말대로였다. 그리고 곽이정이 이해가 되는 동시에 그 당시에는 곽이정이 왜 그렇게 싫었던 건지 혼란스러워졌다.

"그럼 전 왜 그렇게 싫어하셨어요?"

"싫어하지 않았는데요? 오히려 원했죠."

"그건 저도 아는데 라액 할 때는 저 배제하고 그러셨잖아요. 그리고 다른 분 이용해서 저한테 나쁘게 대하라고 그러셨다고 하던데요."

곽이정과 태진이 서로의 눈을 가만히 쳐다봤다. 그러던 곽이정이 웃으며 고개를 끄덕거렸다.

"방금 말했는데요. 원했으니까. 무슨 얘기를 들었는지는 몰라도 다른 부서의 정보를 얻은 건 맞긴 합니다. 전체를 알아야 했으니까. 하지만 내가 먼저 물어본 적은 없고요. 시킨 건 한태진 씨가 다른 팀 안 가게 모질게 대하라고 한 것뿐이었죠."

"후……."

"내가 속이는 거 같나요?"

"후, 아니요. 거짓말은 안 하시니까. 그럼 왜 라액 할 때 절 배제하신 거예요."

"그때는 몰랐으니까요."

"네?"

"내가 그리려는 그림에 자꾸 다른 색이 들어오더군요. 한 팀장이 채이주 씨와 연락하고 연습하고 그러는 걸 나쁘게 본 건 아닙니다. 다만 오래가지 않을 거라 생각했죠. 그리고 팀원들에게도 영향이 가더라고요. 밀리지 않으려고 참가자들과 너무 가깝게 지낸다든가 하는 것들."

"지원 팀 생기고 더 그러셨잖아요."

"지원 팀은 예상외이기는 했습니다. 그런데 그래서 더 그랬죠. 내가 관리할 수가 없으니까 내가 그리는 그림을 망치지 않게 하려고 배제시킨 거죠."

"저 아프다는 소문까지 내면서요?"

"그건 내가 낸 게 아닌데? 누가 냈는지 모르지만 나도 소문으로 들었죠. 예상이 되는 사람이 있긴 하지만요."

"진짜 아니세요?"

"내가 그런 걸로 거짓말하진 않습니다. 그런 게 서운했나요?"

마치 형이 있으면 이런 얼굴로 다독여 줄 것 같은 느낌이었다.

그렇게 싫어하던 곽이정에게 이런 느낌을 받는다는 이질감에 태진은 대답을 하지 않았다.

"언젠가는 변할 거라고 생각했어요. 지금까지 봤던 사람들이 다 그랬으니까. 그리고 관리하는 배우가 점점 늘어 갈수록 소홀해지는 건 어쩔 수 없죠. 그래서 난 애초에 적당한 거리를 두면서 당신을 위해 일을 하고 있다는 걸 보여 줬던 겁니다. 처음에 100을 쏟아붓다가 그게 줄어들면 스스로에게 의심을 할 수가 있으니까, 그런 걸 미연에 방지하려고 한 거죠."

곽이정은 대견하다는 눈빛으로 태진을 봤다.

"그런데 소속 배우들이 한 명, 두 명 늘어 가도 변하지 않더군요. 최정만 씨 같은 경우도 오히려 자신을 제대로 알아봐 주는 한 팀장을 좋아하고요. 자신감이 없던 사람들이 전부 한 팀장과 만난 뒤부터 표정이 달라지더군요. 채이주 씨도 그렇고, 권단우 씨도. 그리고 로젠 필 씨까지. 사실 얼마 전까지만 하더라도 왜 한 팀장을 그렇게 따르는 건지 알지 못했어요. 그냥 잘해 주니까, 일을 잘하니까. 그 정도로 생각했죠."

곽이정이 얘기를 하려다 말고 갑자기 코웃음을 뱉었다.

"후훗. 그런데 어떤 사람이 그러더군요. 저더러 좀 진솔하게 살라고 충고하더군요. 잘 알지도 못하는 사람한테 그런 얘기를 듣는 게 처음에는 어이가 없었는데 시간이 지나니까 내가 진술하지 못했던 것 같더군요. 그러면서 한 팀장이 하는 일들이 떠올랐고요."

태은의 얘기가 분명했기에 태진은 순간 곽이정의 눈을 피해 버렸다. 그런 상황을 모르는 수잔과 국현은 갑자기 태진이 떠올랐다는 말을 의아하게 생각했다. 그런 세 사람의 모습에 곽이정이 피식 웃었다.

"표정으로는 보여 주지 못하는 걸 마음으로 보여 주니까. 다른 분들도 그걸 느낀 거겠죠? 그래서 한 팀장을 좋아하는 거죠. 그리고 나도 느낀 바가 많고요."

곽이정은 양손으로 네모를 만들더니 웃었다.

"내가 그리려던 그림보다 한 팀장이 그리는 그림이 더 좋다는 걸 최근에서야 알게 됐어요. 꼭 성공이 필요한 건 아니라는 걸. 진심만으로도 즐길 수 있다는 걸."
"그런데 왜 회사를 나가신다는 거예요?"
"난 그런 그림을 그릴 수 없거든요. 화가가 두 명이면 그림이 망하니까 난 내가 잘 그리는 그림을 그리려고 회사를 나가는 거죠."
"벌써 얘기 된 건가요……?"
"오라는 곳은 없어서 내가 직접 차리려고요. 준비 중입니다."

자신의 얘기를 다 했다고 생각했는지 곽이정이 시간을 확인하더니 갑자기 짐을 챙겼다.

"이제 그만 일어나죠. 술 취했더니 별말을 다했네. 가죠. 더 있다가는 집에 못 가요."

태진은 곽이정의 말로 인해 생각이 많아진 탓에 그저 멍했다. 싸우면서 정이 든 건지 아니면 곽이정의 본심을 알아서인지 회사를 나간다는 말이 반갑게 느껴지지 않았다. 그런 태진의 마음을 느꼈는지 곽이정이 웃으며 말을 돌렸다.

"저기 국현 씨나 좀 챙기세요."

*　　　　*　　　　*

곽이정의 도움으로 지원자를 추린 태진은 자신이 했던 대로 2차 면접을 준비 중이었다. 이번에는 스미스의 도움을 받는 중이었다.

"매번 도와 주셔서 감사해요."
"내가 뭐 한 일 있나요. 실무 면접 내용도 한 팀장이 다 만들고 작가님 허락도 한 팀장이 받았는데 이 정도야."
"그래도요."
"괜찮아요. 우리도 도움받는데. 아무튼 이렇게 해서 다음 주 1차 합격 발표일에 다 발송하면 끝이겠네요."

태진이 2차 면접에서 했던 대로 시나리오 일부를 지원자들에게 보내 어울리는 배역을 선정하라는 내용이었다. 따로 시나리오를 구할 필요 없이 지금 배우들을 섭외하고 있는 김정연의 작품을 사용할 생각에 허락을 구했다.

"그런데 작가님은 한 팀장이 말만 하면 다 오케이인가 봐요?"

"안 그래요."

"안 그러긴. 우리가 배우 얘기하면 되게 고민하다가 한 팀장이 뽑은 사람이라고 그러면 바로 넘어가는데. 후우, 그나저나 생각보다 빨리 끝냈네요? 더 걸릴 줄 알았는데."

태진과 곽이정의 관계를 생각하면 곽이정이 도와줬다는 걸 상상할 수가 없었다. 스미스도 전혀 모르는 눈치였다.

"다른 데서 도와 주셨어요."

"아, 저번처럼 다른 회사 도움 받았구나. 이래서 인사 팀이 있어야 되는데. 후우, 고생했어요. 이제 한 팀장 왔으니까 우리도 숨 좀 쉬겠네."

"왜요? 무슨 일 있으세요?"

"우리 배우들 오디션 봐야죠. 요즘 계속 오디션만 봤는데도 끝이 없어요. 참, 그리고 멀티박스에서 연락 왔는데 OTN에 배정될 거 같다네요."

"어? 언제요?"

"어젯밤에 연락왔어요. 아직 확정은 아니고 이야……."

갑자기 감탄하는 스미스의 모습에 태진은 의아해하며 물었다.

"왜요?"

"돈의 힘이 굉장한 걸 또 느꼈죠. 방송사도 안 정해졌는데 투자자가 생겼잖아요. 그러니까 OTN도 혹했나 보더라고요. 처음에 채이주, 권단우, 차오름 체제로 간다고 했을 때 반응이 미적지근했는데 지금은 조금 기다려 달라고 사정을 했다네요."

"강 이사님이 그래요?"

"네, 하하. 직접 연락 왔더라고요. 지금 투자도 얼마 안 남아서 투자사들도 오히려 더 들어오고 싶어 한다고 그러더라고요. 목소리가 아주 그냥 하늘에 떠 있는 그런 목소리였어요. 이게 다 에이드 씨 덕분이죠. 진짜 다시 한국에 오시면 선물이라도 드려야겠어요."

멀티박스와 에이드와 계약이 성사되었고, 그 뒤부터는 일사천리였다. 스미스의 말대로 자본이 받쳐 주자 문제가 될 것이 없었다. 이주, 단우는 물론이고 회사 소속이 된 차오름 역시 간병인을 하면서도 연습을 시작했다. 에이드 덕분에 마음이 편안하게 진행되고 있었다. 그때, 지원 팀에 있던 국현이 4팀 사무실에 뛰어왔다.

"헉헉, 팀장님!"

"네?"

"지금 사무실 올라가셔야 돼요."

"왜 그러신데요?"

"우리 채이주 씨 광고 미팅 잡혔어요!"

"네? 아! H생명?"

"어? 어떻게 아셨어요?"

"전에 김 실장님한테 들었어요. 전화로 말씀하시지."

"어? 그러게! 기뻐서 뛰어왔네!"

태진은 가볍게 웃고는 스미스를 봤다.

"저 잠깐 다녀올게요."

"꼭 오셔야 돼요. 이따가 오디션 같이 봐야죠."

"네, 오래 걸리진 않을 거예요."

여기저기서 자신을 필요로 하는 모습에 태진은 뿌듯한지 입술을 살며시 떨고는 걸음을 옮겼다. 지원 팀 사무실에 들어가니 매니저 팀의 김 실장이 기다리고 있었다. 간단하게 인사를 나눈 태진은 곧바로 광고에 대해 물었다.

"저번에 말씀하신 H생명 광고 맞죠?"

"네, 기억하시네요. 아직 정확한 건 아닌데 H생명에서 미팅 원해서요. 연락 없어서 무산된 줄 알았는데 갑자기 연락이 왔어요."

"계속 연락이 왔던 게 아니에요?"

"없었죠. 그래서 제 생각에는 이번에 이주 씨 드라마 들어가는 거 알고 연락한 건 아닐까 싶거든요."

"그거 보안 철저하게 한다고 했는데."

"그래도 사람들이 하는 일인데 다 소문나죠. 그래서 혹시나 문제 생기진 않을까 해서요."

"문제는 없을 거 같은데요? 드라마 내용 연결해서 하는 거 아닌 이상 사람들도 별개로 볼 거예요."

"그렇겠죠?"

태진은 웃으며 고개를 끄덕거렸다. 광고까지의 일은 매니저 팀에서 하던 일이었기에 계속 진행하기로 했는데 이렇게 얘기를 해 주는 것만으로도 고마웠다.

"미팅이 언제예요?"

"저희가 답을 준다고 했는데 할 거면 빨리 연락드려야겠죠."

"이주 씨는요?"

"저번에 얘기하고 지금 연락 온 건 아직 안 했습니다."

"이주 씨한테 먼저 알리고 의견 들어 보시면 될 거 같아요."

태진은 자신이 할 수 있는 최선의 대답을 해 주었다. 그런데 김 실장이 약간 머뭇거리는 모습이 보였다.

"왜 그러세요?"

"자꾸 이런 부탁드려서 죄송한데요."

"말씀하세요."

"한 팀장님이 미팅에 같이 가 주시면 안 될까 해서요."

"제가요? 매니저 팀에서 진행하던 일이잖아요."

"그렇긴 한데요……. 아무래도 이주 씨가 안 한다고 하면 답이 없거든요. 미팅까지는 끌어낼 수 있을 거 같은데 만약에 안 한다고 고집부리기 시작하면 큰일이에요. 이주 씨가 한 팀장님이 하라는 건 다 하니까……."

그제야 태진은 김 실장이 찾아온 이유를 알 수 있었다. 회사 입장에서 보면 광고를 놓치고 싶진 않을 것이었다. 그렇기에 아예 무산이 될 바에는 태진과 공을 나눠서라도 진행하고 싶어서 찾아온 것이었다. 가만히 생각하던 태진은 가볍게 고개를 끄덕거렸다.

'문제없을 것 같은데.'

드라마에서도 여러 가지 성격을 연기해야 했다. 그리고 광고에서 어떤 내용으로 진행이 될지 알 순 없지만 연기 연습의 연장선이라고 생각해도 될 것이었다. 오히려 지금은 많은 성격의 캐릭터를 겪어 보는 게 이주에게 도움이 될 듯했다.

"이주 씨도 반대 안 할 거 같은데요. 얘기해 보세요."

"일단 받아들이는 게 달라요. 시구 때도 보셨잖아요. 만약에 잘못 돼서 한번 안 한다고 버티면 답이 없어요……."

"안 그러실 거 같은데."

"한 팀장님한테만 안 그렇죠. 사실 그래서 찾아온 겁니다."

이주가 고집이 있다는 건 태진도 알지만 그 정도로 심하게 느껴지진 않았다. 제대로 얘기하고 설득하면 충분히 잘 받아들이는 사람이었다.

"흠, 네. 알겠어요. 그렇게 할게요."

"아, 감사합니다."

"감사는요. 저희 팀인데."

"그래도요. 회사에서 제일 바쁜 거 직원들 다 아는데. 후, 한 팀장님이 해 주신다고 말씀하시니까 이제야 마음이 놓이네요."

"저도 권유만 하는 거라서 이주 씨가 안 하신다고 하실 때 설득은 한번 해 볼게요."

"그 정도면 충분하죠. 무조건 할 겁니다. 하하. 그럼 제가 바로 미팅 날짜 잡고 연락드릴게요."

"네, 그러세요."

김 실장은 꾸벅 인사를 했고, 태진도 웃으며 같이 인사를 했다. 저렇게 인사를 할 정도로 걱정을 한 듯 보였다. 김 실장이 가자 수잔이 미소를 지으며 말했다.

"이런 거 보면 내가 줄을 잘 잡았구나 싶어요."

"갑자기요?"

"여기저기서 우리 팀만 찾잖아요. 일복이 터져서 힘들긴 해도 회사에서 가장 중요한 위치에 있는 듯한 느낌? 그래서 조금 미안해요."

"뭐가요?"

"전에 지원 팀 오라고 했을 때 고민했던 거요."

"하하. 결국 오셨잖아요."

"웃지 마세요. 요즘 좀 민망하니까. 이럴 줄 알았으면 그때 바로 대답할걸! 저 할게요! 하고 싶어요! 이러고."

손까지 드는 수잔의 모습에 태진은 소리까지 내어 웃었다. 그런 태진의 모습에 수잔도 미소를 짓더니 말을 이었다.

"진짜 열심히 할게요! 뭐든 시켜 주세요!"

"지금도 잘하고 계신데요?"

"그렇죠? 그래도 더 열심히 한다고요."

태진은 웃으며 고개를 끄덕거렸다.

*　　　*　　　*

며칠 뒤. 계속된 오디션에 태진도 약간 지치기 시작했다. 스미스가 왜 힘들어했는지 이해가 되었다. 눈에 띄는 사람이 있으면 편할 텐데 다 고만고만한 연기를 보이다 보니 그중에서 고르는 게 여간 어려운 일이 아니었다. 조연 역에 몇몇 배우들을 추천했지만 드라마에 들어가는 배우들이 있었기에 스케줄이 맞지 않아 오디션을 봐야 했다.

"후… 마지막 지원자였네요. 한 팀장님 고생하셨어요."

"팀장님도 고생하셨어요. 휴, 힘드네요."

"후, 힘들죠? 한 팀장이 추천한 배우들이 스케줄만 맞으면 이 고생할 필요도 없을 텐데. 뭘 그렇게 다들 바빠."

말을 하던 스미스가 태진을 보더니 피식 웃었다.

"제일 바쁜 사람 여기 있었지. 지금 가 봐야 되죠?"

"네, 이제 도착하실 때 됐네요."

"크리스마스이브인데 참 고생이 많아요. 오늘 미팅 잘하고 크리스마스 잘 보내요. 웬만하면 연락 안 할 테니까."

"하하. 네, 팀장님도 크리스마스 잘 보내세요."

그때, 마침 김 실장에게 이주와 함께 회사에 도착했다는 연락이 왔다. 다행히 시간이 딱 맞아떨어졌다. 태진은 스미스에게 인사를 하고는 곧장 주차장으로 향했다. 주차장에 도착하니 바로 문 앞에 차가 주차되어 있었다. 그때, 창문이 열리더니 이주가 웃으며 손을 흔들었다.

"메리 크리스마스!"

반갑게 맞이하는 이주의 모습에 태진은 가볍게 웃고는 차에 올라탔다. 그러자 김 실장도 웃으며 인사를 건넸다.

"한 팀장님, 메리 크리스마스예요."

"아, 네. 안녕하세요."

"크리스마스인데 불러내서 죄송하네요. 하하."

"아니에요. 특별히 크리스마스를 보낸 적이 없어서요. 아무렇지도 않아요."

태진은 별생각 없이 웃으며 대답했는데 이주는 꽤 심각하게 받아들였다.

"크리스마스에 뭐 한 거 없어요? 연애도 안 했어요? 아… 죄송해요."

"아니에요."

말을 하던 중에 태진의 사정이 생각난 모양이었다. 태진은 그런 이주의 반응에 웃으며 말했다.

"괜찮아요. 그냥 가족하고 케이크 먹고 그랬어요."

"어? 다행이다!"

"네?"

"크리스마스 선물로 케이크 사 왔거든요! 아, 팀장님 것만 사 온 게 아니라 다른 분들 것도 사 온 거니까 부담 갖지 마시고요. 이따 갈 때 드릴게요."

"전 아무것도 준비 못 했는데."

"지금도 충분히 많이 받았으니까 괜찮아요. 자, 출발!"

태진은 약간 들뜬 이주의 모습에 운전하는 김 실장을 한 번 쳐다봤다. 이런 기분이면 자신이 올 필요가 없을 듯 보였다. 룸미러를 통해 태진과 눈이 마주친 김 실장은 바로 눈치를 챘는지 웃으며 말했다.

"골드 버튼 받을 거라서 좋아하시는 거예요."

"골드 버튼이요?"

"Y튜브요. 회사 오다가 구독자 백만이 딱 넘었어요. 연말 상 없는 대신 골드 버튼 받게 됐네요. 하하."

연말에 시상식은 대부분 지상파 위주였고, 이주는 출연한 드라마가 없다 보니 시상식장에 갈 일이 없었다. 태진도 그 점이 아쉬웠는데 다행히 다른 상을 받게 되었다.

"벌써요? 영상 몇 개 안 되잖아요."

"그러니까 좋아하시죠. 2, 3일에 200만 이렇게 찍는 분들에 비해 좀 느리긴 해도 굉장히 빠른 속도죠."

채이주는 손가락으로 V자를 그리며 웃었다.

"축하드려요."

"이게 다 한 패밀리 덕분이죠! 사실 저 케이크도 그 보답이에요. 출연료 대신! 제 마음 편해지라고. 그러니까 팀장님도 부담 갖지 않으셔도 돼요."

"하하. 네. 감사합니다. 이제 다음 영상도 올리시면 200만도 금방 되겠어요."

"그게 문제예요! 콘텐츠가 회사 사람들의 고충 해결 및 응원인데 아무도 의뢰를 안 해요."

이주는 태진을 가만히 쳐다보며 말했다.

"요새 고민 없으세요?"

"일이 좀 많다는 거?"

"그건 내가 도와줄 수가 없는데."

"하하. 괜찮아요. Y튜브도 하고 연기 연습도 바쁘시겠어요."

채이주는 인상을 약간 찡그렸다. 그것도 잠시 이내 씨익 웃더니 태진을 봤다.

"요즘 전화 안 해서 되게 편하죠?"

"네? 아니에요. 저보다 전문적인 선생님들한테 배우는 게 좋죠. 무슨 어려운 점 있으세요?"

"아… 있긴 하죠……. 아! 팀장님 노래 잘 부르시지!"

"노래요?"

"작가님이 따로 연락하셔서 노래 잘 부르냐고 물어보셔서요. 그래서 노래 연습하고 있어요……"

"아, 뒤에 노래 부르는 씬이 나오나 보네요. 그래도 지나가는 씬이라서 그렇게 중요하진 않을 거 같은데요. 어느 정도 편하게 부르시면 될 거예요."

아직 어떤 내용이 나올지 알 수는 없지만 너무 부담을 가질 필요는 없기에 한 말이었다. 그런데 원래라면 맞장구쳤을 채이주가 이번만큼은 심각한 얼굴로 태진을 봤다.

"저도 편하게 하고 싶죠… 그런데 저 삼치거든요……."
"삼치요……?"
"음치, 박치, 몸치……."

태진이 설마 하는 마음으로 이주를 볼 때, 앞에 있는 김 실장한테서 이 사실을 확인이라도 해 주듯 새어 나오는 웃음소리가 들렸다.

"풉, 아, 죄송합니다. 어후, 먼지가 왜 이렇게 많아."

*　　　*　　　*

H생명의 홍보 팀과 미팅 중인 태진은 굉장히 만족스러웠다. 대형 홍보 팀답게 광고 시안까지 준비한 상태였다. 바로 촬영에 들어가도 될 것 같은 완성도였다. 게다가 광고비까지 파격적이었다.

"2년에 지면 광고 2회, 영상 5회로 잡았고요. 4개의 영상은 1년 잡고 있고요. 나머지 하나는 그룹 이미지 광고가 될 거예요. 전속 모델 비용은 서로 힘 빼지 말자는 의미에서 최대 한도로 책정해 드렸습니다. 8억이고요."

기간이 길긴 하지만 기존 채이주가 받던 광고모델 비용을 훨씬 상회했다. 미팅 자리에서 모델 비용까지 얘기가 나올 줄 몰랐던 김 실장은 표정에 드러날 정도로 놀랐고, 심지어는 채이주 본인도 약간 놀란 얼굴이었다. 두 사람의 입에서 이상한 말이 튀어나올 수도 있다는 생각에 태진은 먼저 입을 열었다.

"조건이 좋네요. 그럼 4개를 한 번에 찍는 건가요?"
"그럼 스케줄이 너무 빡빡하잖아요. 그래서 촬영은 나눠서 하되 순차적으로 나올 거예요. 시안 보시면 아시겠지만 큰 틀 하나가 있고요. 그 메인 광고에서 사용된 장면을 좀 심도 있게 파고 들어가는 영상이에요. 메인은 TV 매체용, 나머지는 인터넷용이고요."
"그런데 벌써 시안이 나와 있네요."
"이번에 저희 광고를 대행사에 맡겼거든요. C AD라고."
"아! 엄청 유명한 광고 회사요."
"네, 맞아요. 거기서 모델로 채이주 씨를 적극 추천하셨거든요. 광고 내용은 정말 좋아요."

담당자의 설명이 이어졌고, 태진이 보기에도 굉장히 좋았다. 하나는 남자와 여자로 분장을 하고 나와 일상생활을 보여 주는 특별한 것 없는 광고였다. 대신 카피라이트에 힘을 쓰고 있었다.

"성별은 달라도 보험은 하나."

"남자 분장이 좀 그렇죠? 완벽한 분장은 아니니까 걱정하지 않아도 될 거 같아요."

태진은 오히려 많은 캐릭터를 경험할 수 있다 보니 좋은 기회처럼 느껴졌다. 그다음 광고는 노인과 젊은이의 모습을 비춰 주며 '나이는 달라도 보험은 하나'라는 카피를 사용했다.

"노인 분장도 마찬가지고요."

"제대로 분장해도 돼요."

채이주도 지금 연습하는 드라마 연기와 맞아떨어지는 상황에 웃으며 고개를 끄덕거렸다. 하지만 웃음도 잠시 다음 설명에 채이주의 표정이 굳어졌다.

"세 번째는 노래예요."

"노래요……?"

"저희 H생명 로고송을 새로 제작해요. 그 노래를 여러 가지 버전으로 편곡할 거고요. 록, R&B, 댄스 이런 식으로 편곡을 해서 '취향은 달라도 보험은 하나'. 이렇게 진행이 될 거예요."

태진은 옆을 보지 않아도 채이주의 상태가 느껴졌다. 벌써 긴장했는지 침 삼키는 소리가 들렸다. 옆을 보니 아니나 다를까 굉장히 어색한 미소를 짓고 있었다. 태진은 그런 이주를 대신해 질문을 했다.

"직접 불러야 되는 건 아니죠?"
"직접 불러 주시는 게 더 좋죠. 노래가 쉬워서 어렵지 않을 거예요."

고민이 많이 되는 얼굴이었다. 아무래도 조건이 굉장히 좋다 보니 쉽게 거절이 입 밖으로 튀어나올 수가 없었다. 김 실장은 계속 고개를 끄덕이며 채이주를 응원했다. 하지만 태진은 이주의 선택이 더 중요하다고 생각했다. 모델 비용이 높아짐으로써 앞으로 더 많은 광고비가 책정되겠지만 그보다 잘못하면 연기에까지 지장이 갈 수도 있다는 생각이 들었다. 지금도 예전에 이주를 처음 봤을 때가 떠오르는 얼굴이었다.

"그리고 메인은 지금까지 말씀드린 광고의 일부를 합쳐서 '인생은 달라도 보험은 하나. 인생 맞춤' 이렇게 카피를 사용할 거고요."

담당자가 계속 설명을 하고 있지만 채이주는 귀에 들어오지 않는 모양이었다. 계속 굳은 표정으로 고민을 하더니 갑자기 태진을 쳐다봤다. 담당자가 있기에 말을 하진 않았지만 어떤 선택을 해야 하는지 도와 달라는 눈빛처럼 느껴졌다.

담당자의 설명이 끝나자 태진은 이주를 보며 고개를 끄덕이고는 입을 열었다.

"오늘 이 자리에서 대답을 드려야 되는 건 아니죠?"
"네?"

H생명에서도 최고의 조건을 준비했기에 바로 수락할 거라 예상했는데 뜻밖의 질문에 당황했다.

"어디 마음에 안 드시는 부분이 있으세요?"
"너무 좋은 조건을 준비해 주셨는데 대충 할 수는 없잖아요. 그래서 광고 내용을 소화할 수 있는지 고민을 좀 해 보려고요. 저희 채이주 배우님이 연기에 대해서만큼은 굉장히 진심이시거든요."

최대한 이주를 좋게 포장했다. 그리고 이주를 쳐다보자 입술을 꽉 닫고 있는 모습이 보였다. 아마도 노력을 해 보겠다는 그런 의지를 다지는 거라고 생각할 때, 태진의 예상과 다르게 이주가 입을 열었다.

"저 할게요. 열심히 준비할게요."

태진은 깜짝 놀라 이주를 봤고, 이주는 그런 태진의 눈을 보며 씨익 웃었다. 그리고 김 실장은 완전 티가 날 정도로 좋아하고 있었다.

*　　　　　*　　　　　*

미팅을 끝내고 채이주의 차를 얻어 타고 다시 회사로 향하는 중이었다. 이주는 걱정이 되는지 창밖만 쳐다봤고, 태진은 그런 이주가 신경 쓰여 입을 다물고 있었다. 하지만 김 실장만큼은 기분이 좋은지 연신 떠들며 이주를 응원했다.

"이주 씨, 이제 S급 대열에 올라선 건데 너무 걱정하지 마요. 이제 이 조건대로 광고모델 책정될 텐데. H생명 좀 잘되면 여기저기서 찾겠네요. 연기도 잘해, CF 여신이야. 완전 탄탄대로예요."

김 실장의 들뜬 위로에도 이주는 별다른 반응이 없었다. 태진은 그런 모습이 신경 쓰여 조용히 이주를 불렀다.

"이주 씨."
"……."
"이주 씨."

어깨를 가볍게 두드리자 그제야 이주가 고개를 돌렸다. 그러고는 귀에서 이어폰을 뺐다.

"불렀어요?"
"노래 듣고 계셨어요?"
"아! H생명 로고 송 좀 듣고 있었어요."
"아… 그거 새로 만든다고 했는데."

"그러네……?"

이주는 태진 쪽으로 몸을 살짝 돌리더니 입을 열었다.

"나 정말 안 하려다가 팀장님 때문에 한 거거든요? 그러니까 저 좀 도와주셔야 돼요."

"저 때문에요?"

"거기서 그렇게 절 포장해 주는데 어떻게 안 하겠다고 그래요. 그리고 팀장님이 연기도 도와주셔서 잘됐으니까 노래도 잘될 거 같아서요. 안 되면 아예 거절을 했을 거 아니에요."

"아, 그거 이주 씨한테 생각을 시간을 주려고 그런 거예요. 저이주 씨 노래도 못 들어 봤는데요."

"아! 뭐야! 그러네! 망했네!"

채이주는 화들짝 놀라더니 얼굴을 감싸쥐었다. 그러고는 눈만 빼꼼 내놓더니 굉장히 고민이 되는 얼굴로 태진을 봤다. 하마터면 귀엽다는 말을 입 밖으로 내뱉을 만큼 귀엽게 느껴졌다. 그런 이주가 거의 울듯한 얼굴로 물었다.

"저 어떻게 하죠."

"한번 불러 보실래요?"

"여기서요?"

"네, 간단하게 불러 보세요."

"흐… 아, 뭘 부르지."

이주가 고민할 때, 김 실장이 대신 곡을 선택해 주었다.

"이주 씨 챌린지 찍는다고 연습한 거 있잖아요. 어억!"

이주는 화들짝 놀란 나머지 발로 운전석을 차 버렸다. 하지만
이미 태진은 어떤 곡인지 눈치를 챘다.

"내 가슴에 연습하셨었어요?"
"아이, 김 실장님은 왜 그런 소리를 하세요."
"되게 잘 어울릴 거 같은데요."
"안 그래요. 안 올린 이유가 있어요."
"가볍게 한번 불러 보세요. 어떤지 들어 볼게요."

지금도 고민을 하던 채이주가 결정을 내렸는지 진지한 얼굴로
태진을 봤다.

"나 노래 못하는 거 아니까 절대 웃으면 안 돼요."
"안 웃어요."
"놀라기도 없어요."
"네, 네."
"후우. 그럼 앞에는 잘 몰라서 연습한 데 불러 볼게요. 잠깐만요.
노래방 영상도 틀고. 아! 꼴에 할 건 다 한다고 생각할 거 아는데
이렇게라도 해야지 그나마 나아서 하는 거니까 오해하지 말고요."

행동 하나하나에 변명을 하는 채이주의 모습에 태진은 가볍게 웃었다. 그러던 중 Y튜브에 있는 '내 가슴에' 노래방 음원이 나오기 시작했다. 중간부터 틀 줄 알았는데 처음부터 노래가 나왔다. 건너뛰지도 않고 한참을 지켜보고 있으니 이제 곧 챌린지 영상 부분이 나올 차례가 됐다.

"내 가슴 안에에헤, 내 두 누눈 소속에."

태진은 순간 목에서 소리가 날 정도로 고개를 돌렸다. 이주가 고백한 대로 음치에 박치였다. 음은 하나도 안 맞고 이미 반주가 지나간 다음에 쫓아가듯 노래를 불렀다. 태진은 자신도 모르게 침을 꿀꺽 삼켰다.

'염소처럼 바이브레이션은 왜 이렇게 많이 넣어……'

설마 그래도 어느 정도는 하겠지 싶었는데 이건 태진마저도 걱정이 되게 만드는 노래 솜씨였다. 그때, 노래를 멈춘 이주가 태진을 쳐다봤다. 태진은 자신에게 표정이 없음을 감사하다고 생각할 때, 이주가 버럭 화를 냈다.

"놀라기 없다니까요!"
"저 안 놀랐어요."
"안 놀라기는! 내가 지금까지 본 표정 중에 제일 놀랐어! 눈이 그렇게 크게 떠지는 줄 처음 알았네!"

태진은 어떤 대답을 해야 할지 아무런 생각이 들지 않아 고개
를 돌려 버렸다.

"왜 고개 돌려요! 내가 창피해요? 아! 책임져요! 팀장님 믿고
한다고 했으니까."

*   *   *

며칠 뒤, 올해 역시 크리스마스라고 특별한 일은 없었다. 채이
주가 준 케이크로 가족과 함께 시간을 보냈지만, 태진은 채이주
가 떠올라 케이크가 넘어가지 않았다. 지금도 채이주의 노래가
머릿속에 떠다녔다.

"팀장님, 일찍 오셨네요."
"팀장님, 벌써 와 계세요?"

같이 출근한 수잔과 국현이 태진을 보며 인사했다.

"두 분은 어떻게 같이 오셨어요?"
"엘리베이터에서 봤죠. 팀장님은 크리스마스 잘 보내셨어요?"
"전 그냥 집에 있었죠."
"데이트도 하고 그래야죠. 그러다가 나이 훅 먹는데. 그나저나

미팅은 어떻게 되셨어요?"

"일단 하기로 했는데."

"와! 잘됐다! 조건은요?"

"내일 정식 계약 할 거예요."

태진은 간단하게 조건에 대해서 설명했다. 그러자 두 사람 역시 놀랍다는 표정이었다. 그러던 중 수잔이 진심으로 기뻐하는 얼굴로 박수까지 쳤다.

"정말 잘됐다. 우리 이주 씨 마음씨가 너무 좋아서 크리스마스 선물 받았나 보네."

"하하……."

"케이크 진짜 맛있더라고요. 찾아 보니까 줄 서서 사는 케이크 전문점이라던데!"

수잔과 국현도 케이크를 받은 모양이었다. 그런 수잔이 갑자기 태진을 보며 고개를 갸웃거렸다.

"왜 그러세요?"

"뭐가요?"

"말투가 되게 걱정이 많은 말투 같아서요."

태진은 헛웃음을 뱉으며 수잔을 봤다. 표정을 알아보는 사람도 생기더니 이제는 말투로 기분까지 알아차리는 사람이 생겼다. 태진은 깊은 한숨을 뱉고는 이주의 노래 실력에 대해서 꺼내 놓았다. 한참을 듣던 수잔이 진지한 얼굴로 물었다.

"그러니까 광고에 노래가 들어간다는 거죠? 그런데 우리 이주 씨는 음치고요?"

"네, 맞아요."

"얼마나 심한데요?"

"어… 음치인지 아닌지 맞히는 프로그램에서도 못 들어 본 정 도더라고요."

"엄청 심한가 보네요?"

태진은 말없이 고개를 끄덕거렸다. 두 사람이라고 딱히 해결 책이 있을 리가 없었다. 하지만 수잔의 입에서 예상과 다른 말이 나왔다.

"제가 연습 좀 도와 드려도 될까요?"

"수잔 씨가요?"

"일이 조금 문제이긴 한데 퇴근 후에 만나서 연습하면 될 거 같은데."

태진은 무슨 반응을 보여야 할지 생각이 나지 않았다. 다만 왜 저렇게 자신 있어 하는 건지 궁금했다. 그때, 수잔이 웃으며 말했다.

"저 연극했던 거 아시죠?"

"네, 알죠."

"연극하면서 생활비를 보컬 레슨으로 벌어 썼어요."

"보컬 레슨이요?"

"뭘 그렇게 놀라세요. 저 실용음악과 나왔어요."

"아니, 전에는 잘 모른다고 하셨잖아요. 에이드 씨 만났을 때도."

"모른다고는 안 했죠. 그냥 가만히 있었지. 사실 가수한테 비빌 깜냥은 아니라서요."

"정말 트레이너 하셨어요?"

수잔은 머쓱하게 웃더니 말을 이었다.

"일반인 상대로요. 제가 다른 건 몰라도 음치는 좀 자신 있어요. 레슨 할 때 이상하게 음치를 많이 만났거든요. 그것도 좀 성인들? 학원 위치가 여의도에 있어서 그런지 직장인들이 되게 많았어요. 그때 많이 해 봤거든요. 그래서 좀 도움이 될까 해서요."

수잔의 과거에 태진은 놀란 표정을 지었다. 그러자 되레 수잔이 머쓱해하며 말했다.

"이것도 우리 지원 팀 일이니까 열심히 해야죠."

＊　　　　＊　　　　＊

며칠 뒤, 태진은 H생명에서 보내 온 노래를 듣고 있었다. 확실히 광고 노래답게 멜로디 자체는 쉬웠다. 그렇다고 동요 같은 느낌은 아니었고, 마치 다큐멘터리에서 풍경을 배경으로 보여 줄 때 나오는 그런 느낌이었다.

"스흡, 이거 멜로디 좋은데요? 이런 가사 붙이기 미안할 정도로 좋은데!"

"저도 좋은 거 같아요."

"이거 연주곡으로 해서 예능 같은 프로그램에서 많이 나오겠는데요? 이걸 C AD에서 만들었대요?"

"그렇대요. C AD 음악 감독이 만들었대요."

"대단하네. 이 정도면 우리 채이주 배우님도 잘할 거 같은데요. 가사도 몇 줄 없고."

태진은 대답을 할 수 없었다. 통화로도 몇 번 더 확인을 했는데 노래를 들을 때마다 놀라야 했다. 수잔이 맡는다고 해서 담당으로 붙이긴 했는데 걱정이 되는 건 어쩔 수 없었다.

"수잔 씨가 잘하겠죠?"

"스흡, 전 잘할 거 같은데요? 수잔 씨가 똑 부러지잖아요."

"그렇긴 하죠."

"그리고 저 좀 놀랐는데. 그동안 맡은 일은 잘해도 먼저 하겠다고 한 적은 없었잖아요. 자신 있으니까 하겠다고 했겠죠. 그리고 우리한테나 좀 직설적이지 배우분들한테는 엄청 친절하잖아요. 아마 잘 가르쳐 줄 거예요. 코인기획 녹음실까지 빌려서 하잖아요. 그리고 보컬 레슨도 따로 받으니까 걱정 안 하셔도 될 거 같아요."

수잔이 잘 가르칠 순 있지만 채이주가 그 가르침을 잘 받을 수 있을지가 걱정이었다.

*   *   *

이주와 함께 코인기획에 자리한 수잔은 노래를 가르치진 않고 계속 채이주의 얘기만 듣는 중이었다.

"진짜 너무 화가 나요!"
"뭐 그런 사람이 다 있대요."
"그렇죠! 못할 수도 있지. 노래 못 부르는 게 병도 아니고!"
"그렇죠. 이 세상 사람들이 다 노래를 잘 부르면 가수가 있을 필요가 없는데."
"그러니까요! 내 노래 실력 고치려면 최소한 1년이 걸린대요! 지가 음악계의 허준인가."
"우리 이주 씨를 너무 모른다. 노력을 얼마나 하는데."

수잔은 그저 맞장구를 쳐 주고 있을 뿐이었다. 그 덕분인지 채이주는 점점 기분이 풀리고 있었다.

"그런데 수잔 씨도 보컬 트레이너셨다고요?"

"예전에 했었어요."

"그럼 노래 잘하시겠네요······."

"아니요? 저 잘하는 편은 아니에요."

채이주는 대화로 인해 기분이 풀렸지만, 걱정은 되었다. 수잔이 같이 연습을 하자고 해서 수락을 하긴 했는데 아무래도 전문 보컬 트레이너가 아니다 보니 걱정이 될 수밖에 없었다. 게다가 노래도 잘 못 부른다고 하니 걱정은 더 커져만 갔다. 그때, 수잔이 웃으며 말했다.

"제가 노래를 잘 못하니까 그래서 잘하는 방법을 알죠. 내가 해 보기도 했고, 많이 가르쳐 주기도 했고요."

"정말요?"

"그럼요. 예전에 이주 씨처럼 시간이 부족한 분이 계셨어요. 결혼을 앞둔 신랑인데 자기가 축가를 직접 불러 주고 싶다고 그랬어요. 그래서 트레이닝 받고 싶다고 찾아왔고 결국에는 축가 직접 부르셨어요. 제가 보여 드릴까요?"

"영상도 있어요?"

"그럼요. 연습하는 거 신부님한테 보여 준다고 매번 녹화하셨거든요. 그리고 이 영상으로 보컬 학원 홍보도 했고 해서 아직 영상이 남아 있어요."

수잔은 이미 준비해 뒀는지 바로 영상을 보여 주었다. 영상을 보던 이주의 표정이 시시각각 변하고 있었다. 처음에는 자신과 같은 처지의 실력에 동병상련을 느끼는지 한숨을 뱉더니 시간이 지날수록 놀람과 동시에 희망을 갖는 얼굴이었다.

"이 사람이 이렇게 된 거예요?"
"그럼요."
"진짜요?"
"진짜죠. 결혼식 때는 더 잘했어요. 이거 보세요."

결혼식 영상을 본 이주는 감격한 표정으로 고개를 들었다.

"아, 부럽다."
"이주 씨도 이렇게 되실 건데요."
"제가요? 후우. 그런데 이분은 얼마나 걸리셨어요?"
"되게 촉박했죠. 혼자 하다가 도저히 안 되겠다 싶었는지 찾아오셨어요. 그래서 열흘 정도 연습했어요."

채이주는 엄청 놀란 얼굴로 수잔을 봤고, 그런 채이주의 눈빛에 수잔은 웃으며 말했다.

"이주 씨는 더 빠를 수도 있죠."
"정말요?"
"정말이죠. 물론 한 곡에 한해서지만!"
"그것만 해도 충분해요!"

수잔은 코를 찡긋하며 웃고는 들고 온 종이를 이주에게 건넸다.

"이게 H생명에서 보낸 노래 가사예요."
"바로 연습하는 거예요?"
"연습이라기보다는 말하기?"
"말하기요?"
"일단 노래보다 가사부터 완벽하게 외우죠. 몇 줄 없어서 쉬울 거예요."
"이걸요……?"

가사가 몇 줄뿐인 데다 같은 말이 반복되고 있어서 지금 당장도 외울 수 있었다. 아니, 정확히 말하면 본 순간 외워 버렸다.

"인생은 달라도 보험은 하나… 가사가 이것뿐인데요……?"
"그래서 더 쉽잖아요?"

수잔은 미소를 짓더니 이주의 옆으로 자리를 옮기고는 태블릿 PC를 앞에 놓았다.

"여기 초도 적어 놨고요. 붙임 표시도 해 놨는데 보기 어렵죠? 그래서 제가 혼자 녹음을 해서 준비해 뒀어요."
"아… 저 때문에 고생 많으셨다……."
"아니에요. 이게 그냥 말하는 것처럼 보여도 생각보다 어려울 수 있어요. '인생은'을 기준으로 삼고 한 거예요. 스타카토처럼 딱딱하게 말해도 되니까 시간 분배만 신경 써서 들어 보세요."

수잔은 직접 녹음해 온 파일을 들려 주었다. 반주도 없고 노래도 아닌 말하는 형식으로 녹음한 파일이었다.

─인.생.은 달.라.도 보.험.은 하나. 인생은 달.라도 보험.은 하나.

녹음 파일이 끝나자 수잔은 웃으며 말했다.

"저랑 목소리가 완전히 겹칠 때까지 연습하면 돼요. 좀 어렵죠?"
"……."

그냥 말하는 게 뭐가 어렵다는 건지 이주는 이해가 되지 않았다.

"그럼 한번 들어 보면서 해 볼까요?"
"네… 인생은 달라도 보험은 하나."
"와, 이거 어려운 건데. 되게 잘하신다. 배우라서 그런지 완벽한데요?"
"저 놀리시는 거 아니죠?"
"놀리기는요! 진짜 이거 한 번에 따라 하는 사람 처음 봤어요. 아까 그 영상에서 봤던 신랑은 이것만 이틀 했거든요."
"진짜요?"
"진짜죠. 완전 제 목소리랑 겹치게 했잖아요. 이게 되게 어려운데. 그럼 이것도 되려나. 이건 내일 하려고 한 건데."

"뭔데요?"

수잔은 마치 어린아이에게 가르치는 것처럼 말하고 있지만 채이주는 바로 그 어린아이라도 된 듯 홀딱 넘어가 있었다.

"제 목소리를 듣고 따라 하다가 바로 제 목소리만 음소거를 하고 이주 씨는 계속 말을 하는 거예요. 그렇게 하다가 제가 갑자기 음소거를 풀 거예요. 그때도 목소리가 겹치는지."

"아. 이해했어요."

"한 마디마다 잠깐 쉬는 호흡이 있어서 이건 정말 어려워요. 이것도 되려나?"

"해 볼게요!"

채이주는 말을 따라 하기 시작했고, 수잔은 중간에 음소거를 했다. 이주는 신경이 쓰이는 듯했지만 말을 멈추진 않았다. 잠시 뒤 수잔이 다시 음소거를 해제했을 때 녹음 파일과 이주의 목소리가 겹쳤다.

"대박! 이것도 한 번에 한다고요?"

"히히. 딱 맞췄다!"

"이 정도인데 박치라고요? 말도 안 돼! 그동안 일부러 그런 거 아니에요?"

"진짜 아니에요."

"이야. 신동 났는데요. 나중에 음반 내자고 할 수도 있겠는데요."
"언니도 너무 나가시네!"

수잔은 신이 난 이주를 보며 환하게 웃으며 말했다.

"지금도 완벽한데 완전 자연스럽게 나올 수 있게 연습해 보죠. 갑자기 나와도 자연스럽게 나오게! 이것만 잘해도 반은 먹고 들어가는 거예요."
"진짜요?"
"그럼요. 여기에 MR 넣은 것도 들어 보세요."

이번에도 미리 준비한 파일을 틀어 주었고, 이주의 눈이 동그래졌다.

"박자만 맞았는데도 꽤 괜찮게 들리죠?"
"그러게요. 와, 신기해!"
"그러니까 가사부터 완벽하게 하면 멜로디는 껌이에요."
"그런데… 이걸 녹음실에서 할 필요가 있었을까요?"
"분위기 좋잖아요! 가수 된 거 같고."
"푸흡. 그렇긴 한데 좀 민망하기도 하고 그래서요."
"좀 이따가 한겨울 씨 오시면 말하는 거 녹음하고 들어 보려고 온 거예요."
"아."
"그럼 다시 시작해 볼까요?"

채이주는 희망에 가득 찬 얼굴로 채이주를 보며 말했다.

"허준이 여기 있었네요!"

*　　　　　*　　　　　*

며칠 뒤. 새해가 밝았지만 그런 기분은 전혀 들지 않았다. 만약에 집에서 떡국을 먹지 않았다면 새해인지도 모르고 넘어갔을 정도였다. 휴일이 끝나고 사무실에 자리한 태진은 지금도 합격자들에게 보낸 2차 면접 내용을 보는 중이었다. 태진이 봤던 면접처럼 이번에도 전달된 건 시나리오의 일부였고, 이미 캐스팅 된 배우가 있었다. 하지만 태진이 알지 못하는 배우도 있을 수 있다는 생각에 다시 시나리오를 읽어 보는 중이었다.

"뭘 그렇게 보세요?"
"아, 시나리오요."
"또 읽으세요? 지원자들이 더 좋은 배우 추천할까 봐 걱정되세요?"
"그렇진 않은데 그래도 알긴 해야 될 거 같아서요."
"저희라도 다 알 순 없죠."

태진은 예전에 곽이정이 보여 주었던 모습을 떠올렸다.

"예전에 곽이정 팀장은 제가 추천한 배우 잘 알고 계시더라고요."

"그때 누구 추천하셨어요?"

"박승준이라는 배우요."

"아! 대구에서 연극하는 거!"

"아세요?"

"그거 곽 팀장이 직접 보러 갔었어요. 뭐라고 했는데요?"

"하… 아니에요."

면접 때 모든 배우를 다 아는 듯한 곽이정의 모습이 크게 느껴져 참가자들에게 비슷하게라도 보여 주고 싶은 마음이었는데 알고 보니 곽이정도 모르고 있었던 것 같았다.

'이런 거 보면 또 사기꾼 같기도 하고. 후우.'

태진이 자신도 모르게 헛웃음을 뱉을 때, 갑자기 휴대폰 벨소리가 들렸다. 고개를 돌려 보니 수잔이었고, 내용을 들어 보니 이주에게 전화가 온 듯했다.

"채이주 씨예요?"

"네, 지금 회사라고, 오신다네요."

"연습하러요?"

"연습은 거의 다 끝났는데. 왜 오신다는 건지 저도 잘 모르겠는데요?"

태진은 들고 있던 시나리오를 내려놓고 수잔을 봤다.

"잘하세요?"

"잘하죠."

"정말 객관적으로……."

"진짜 잘하시는데요. 아직 완벽하진 않은데 이따 오면 들려 달라고 해 볼까요?"

태진은 쉽게 믿어지지 않았다. 아무리 생각해 봐도 며칠 사이 에 바뀔 실력이 아니었다. 그에 태진도 최악의 상황을 대비해 미 리 준비를 해 둔 상태였다. 이주와 최대한 어울리는 가수를 찾 아 놨다. 물론 광고에는 가수의 이름이 나오겠지만 이주의 영상 을 놓고 노래를 들어 봐도 딱히 이질감은 없었다. 다만 이주의 기분을 상하지 않게, 그리고 H생명을 어떻게 설득해야 할지가 걱정이었다.

그때, 사무실 문이 열리더니 이주가 들어왔다. 예상과 다르게 무척 밝은 얼굴이었다. 그 뒤에 따라오는 김 실장 역시 밝은 표 정이었다.

"안녕하세요! 새해 복 많이 받으세요!"

며칠 동안 계속 만났던 수잔이 벌떡 일어나 이주를 테이블로 안내했고, 태진도 뒤늦게 자리에 앉았다.

"회사에 무슨 볼일 있으셔서 나오신 거예요?"

"콘텐츠 회의 하러 왔죠."

"콘텐츠요?"

"여주에 영상 올려야 하니까요. 왜 영상 안 올라오냐고 막 뭐라고 해서요."

"아……."

그 시간에 노래 연습을 더 하는 게 나을 거란 말이 목 끝까지 찼다. 그렇지만 말을 뱉을 순 없기에 입을 다물고 있을 때 수잔이 대신 입을 열었다.

"연습 안 하고요?"

"어제는 연습 안 해도 된다고 하셨잖아요. 거짓말이었어요?"

"아니죠! 그래도 계속 연습해서 입에 익는 게 더 좋지 않을까요?"

"그래서 이번 콘텐츠를 통해 연습하려고요. 잠시만요. 일단 한번 불러 볼게요."

태진은 깜짝 놀랐다. 이주의 입에서 먼저 노래 부르겠다는 소리가 나올 줄은 꿈에도 몰랐다. 태진은 눈을 껌뻑이며 이주를 지켜볼 때, 이주가 노래를 부르기 시작했다.

"인생은 달라도 보험은 하나. 인생은 달라도 보험은 하나."

같은 가사로 30초가량 노래가 이어졌다. 그리고 노래가 끝나자 태진은 입을 쩍 벌린 채 자신도 모르게 박수를 보냈고, 김 실장 역시 감격한 얼굴로 조그맣게 박수를 쳤다.

"우리 이주 씨 대단하죠?"

"네… 저 진짜 놀랐어요. 음치, 박치 같지 않은데요?"

"저도 얼마나 놀랐는데요. 매일 저 노래만 부르는데도 지겹기는커녕 눈물이 날 것 같더라고요. 이렇게 되기까지 얼마나 노력했을지 어휴."

이주는 득의양양한 얼굴로 피식 웃었다.

"실장님, 그만하세요. 제가 하도 저 노래만 불러서 실장님이 자기도 모르게 짜증 냈던 게 미안해서 저러는 거예요."

태진도 그제야 웃으며 김 실장을 봤다. 확실히 늘긴 했지만 가수 같다는 느낌은 아니었다. 그냥 음치, 박치가 아닌 일반인 같은 느낌이었다. 하지만 완벽한 가창력이 필요한 것이 아니기에 지금만으로도 충분했다. 그때, 이주가 수잔을 보더니 말을 이었다.

"저 괜찮죠?"

"이야, 진짜 이제는 완벽한데요?"

"수준 선생님 덕분이죠!"

"수준이요?"

"수잔 더하기 허준이요."

자신감이 가득 찬 이주의 모습이 나쁘게 보이진 않았다. 노력했을 이주나 가망 없어 보이던 이주를 저렇게 바꿔 놓은 수잔까지 모두가 대단하게 느껴졌다. 그런데 이주의 입에서 생각지도 못한 말이 튀어나왔다.

"저 그래서 노래 부르는 콘텐츠 해 보려고요."

태진은 이주가 아닌 수잔을 쳐다봤다. 뭘 어떻게 했길래 노래 부르는 걸 싫어했던 사람이 대중들에게 노래를 공개하겠다고 하는 건지 믿을 수가 없었다. 자신감 있는 건 좋은데 자신감이 너무 과했다. 그런데 수잔도 여기까지는 생각하지 못한 표정이었다. 눈에 보일 정도로 당황하고 있었다.

많은 사람들의 반응을 본 이주는 예상했다는 듯 씨익 웃으며 말했다.

"나도 알아요! 그래서 장기 프로젝트예요."

"그럼 노래 연습하는 걸 보여 주겠다는 건가요."

"연습도 하고 잘하는 것도 보여 주고 그래야죠. 요즘은 솔직한 게 먹히잖아요. 노력하는 모습을 보여 주고 성장하는 모습도 다 보여 주는 거예요."

"김 실장님 아이디어예요?"

"제 아이디어예요. 이상해요?"

태진은 쉽게 판단이 서지 않았다. 이주의 말처럼 시청자들은 좋아할 것 같았다. 하지만 문제점도 보였다.

"그런데 촬영 들어가면 시간이 없을 텐데요. 지금도 연습도 하셔야 하잖아요."

"틈틈이 해야죠. 연기 연습하면서! 무슨 걱정 하시는지 알겠는데 걱정하지 않으셔도 돼요."

이주는 검지를 들어 올리며 말했다.

"시즌별로 할 거거든요. 촬영 시작되면 시즌 마감! 한 곡으로 한 시즌을 하려고요. 요즘 시즌 나눠서 하는 거 많더라고요."

"아, 그렇긴 한데. 이주 씨가 많이 힘드실 텐데요."

"전 재미있어요. 그래서 제가 하자고 한 건데!"

그때, 옆에 있던 김 실장이 웃으며 말했다.

"구독자들이 다음 영상 언제 올라오냐고 계속 물어보는데 올릴 영상이 없어서요. 일상생활 올리는 것도 한두 번이지 매일 올릴 순 없잖아요."

"원래 하던 콘텐츠는요?"

"그거 우리 회사 직원분들이 어려운 일이나 누굴 응원할 일이 없나 보더라고요. 아무도 의뢰를 안 하세요."

"아……."

"그리고 이주 씨가 먹방처럼 남들 따라 하는 건 싫다고 하셔서 직접 생각해 오신 거예요. 전 괜찮을 거 같아서 한 팀장님한테 말씀드리자고 같이 온 거고요. 이상한가요? 전 괜찮던데."

"콘텐츠 자체는 재미있을 거 같은데 잘못하면 우습게 보일 수도 있어요."

이주는 전혀 걱정되지 않는 얼굴로 입을 열었다.

"그런 거 걱정 안 해요. 이미 다 겪어 봤는데요. 예전에 연기 못 한다고 욕하던 사람들이 지금은 많이 늘었다고 칭찬해 주잖아요. 노력하고 성장하는 걸 보여 주면 처음엔 욕을 하더라도 인정을 해 주는 거 같아요."

태진은 자신도 모르게 흐뭇한 미소를 지었다. 그 모습을 본 이주는 태진을 따라 입술을 부르르 떨며 말했다.

"지금 웃는 거 맞죠?"

"네, 많이 변하셔서요."

"다 팀장님 덕분이죠. 아! 지원 팀 덕분! 지원 팀 없었으면 아직까지 댓글 보면서 상처받고 그랬을 건데 지금은 안 그래요."

국현과 수잔 역시 태진처럼 흐뭇해하는 미소를 지었다. 이주의 멘탈을 걱정했는데 쓸데없는 걱정이었다. 이주의 상태를 보면 오히려 진행하는 게 좋을 듯싶었다.

"그래서 어떻게 진행할 건데요?"

"아! 나만 보여 주는 게 아니라 다 같이 음치 탈출하자는 의미에서 교육하는 것도 보여 줄 거예요. 그래서 수잔 언니가 필요해요! 따로 출연료도 드릴 건데 좀 도와주세요!"

당황하던 수잔이 이주의 눈빛을 보더니 이내 미소를 보이며 말했다.

"출연료 받기는 너무 부담스럽죠. 그리고 이제 드라마 준비하면 바빠질 거라서 출연할 시간이 없을 거 같아요."

"아… 그렇죠……? 스태프분들이 더 바쁘니까……."

"대신! 곡 정해 주시면 저번처럼 말하는 거랑 음이랑 녹음해서 보내 드릴게요. 한 번 해 보셨으니까 저 없어도 될 거 같은데요?"

"진짜요? 그렇게만 해 주셔도 너무 감사하죠! 언니 고마워요!"

"전 벌써부터 기대되는데요? 곡은 정했어요?"

미소를 짓고 있던 이주가 갑자기 태진을 힐끔 보더니 이내 결연한 듯한 표정으로 말했다.

"내 가슴에! 하려고요!"

태진은 가능하냐는 눈빛으로 수잔을 봤다. 수잔은 굳은 표정으로 고개를 저었다.

"노래 연습해서 챌린지로 완성하려고요!"

배우답게 엔딩까지 생각해 놓은 모양이었다. 하지만 곡 선정이 문제였다. 노래가 높진 않지만 꽤 어려운 곡이었다. 게다가 시기도 문제였다. 하지만 그 시기 덕분에 이주의 열정에 물을 끼얹지 않고 말을 할 수가 있었다.

"챌린지가 지금도 시들해지고 있는데 그때 되면 너무 늦지 않을까요?"

거기까지는 생각하지 못했는지 이주가 당황했다.

"아, 그러네……. 그럼 어떤 걸로 해야 되지……?"

그때, 기회를 보던 수잔이 급하게 끼어들었다.

"이주 씨, 남 따라 하는 거 싫어하잖아요. 그럼 챌린지 따라 할 필요는 없죠."
"그냥……."
"우리 도와주려고요? 마음이 얼굴보다 더 예뻐. 챌린지 말고 내가 찾아보고 추천해 줄게요."
"진짜요?"

드라마 연기 연습하는 기간을 생각하면 시간이 많지 않을 것이기에 최대한 쉬운 곡으로 선정을 할 생각이었다. 예전에도 추천을 했던 곡들이 있으니 문제가 되진 않을 것 같았다. 다행히 이주도 찬성하는 얼굴이었다.

그때, 갑자기 사무실 문이 열리면서 예상하지도 못한 얼굴이 등장했다.

"한 팀장, 아, 채이주 배우님 계셨군요."

"안녕하세요."

"네, 오랜만이네요. 음, 한 팀장 이것만 주고 가야겠군요. 나중에 얘기하죠. 그럼 가 보겠습니다."

바로 곽이정이었다. 태진에게 건네준 건 정만이 이번에 촬영에 들어가는 드라마 '야차'의 대본이었다. 곽이정은 대본을 건네주고는 바로 가 버렸고, 태진은 손에 들린 대본을 쳐다봤다. 그때, 이주가 신기하다는 듯 입을 열었다.

"두 분 사이가 달라진 느낌인데요?"

태진은 머쓱하게 웃었다. 라이브 액팅을 하면서 지켜봤으니 모를 리가 없었다. 태진은 가볍게 웃고는 손에 들린 대본을 쳐다봤다.

"그런데 그거 대본 아니에요?"

"맞아요. 정만 씨 들어가는 야차 대본이에요."

"그걸 왜 팀장님한테 줘요? 팀장님 야차도 맡으세요?"

"그건 아니에요."

태진도 곽이정이 왜 이걸 주고 간 건지 알지 못했다.

'이걸 나한테 왜 준 거지······?'

아무리 생각해도 답이 나오지 않을 것 같았기에 한번 훑어본 뒤 내려놓으려 했다. 그런데 그때 대본에 이상한 점이 보였다. 배우 대본이면 메모를 써 놓은 게 이해가 되지만 이건 곽이정의 것이었다. 가만히 보니 일정 부분에만 체크와 함께 메모가 되어 있었다.

[1월 30일 세트 완공 예정 이후 촬영. 담당 최금석 매니저 이승훈]

몇 장을 넘겨 봐도 세트장에서의 촬영이었다. 다른 장면부터 촬영을 하고, 세트장에서의 촬영은 30일 이후에 하는 듯했다. 그리고 태진은 곽이정이 이걸 가져온 이유를 알아차렸다.

'그만두고 정만 씨 흔들릴까 봐 가져온 건가.'

담당자로 1팀원의 이름이 있는 걸 보면 정만을 계속 1팀에서 담당할 생각인 듯했다. 얼마 전 1팀을 감싸는 것만 봐도 이해는 되었다. 다만 곽이정이 그만두면 정만의 연기에 지장이 될 수도 있다는 생각에 도움을 주라는 생각으로 대본을 가져온 듯했다.

이 대본을 보자 곽이정이 정말 그만둔다는 게 실감이 되었다.

"무슨 문제 있어요?"
"아니요. 그런 건 아니고요."

그때, 태진은 문득 곽이정의 얼굴이 떠올랐다. 그렇게 미워했던 사람이었는데 속내를 알아서인지 아니면 미운 정이라도 든 것인지, 다른 회사에 갔을 때는 지금보다 더 나은 모습이었으면 했다.

"제가 곡을 추천해도 될까요?"
"팀장님이요?"
"곡도 추천하고 의뢰도 할게요."
"네?"
"직원 콘텐츠요."
"정말요? 누군데요?"
"곽이정 팀장이요."

이주는 약간 놀랐는지 혀를 내밀었고, 태진은 머쓱하게 웃고는 말을 이었다.

"노래는 투유라는 그룹의 베이비 어떠세요?"

*   *   *

며칠 뒤. 태진의 일은 변함없이 바빴다. 그건 태진뿐만이 아니었다. 태진과 관련된 모두가 정신없이 움직이고 있었다. 그중 멀티박스에서는 거의 팀을 다 꾸렸다는 말과 함께 기사를 쏟아 내기 시작했다. 김정연 작가의 작품이라는 점을 앞세워 홍보에 열을 올렸고, 대중들도 관심을 보이기 시작했다.

—제약 회사 비리 캐는 그런 얘기인가 본데
—신품별 인생작이었는데! 이번에도 기대된다.
—개노잼일 듯. 안 봐도 뻔함. 또 배우들 케미로 쓸데없는 부분만 쫑내 늘리고 그러다 한국 드라마답게 감동적인 장면 몇 개 집어넣고 그러겠지. 그게 김정연 특이니까
—빨리 보고 싶다! 주연 누구인지는 아직 안 나왔네!

주연에 대해서는 아무런 얘기도 없었고, 김정연 작가의 작품이라는 말이 대부분이었다. 지금까지 흥행했던 작품들을 늘어놓아 이번에도 다르지 않을 거라는 기대감을 주고 있었다.

"스홉, 김정연 작가님한테 악플 다는 사람도 있네. 아주 대상을 안 가리는고만!"
"그래도 기대된다는 말이 더 많네요."
"그렇긴 하죠. 그런데 멀티박스도 대단하다. 팀 진짜 빨리 꾸리네요."
"작가님 이름 덕분이기도 하죠."
"하긴 팀장님 며칠 전에 회의 가셨을 때 OTN 드라마 국장도

왔었다면서요."

"네. 그냥 아무 얘기도 안 하고 잘 듣고 잘 만들어 보자고 하
고 갔어요."

대형 투자자인 코인과 김정연이 MfB를 전적으로 밀어주다 보
니 큰 문제가 있을 리가 없었다. 그리고 캐스팅도 거의 끝물이다
보니 태진도 다시 여유가 생겼다. 여유라고 해 봤자 몸이 약간 편
할 뿐 마음은 그렇지 못했다. 이주와 단우, 그리고 차오름까지 주
연 세 사람이 전부 MfB였고 전부 지원 팀이 담당이다 보니 신경
이 쓰였다.

"차오름 씨는 언제 오신다고요?"

"다음 주에 오세요. 매니저 팀도 인원이 없어서 김 실장님이
신입 두 명 데리고 같이 다니다가 빠지실 것 같다고 하셨어요.
아! 김 실장님이 숙소도 물어보시더라고요. 차오름 배우님 댁이
머니까 단기 임대로 구해야 되냐고. 이따가 오면 그거 말씀하실
거 같은데요."

"아, 그러네."

태진은 고개를 끄덕인 뒤 이번에는 수잔을 보며 물었다.

"이주 씨는 어떠세요?"

"지금 열심히 하시던데요."

"좀 늘었어요?"

"저한테도 안 들려 주시던데요. 제 생각에는 좀 어렵지 않을까 싶긴 해요. 베이비가 쉽긴 한데 그래도 로고송보다는 멜로디가 복잡하잖아요."

"연기도 해야 되는데⋯⋯."

"내일 모레 광고 미팅 있는 것도 알고 계시고 20일 뒤에 대본 리딩 잡혀 있는 거 이주 씨도 알고 계세요. 노래 연습만 하는 건 아닌 거 같더라고요."

그때, 국현이 씨익 웃으며 말했다.

"제가 김 실장님한테 들었는데 생각보다 잘한다고 하시던데요? 벌써 들을 만하다고."

역시 정찰 전문답게 원하는 소식을 가져왔다. 태진은 물론이고 수잔까지 놀라며 물었다.

"벌써 그렇게 늘었다고요?"

"그렇다고 하더라고요. 뭐야, 자기가 잘 가르쳤다고 말하고 싶은 거예요?"

"그건 아니고요. 24시간 노래 연습을 했나. 그렇게 빨리 늘 실력이⋯ 아니지! 잘할 수도 있지!"

국현은 씨익 웃더니 말을 이었다.

"김 실장님이 그러셨어요. 이주 씨 노래에 재미 들렸다고. 이러다가 노래한다고 하는 거 아니냐고 걱정하시던데요?"

태진도 수잔이 하려다 말았던 말처럼 쉽게 믿어지진 않았다. 그래도 소속 배우를 깎아내릴 수는 없었다.

"열심히 하셨나 보네요. 그런데 그렇게 빨리 늘면 분량이 나오려나."
"그것도 걱정 안 하셔도 된대요. 편집을 안 해서 그렇지 분량이 어마어마하게 나왔대요. 촬영 팀 있을 때도 찍고 혼자서도 찍고 그래서 진짜 많대요."
"그럼 곧 올라오겠네요? 그 전에 확인을 해 봐야겠네요."

관리를 맡았다 보니 영상을 올리기 전 확인할 수는 있었다. 태진은 이주가 얼마나 늘었는지, 곽이정에게 불러 줘도 되는 건지 궁금했다.

"당장은 안 올린다고 하던데요?"
"왜요?"
"그것도 김 실장님이 이따 말씀하실 텐데 이주 씨가 아직 올리면 안 된다고 그랬대요."
"노래 잘한다면서 왜요?"
"아직 한 가지가 부족하다고 그거 해결한다고 그러시더라고요."
"한 가지요? 그게 뭔데요?"
"저도 궁금해서 물어봤는데 그건 안 알려 주시던데요? 하다가 안 할 수도 있다고."

　태진은 이주가 무엇을 하고 있는지 당장이라도 가서 보고 싶은 마음이었다.

제5장

—

광고

　며칠 뒤. 태진은 정식 계약을 위해 이주와 함께 H생명과 미팅 중이었다. 보통의 경우라면 계약을 하고 다음 약속을 잡고 미팅이 끝나는데 지금은 달랐다. 이주의 스케줄이 여유가 있는 반면 광고기획사인 C AD의 스케줄에 여유가 없기에 그쪽 회사의 스케줄에 맞게 촬영 날짜를 잡고 있었다. 그러다 보니 광고 시안에 대해서 얘기가 나올 수밖에 없었고, 이주는 그럴 필요까지는 없음에도 광고 시안을 보고 연습한 연기도 보여 주었다.

　"진짜 좋은데요? 저희가 준비한 시안하고 딱 맞아떨어지네요."
　"그 노래도 연습했는데 한번 들어 봐 주세요."
　"노래요? CM송이요?"
　"네!"

노래에 자신감이 붙었는지 시키지도 않은 노래까지 했다. 노래를 마친 이주는 뿌듯한 얼굴이었고, 태진도 그사이에 실력이 더 늘어난 이주의 노래에 약간 놀랐다. 하지만 AE로서는 그렇지 않은 얼굴이었다. 사실 객관적으로 보면 저런 반응이 어울렸다.

"괜찮은데요? 좀 이상해도 저희 음악 팀에서 만지면 되니까 이 정도면 충분하시죠."

칭찬도 아니고 지적도 아닌 말에도 이주는 굉장히 기뻐했다. 그 동안의 노력을 보상받았다는 얼굴이었다. 태진이 그런 이주를 보며 미소를 지을 때 이주가 갑자기 앞에 있던 시안을 마구 넘기더니 입을 열었다.

"음악 광고에서 댄스곡으로 바꾸는 부분 있잖아요. 여기서 춤도 춰야 되죠?"
"그렇죠. 그냥 평소에 하시는 간단한 동작이면 될 거 같은데요."

태진은 순간 이주가 자신이 삼치라고 말했던 것이 떠올랐다. 먼저 알고 준비를 했어야 했는데 중요한 부분을 놓쳤다는 생각에 태진은 시간을 벌기 입을 열려 했다. 그런데 이주가 이번에는 약간 부끄러운 듯 옅은 미소를 지은 채 자리에서 일어났다.

"제가 춤을 좀 못 추는데 이 정도면 될까요?"

설마 여기서 춤을 출 거라고는 생각지도 못했다. 그건 태진뿐만이 아니었다. H생명의 담당자는 물론이고 C AD의 AE까지 약간 당황하고 있었다. 그런데 배우가 추겠다고 하니 말릴 수가 없는지 어색하게 웃으며 지켜보고 있을 뿐이었다. 그러자 이주가 바로 광고 노래를 부르며 춤을 추기 시작했다.

'어? 꽤 잘 추는… 어?'

춤이 옛날 느낌에다가 약간 동작이 어색하기도 했지만 몸치라고 불릴 정도는 아니었다. 태진은 이주의 저 동작이 어디에서 나온 건지 알고 있었다.

'춤 연습까지 했구나.'

이주가 추는 춤은 '투유'의 '베이비' 안무였다. 곽이정의 사정을 듣고 난 뒤 직접 찾아봤기에 눈에 익은 춤이었다. 아마 이주도 영상을 보고 춤까지 준비한 듯했다. 준비할 게 남았다는 게 저걸 준비하느라 그랬던 것 같았다.

이주의 간단한 안무가 끝나자 H생명 담당자나 AE는 조그맣게 박수를 보냈다. 시작 전에 보였던 어색한 표정은 온데간데없었다. 대신 이주에게 감동을 받은 듯한 얼굴로 바뀌었다. 그도 그럴 것이 스타라는 사람이 미팅 자리에서 춤까지 춰 가며 자신들의 광고에 최선을 다하는 모습을 보여 주다 보니 마음이 움직이는 건 당연했다.

약간 딱딱했던 분위기가 부드럽게 바뀌었고 오히려 더 말하기가 편해진 미팅이 되었다. 이런 분위기를 이주가 스스로 만든 셈이었다.

"너무 좋아요. 전문 댄서 같은데요."

"그 정도는 아니에요."

"충분해요. 바로 촬영 들어가도 되겠어요. 이렇게 준비를 다해 주셔서 정말 감사합니다. 나머지는 저희하고 매니저님하고 얘기해서 조율하면 될 거 같네요."

"어떤 부분이요?"

"의상이라든가 메이크업 같은 거 광고에 어울리게요. 노인 분장은 저희가 특수 분장 팀을 준비할 거고요."

이주는 전부 다 알고 싶은지 계속해서 질문을 했고, 태진은 그런 이주를 보자 예전 모습이 떠올랐다.

'하긴 라액 할 때도 직접 와서 참가자 뽑았지.'

자기 일에 최선을 다하고 책임감 있는 이주의 모습에 태진은 자신도 모르게 흐뭇한 미소가 지어졌다. 그리고 저 춤을 곽이정이 봤을 때 어떤 반응을 보일지도 무척 궁금해졌다.

*　　　　*　　　　*

며칠 뒤. 신입 사원 모집 지원자들의 2차 면접 서류가 도착했다. 1차 면접 때에 비해 줄어든 수이기는 하지만 양은 비슷했다. 곽이정에게 어떤 사람을 뽑아야 하는지 노하우를 듣긴 했지만 곽이정에게 다시 도움을 청하고 싶을 만큼 방대한 양이었다. 하지만 서류를 보는 태진은 좀처럼 집중을 못 하고 있었다. 서류를 보다가도 시간을 계속 확인했다.

"스흡, 권단우는 추천이 한 명도 없네. 이게 말이 됩… 팀장님?"
"네?"
"무슨 생각을 그렇게 하세요."
"아."

태진은 한숨을 푹 쉬고는 목덜미를 주물렀다.

"동생 때문에요."
"동생분이요? 아! 한 작가님이요? 왜요? 혹시 다른 회사랑 드라마 작품 계약 하신다고 하세요?"
"그런 거 아니고요. 막냇동생이요."
"막냇동생이요? 선우 무대에서 알바 하시는 분이요?"
"네. 오늘 실기 면접 보러 갔거든요."
"아! 벌써 실기 볼 때구나. 좀 일찍 준비해서 수시로 지원하는 게 더 편했을 텐데. 그런데 뭐가 걱정이세요?"
"걱정할 이유는 없는데 걱정이 되네요."
"잘하시겠죠. 김 반장님이 일 잘한다고 칭찬하시는데."
"일이랑 실기랑은 다르니까요."

걱정한다고 해결될 일이 아닌 걸 태진도 알고 있었다. 하지만 걱정이 가시질 않았다. 당사자도 아닌데 이렇게 긴장이 되니 태은은 그보다 더할 것이었다. 그때, 기다리던 태은에게 전화가 걸려 왔다.

"어! 잘했어?"
—잘했지.
"긴장 안 했고?"
—왜들 이럴까? 작은형도 청심환 두 병 먹으라고 막 그러고.
"태민이가 데려다줬어?"
—어. 지금도 옆에 있어. 어이가 없어서.
"왜?"
—내가 그런 거 왜 먹냐고 그랬더니 작은형이 다 먹었어.
"청심환을?"
—어. 그러더니 지금 나른해져서 운전 못 하겠대. 아, 스트레스.

태진은 그제야 긴장이 풀렸고, 동시에 태민의 모습이 상상되며 웃음이 나왔다.

"하하하. 그래서 못 가고 있어?"
—어. 청심환 먹으면 원래 이래?
"천천히 출발해. 오늘 집에 갈 거 아니야."
—아니지. 요즘 얼마나 바쁜데. 지금 플레이스 극장 가야 돼. 반장님이랑 대표님 벌써 가 있을 텐데.

선우 무대에서 연극 프로젝트 무대 설치를 담당하다 보니 태은도 합류한 모양이었다. 언제까지 할지는 모르지만 꽤나 즐겁게 일을 하고 있었다.

"일 재미있어?"

—재미있지. 그리고 나한테 혜안이 좀 있나 봐.

"어? 그게 뭔 소리야."

—큰형, 윤미숙 배우라고 알아?

"알지."

—그분이 올해부터 교수로 오나 봐. 그래서 면접관으로 있더라고. 그런데 내 지원서 보더니 선우 무대에서 일하냐고 그러더라고.

"선우 무대를 알고 계셔?"

—알던데? 그러면서 되게 잘해 주던데. 부장까지 할 정도면 실력 있나 보다고 그러면서 진짜 잘해 줬어. 아마 붙을 거 같아.

"부장… 그걸 썼어?"

—당연히 부장이니까 부장이라고 썼지. 왜, 속인 것도 아니고 있는 사실을 그대로 쓴 건데.

태진은 어이가 없으면서도 한편으로는 웃기기도 했다. 참 태은답다는 생각이 들었다.

—아, 아무튼 이따 전화할게. 아이 씨!

"왜? 왜 그래."

—아오, 작은형아 잔다. 아무튼 이따 전화할게, 끊어.

태진은 웃으며 통화를 마쳤고, 국현과 수잔이 궁금하다는 표정을 지었다.

"동생 실기 잘 봤다네요."
"이야, 그럴 줄 알았어요. 팀장님 동생인데 잘했겠죠."

태진은 입술을 떼고는 기지개를 폈다. 걱정이 가시자 그제야 2차 면접 서류가 눈에 들어왔다. 지원자들이 보낸 내용을 한참 동안 읽던 중 누군가 사무실을 노크했다. 그러고는 이주가 얼굴을 들이밀었다.

"바쁘세요?"
"들어오세요."

사무실을 자주 방문해서인지 이주는 익숙하게 테이블에 가서 앉았다. 그리고 이주의 뒤에는 담당 매니저와 다른 한 명이 더 서 있었다. 태진이 테이블로 가자 담당 매니저인 현수가 인사를 건넸다.

"여기 이 친구가 이번에 들어온 제 조수예요."
"안녕하세요. 이호준입니다."
"아, 네. 안녕하세요. 한태진입니다."
"잘 부탁드립니다."

국현과 수잔도 인사를 나눴고, 인사를 시킨 현수가 웃으며 말했다.

"지원 팀이 우리 회사 실세니까 잘 배워요."
"아, 네! 잘 부탁드립니다."
"현수 씨가 일 배우면서 저랑 같이 이주 씨 담당할 거예요."

일이 많아질수록 회사에 사람이 늘어가고 있었다. 인사를 나눈 태진은 고개를 돌려 이주를 봤다. 매니저 인사를 시키러 왔을 리는 없었다. 아니나 다를까 이주가 용건을 말하기 시작했다.

"저 노래 다 외웠어요. 이제 촬영만 하면 돼요."
"춤도요?"
"어? 춤이요? 그거 어떻게 알았어요?"

이주는 화들짝 놀라며 옆에 앉은 매니저들을 쳐다봤고, 매니저 현수는 아니라며 손을 저었다.

"팀장님, 어떻게 아셨어요? 김 실장님이 얘기하셨어요?"
"그냥 그러실 거 같아서요."
"뭐야. 완전 김빠져."

H생명과의 미팅 때 자신이 보여 줬던 춤은 생각 못 하는 이주는 실망한 표정을 지었다.

"깜짝 놀라게 해 주려고 했는데."

"저를요?"

"전부요! 아, 놀라는 얼굴 생각하면서 무릎 멍들어 가면서 연습했는데. 도대체 어떻게 알았지."

모른 척할 걸 그랬나 생각하며 태진은 웃었다.

"후, 아무튼 그거 때문에 오긴 했어요."

"무슨 문제 있으세요?"

"춤까지 춰야 되니까 장소가 문제잖아요. 막 심하게 움직이는 건 아닌데 그래도 좀 제대로 하려고요."

"아. 장소가요."

"장소도 문제고 곽이정 팀장님한테 갑자기 노래 불러 주는 것도 좀 그렇고 해서요. 너무 생뚱맞잖아요."

이주는 생각해 둔 것이 있는지 고개를 살짝 앞으로 내밀며 말했다.

"혹시 송별회 이런 거 해요?"

"그건 모르겠는데요. 1팀에서 하려나."

태진은 국현을 쳐다봤고, 국현도 모르겠다는 듯 고개를 갸웃거렸다.

"지금 1팀 분위기 완전 난리도 아니에요. 곽이정 팀장님이 아주 쥐 잡듯이 잡고 있다는데. 아마 저번에 말한 대로 가기 전에 제대로 만들고 가려고 그러나 봐요."

"1팀에서는 곽이정 팀장 그만두는 거 몰라요?"

"그거 우리밖에 몰라요. 이번에 팀장 회의에서 얘기 나오지 않을까요?"

"아직 얘기를 안 했나."

"그건 모르겠어요. 아무튼 저번에 팀장님이 가서 곽 팀장님 기 살려 주고 나서부터 다시 실세라고 생각하더라고요. 그래서 아주 설설 기고 있어요. 이철진만 욕 엄청 먹는다던데. 뭐만 하면 욕먹는대요. 그런 거 보면 송별회 안 하겠죠?"

"우리라도 해 줘야 되나……."

"곽 팀장님 그런 거 싫어할 거 같은데."

대화를 듣던 이주가 이해가 안 된다는 표정으로 물었다.

"그냥 회사 그만두기 전에 술 한잔하자고 부르면 안 되는 거예요?"

"그럼 이주 씨가 술집에서 공연해야 되잖아요. 공연은 할 수 있는데 장소도 섭외해야 되고 그러려면 무대가 있는 가게가 좋을 거예요. 그럼 제작비도 많이 들어갈 거고요."

"우리 제작비 부족해요?"

이주는 김 실장을 쳐다보며 물었고, 김 실장은 어색하게 웃으며 대답했다.

"아직 수익이 생긴 건 아니니까 아무래도 눈치가 보이긴 하죠. 그래도 저희가 제작 지원 알아보고 있어서 걱정하실 정도는 아니고요."

이주는 이해했다는 듯 고개를 끄덕거렸고, 태진은 그런 이주에게 다시 말을 이었다.

"그리고 술집이다 보니까 일반인들도 있을 거예요. 그럼 통제도 어려울 거 같아요. 술집이니까 술 취한 사람도 있을 수 있어서 위험할 수도 있을 거 같거든요… 좀 별로 같아요."
"듣고 보니까 그런 거 같기도 하네요… 그럼 어떻게 해요?"

태진도 당장 좋은 생각이 떠오르진 않았다. 국현과 수잔도 마찬가지였다. 조용한 분위기가 만들어지자 매니저 현수가 머쓱해하며 입을 열었다.

"준비를 다 했는데도 장소가 문제네요. 아이고. 이주 씨 진짜 열심히 연습하셨는데. 진짜 오디션 준비하는 연습생처럼 연습하셨거든요. 아! 이건 어떠세요? 신인 걸 그룹 준비한다고 하면서 오디션 보는 거 도와 달라고 하는 거예요."
"좋은 생각인데요? 아… 그런데 곽이정 팀장이 이제 그만둘 거라서 새로운 일을 안 하려고 할 거예요. 그리고 그렇게 하려면 회의에서 얘기가 나왔을 건데 갑자기 그러는 것도 좀 어색하고요."
"아, 그러네요."

"그냥 작별하면서 앞으로도 응원한다는 의미로 했으면 좋겠는데……."

그때, 사무실에 전화가 울렸고, 수잔이 빨리 전화를 받았다. 금방 통화를 마치고 온 수잔이 태진에게 말했다.

"23일 월요일 면접 날짜 잡는다고 15일까지 합격자 명단 보내 달라네요."
"아, 네. 아! 그러면 되겠네. 일석이조!"

다들 태진을 봤고, 태진은 현수에게 엄지를 치켜세우고는 입을 열었다.

"곽이정 팀장한테 최종 면접 도와 달라고 할게요. 마지막이라고 도와 달라고 하면 될 거 같기도 하거든요. 거래가 필요하긴 하겠지만. 그리고 이주 씨는 마지막 참가자로 와서 공연하는 거예요. 오디션처럼."

태진은 생각한 것들을 꺼내 놓았고, 사무실에 있는 모든 사람들의 머리가 위아래로 흔들렸다.

*   *   *

광고 촬영장에 자리한 태진은 뿌듯한 얼굴로 이주의 연기를 바라봤다. 광고이다 보니 드라마보다는 가볍게 느껴지는 연기를 보였다. 그렇지만 또 필요할 때는 집중을 하고 있었다. 스스로가 강약 조절을 하고 있었다. 그때, 옆에 있던 김 실장이 웃으며 말했다.

"우리 이주 씨 엄청 잘하죠?"
"그러게요. 촬영 중인데도 광고 보는 거 같아요."
"저기 감독님도 그렇게 말씀하셨잖아요. 노인 분장 하고 나왔을 때 힘 빼고 해 달라고 하니까 바로 알아듣고 가볍게 연기하잖아요. 지금까지 힘 빼라는 말 말고는 거의 다이렉트나 다름없게 진행되는 거 보세요. 저기 저 사람 보이죠."

김 실장이 가르키는 곳에는 여러 사람이 있었다.

"누구요?"
"저기 방 감독님 옆에 있는 AE요. 저 사람이 엄청 유명하거든요."
"아, 전에 뉴스에서 봤어요. 유명한 상 받았다고 나왔던 분이죠?"
"맞아요. 그래서 유명한 게 아니라 광고는 진짜 좋게 나오는데 그게 나오기까지가 정말 힘들대요. 일주일 동안 찍을 때도 있다던데요, 광고를! 그런 사람이 우리 이주 씨가 하는 건 다 통과잖아요."
"광고를 일주일이나 찍어요?"
"진짜 그랬대요. 유명하던데. 저도 그래서 약간 걱정했거든요. 그런데 우리 이주 씨 아까 춤 출 때도 아무 말도 안 하더라고요. 노력이 결실을 맺는 걸 제 눈으로 보니까 이게 뭐랄까, 감격스럽다고 해야 되나."

태진은 김 실장을 보며 피식 웃었다. 누가 보면 다른 회사 사람에게 이주를 홍보하는 거라고 생각할 정도로 이주의 칭찬이 계속되었다. 그만큼 이주를 아끼고 있는 것이기에 태진도 맞장구치며 고개를 끄덕거렸다.

"'베이비 안무'라고 말씀드렸죠?"
"네, 제가 다 말씀드렸죠. 그걸로 연습했다고."
"문제없다고 하셨어요?"
"그런 건 자기들이 해결하는 거라고 그러더라고요. 미리 말해 줘서 고맙다고 그러기만 했어요. 그리고 감사하다고 그랬죠."
"감사요?"
"춤도 부분 부분 따서 만들 건데 이렇게 통으로 연습해 올 줄 몰랐다고요."
"아, 하하……."

어떻게 하다 보니 감사 인사는 물론이고 투유의 안무가 광고에까지 나오게 생겼다. 곽이정이 광고를 봤을 때 이 안무가 투유의 안무인지 알아차릴 수 있을지도 궁금했다. 그러던 중 감독이 이주를 불렀고, 태진과 김 실장도 서둘러 옆에 따라붙었다.

"이걸로 세트장 촬영은 끝났네요. 수고하셨어요."
"정말요?"
"네, 엄청 잘하시던데요. 우리 김 프로가 칭찬만 하더라고요. 그런 사람이 아닌데."

"감사해요!"

"감사는 저희가 해야죠. 시간을 이렇게 많이 벌었는데. 그래서 그 시간에 더빙을 하시는 게 어떨까요? 더빙 내일모레로 잡혀 있는데 그때 시간 쓰는 것보다 지금 하시는 게 더 좋을 거 같아서요. 빨리 해치우는 게 마음 편하시잖아요."

이주는 약간 머뭇거렸다. 연습을 많이 하긴 했지만 긴장이 되는 모양이었다. 그때, 태진의 눈에 김 프로라고 불리는 AE의 표정이 들어왔다. 촬영 때는 만족하던 표정이었는데 지금은 뭔가를 확인하고 싶어 하는 얼굴이었다. 태진은 김 프로가 왜 저런 표정을 짓고 있는지 언뜻 알 것 같았다.

'영상 봤나 보네.'

어제 이주의 Y튜브 채널인 '여주'에 영상을 올렸다. 노래를 부르는 영상이었고, 이미 선곡을 해 뒀지만 곽이정에게 보여 주기 전에는 공개하지 않기 위해 선곡만 일단 한다는 주제의 영상이었다. 그러다 보니 여러 가지 곡을 불러야 했고, 반응은 거의 폭발적이었다.

─역시 신은 공평했다.
─ㅋㅋㅋ채이주 개웃기네. 표정은 가수 같아서 기대했다가 깜놀함.
─얼굴을 주고 성대를 가져갔네ㅋㅋ
─이거 10년짜리 콘텐츠인 듯.

거의 모든 댓글이 이주의 노래 실력에 놀라고 있었다. 하지만 그게 나쁘지많은 않았다. 자신의 부족한 면을 대중들에게 공개를 해서인지 대중들도 마음을 열고 받아 주었다. 그래서인지 비난의 댓글이라기보다는 가볍게 장난치는 그런 댓글들이 대부분이었다. 하지만 광고기획자 입장에서는 걱정이 되는 모양이었다.

이주는 대답하기 전에 태진을 쳐다봤고, 태진은 그런 이주를 보며 가볍게 고개를 끄덕거렸다. 태진의 허락에 자신감을 얻은 이주는 바로 수락했다.

＊   ＊   ＊

목동의 C AD의 녹음실에 간 태진은 다시 한번 코인기획의 규모에 감탄할 수밖에 없었다. 유명한 광고 회사의 녹음실인데도 코인 스튜디오의 반의반도 안 되는 크기였다. 그리고 작은 부스 안에 이주가 들어가 있었다.

―인생은 달라도 보험은 하나.

"좋네요. 배우분이라서 딕션이 엄청 좋고 밝은 느낌도 엄청 좋네요. 카피는 이대로 쓰면 되겠는데요."

음악감독이란 사람도 굉장히 만족스러워했다. 아직 노래를 부른 게 아니기에 다들 이주를 칭찬하기 바빴다. 잠시 뒤 여러 가지 카피의 더빙을 마치고 드디어 노래를 부를 차례였다. 태진은 이주에게 용기를 주기 위해 눈을 마주치려고 했는데 녹음 부스 안에 있는 이주의 시선이 다른 곳에 향해 있었다. 바로 옆에서 자신을 담고 있는 카메라였다. 태진은 이주가 부담을 느낄까 봐 조심스럽게 김 프로에게 말을 걸었다.

"더빙하는 건 왜 촬영하는 건가요?"
"저거요? 드라마로 치면 메이킹필름이죠. 어떻게 쓸지 몰라서 갖고 있는 거예요."
"꼭 찍어야 되는 건가요?"
"그게 좋겠죠. 광고 반응이 좋으면 이걸 공개하게 될 텐데요. 그럼 채이주 배우님께도 도움이 될 테고요."

김 프로의 말이 맞긴 하지만 일단은 이주가 우선이었다. 이주가 긴장이 풀리고 난 뒤부터 촬영해도 상관이 없을 것 같았다. 그런데 부스 안의 이주가 밖의 상황의 눈치챘는지 입을 열었다.

―카메라 반대 쪽에서 찍어 주세요. 저 오른쪽이 더 자신 있어요.

다들 당찬 이주의 모습에 웃음을 뱉었다. 하지만 태진은 그러지 못했다. 배려하느라 양보한 것처럼 들렸다. 그래도 이주의 선택이기에 태진은 고개를 끄덕거렸다. 대신 이주를 보며 힘내라는 의미로 손을 들어 올렸고, 이주도 태진의 마음을 받았는지 같이 손을 들어 올렸다.

그렇게 이주의 노래가 시작되었다. 카피만 반복되는 가사이긴 해도 노래는 노래였다.

"일단 쭉 한번 가 볼게요."

—인생은 달라도 보험은 하나.

연습을 더 했는지 저번에 들었을 때보다 더 늘었다. 하지만 그래 봤자 뛰어난 실력은 아니었고, 녹음실에 있는 사람들도 그렇게 생각하고 있는 것처럼 보였다.

"괜찮네요. 좀 딱딱하긴 한데 느낌은 좋네요. 김 프로님, 어떠세요?"

"어… 경용아, 이거 말고 다른 버전 있지?"

"네, 다 있죠."

"그럼 먼저 댄스 버전으로 부탁드려 봐."

"네."

김 프로의 마음에 들지 않았던 모양이었다. 음악감독은 바로 이주에게 부탁을 했고, 부탁을 받은 이주는 약간 긴장된 얼굴로 고개를 끄덕거렸다.

"이건 좀 더 딱딱한데요? 어떠세요?"

태진은 김 프로의 입에서 어떤 대답이 나올지 뚫어져라 쳐다봤다. 아까 김 실장에게 들었던 말대로라면 촬영이 길어질 수 있었고, 그렇게 되면 이주의 컨디션에도 문제가 생길 수 있었다. 지금도 이주는 최선을 다해 열심히 노력하고 있었다. 그때, 김 프로의 입이 열렸다.

"일단 첫 번째로 다시 해 보자."

"그럼 첫 번째 버전만 따서 제가 만질까요? 제가 만지고 이 PD님한테 부탁하면 될 거 같은데요."

"아니야. 일단 좀 더 보자."

"넵. 채이주 씨, 죄송한데 다시 아까 불렀던 처음 버전으로 부를게요."

걱정하던 것과 다른 말에 태진은 약간 당황하며 김 프로를 봤다. 김 프로는 말없이 노래 부르는 이주를 지켜봤다. 녹음은 아까와 달리 마디마다 끊어서 진행되었고, 마디가 쌓일수록 음악감독의 표정이 변했다.

"기계인가……?"

"왜?"

"아니, 이게 너무 완벽한데요? 아, 노래 실력이 아니라 몇 번을 불러도 리듬하고 음이 똑같아요. 아까 불렀던 거 틀어 놓은 것처럼. 이거 보세요. 오차가 하나도 없어요. 이게 뭐야. 진짜 기계 같네."

노래를 부른다는 의미가 아니라 외운다는 의미였기에 저런 반

웅이 나온 것 같았다. 김 프로는 어째서인지 미소를 지은 채 고개를 끄덕이고 있었다. 태진은 그런 김 프로에게 조심스럽게 물었다.

"다른 버전으로 노래 안 해도 되는 건가요?"
"네? 아, 네."

단답형으로 대답한 김 프로가 신기하다는 듯 채이주를 한 번 보고는 다시 입을 열었다.

"채이주 배우님 대단하신데요."
"네?"
"사실 어제 영상 봤거든요. 그래서 어제 저희 비상이었어요."
"저번에 미팅 때 C AD AE분한테도 들려 드렸는데요."
"저희도 그렇게 전달받았는데 막상 영상 보니까 걱정이 되더라고요. 영상이 컨셉인지 실제인지 판단이 안 돼서요."

김 프로는 미소를 짓더니 말을 이었다.

"실제로 보니까 컨셉이 아닌 거 같네요. 이렇게 부를 정도면 연습 엄청 하셨나 보네요. 완전히 다 외우신 거죠?"

이주의 노력을 알아봐 주는 모습에 태진은 자신이 인정받는 것 같은 기쁨을 느꼈다. 옆에 있던 김 실장도 이미 입이 귀에 걸려 있었다. 그때, 김 프로가 말을 이었다.

"사실 이 노래 컨셉은 저희가 시안을 짠 게 아니에요. 원래는 노래를 듣는 거였거든요."

"아!"

"H생명에서 CM송을 너무 원해서 방향이 바뀐 거예요. 사실 그게 효과가 있긴 하니까요."

"H생명에서는 C AD가 만든 기획이라고 하셨는데."

"그랬나요? 최종 승인은 우리가 했으니까 그렇게 볼 수도 있겠네요."

김 프로는 쓴웃음을 뱉고는 말을 이었다.

"결국은 H생명에서 원하는 대로 될 거 같네요."

"그럼 다른 버전은 연습 안 해도 되는 건가요?"

"가능하세요? 이것도 꽤 오래 연습하신 거 같은데요. 영상 볼 때도 놀랐는데 노래 들을 때도 좀 놀랐어요. 부를 때마다 하나도 바뀌지 않는 걸 보면 아예 음이나 리듬을 통으로 외우신 거 같더라고요. 그래서 대단하다고 한 거고요."

"준비 많이 하셨어요."

"그런 거 같아 보여요. 그래서 더 연습을 하는 것보다 저희가 손봐서 하는 걸로 했으면 합니다. 우리 음악감독도 실력 괜찮고, 그리고 저희 도와주시는 라온의 이강유 PD님도 실력 좋으세요."

태진은 가볍게 웃었다. 이주를 칭찬하고는 있지만, 결국은 이주가 아무리 연습해도 크게 달라지진 않을 거라는 뜻으로도 들렸다. 객관적으로 보면 그것이 사실이기도 했다. 하지만 태진마저 그러자고 수락을 하면 왠지 이주의 노력이 빛바랠 것만 같은 마음이 들었다.

"이주 씨 나오면 직접 물어보는 게 좋겠어요."
"그럴까요?"

잠시 뒤, 부스에서 나온 이주는 자신의 노래를 들어 본 뒤 무척이나 만족해하는 표정을 지었다. 그런 이주에게 연습을 더 할수 있냐는 질문이 쉽게 나오지 않았다. 그래도 다른 사람에게 듣느니 자신에게 듣는 게 나을 거란 생각에 입을 열었다.

"수고하셨어요."
"저 어땠어요?"
"잘하셨어요."
"진짜요? 휴, 다행이다!"
"그런데… 댄스 버전하고 록 버전은 아직 조금 어색한 면이 있거든요."
"아! 그랬죠? 아직 연습이 좀 덜 돼서요. 오늘 가서 하려고 했는데!"

이주는 더빙 스케줄이 당겨진 걸 아쉬워했다.

"방법이 두 가지가 있대요. 하나는 지금처럼 더 연습해서 하는 거고 다른 하나는 오늘 부른 걸로 프로그램으로 수정한다고 하더라고요."

"그런 것도 돼요?"

"이주 씨가 원하는 대로 하려고요."

이주는 잠시 고민을 하더니 이내 씨익 웃으며 손가락을 튕겼다.

"저 연습해서 할게요. 원래가 이틀 뒤에 날짜니까 그때 한 번 더
해 볼게요! 그리고 이거 연막 작전에 대신 써도 될 거 같은데요?"

"네?"

"여주에 올릴 영상이요. 안 들키게 연습해야 돼서 어떤 노래
골라야 할지 고민했는데 이걸로 연막 치면 될 거 같아요!"

"광고 노래 연습하는 거 올리신다고요?"

"어? 안 되나?"

태진은 순간 눈을 번쩍이며 김 프로를 쳐다봤다.

"H생명에 얘기하면 허락하겠죠?"

"아마 그렇겠죠?"

"홍보해 주는 거니까 제작비 지원받을 수 있겠죠?"

순간 당황한 김 프로는 잠시 생각하더니 이내 웃으며 고개를
끄덕거렸다.

"그렇게 될 거 같네요. 그런데 저희하고 얘기했다는 건 비밀로

부탁드려요."

"네?"

"홍보비를 저희한테 담당하라고 할 수 있어서요. H생명 담당
자하고 얘기한 다음에 하시는 게 좋을 거예요."

"아."

"만약에 저희한테 의견을 물어보면 저희도 찬성한다고 말씀드
릴게요."

이주의 영상을 찍으면서 제작비 지원까지 받게 된 상황에 태
진은 김 실장을 봤다. 제작비를 아끼기 위해 여기저기 알아보고
있다는 말을 했던 김 실장은 누구보다 기뻐했다. 태진은 피식 웃
고는 마지막으로 이주를 봤다. 그런데 이주는 대답 대신 벌써
손을 내밀고 있었고, 태진은 가볍게 웃으며 이주가 내민 손에 자
신의 손을 부딪쳤다.

*   *   *

다음 날, H생명에서 홍보비 대신 제작비 지원을 하겠다는 대
답을 들었다. 태진은 이 소식을 듣고 이주가 연습 중인 회사 연
습실로 향했다. 처음부터 회사 연습실에서 연습을 한 건 아니었
다. 그런데 오늘은 연습실에 있는 걸 보면 리허설처럼 태진에게
도 보여 주려고 하는 듯 느껴졌다. 그렇기에 바쁜 와중에도 지
원 팀 모두가 연습실로 향했다.

"팀장님 어디 안 좋으세요? 좋은 소식 듣고 가는 표정이 아니신데요."

"아. 두통이 좀 있어서요."

"두통이요? 약 안 드셨어요?"

"몰랐는데 다 먹었더라고요. 요즘 바빠서 병원을 못 갔거든요."

"병원부터 가셔야지! 이건 저랑 국현 씨가 맡아도 되는 건데! 빨리 병원부터 다녀오세요!"

"괜찮아질 거예요."

"아, 진짜 사람이! 자기 몸부터 챙겨야 되는 거예요!"

"이따가 팀장 회의 잡혀 있어서요."

"얘기하고 가면 되죠. 회의에 목숨 걸 일 있어요?"

"오후에 잡힌 거 보면… 곽이정 팀장 얘기 있을 거 같아서요."

"아이 참! 그게 뭐가 중요해요."

두통이 있긴 하지만 아직은 참을 만했다. 다만 괜히 얘기했다는 생각이 들 만큼 수잔의 걱정 섞인 잔소리가 계속되었고, 연습실에 도착해서야 잔소리가 멈췄다.

"나중에 꼭 갈게요."

"꼭 가세요! 그런데 연습실이 왜 이렇게 조용해."

태진도 의아해하며 연습실 문을 열었고, 내부를 본 순간 당황했다. 함께 온 수잔과 국현을 보니 두 사람 역시 전혀 모르고 있던 표정이었다. 태진은 다시 연습실을 둘러봤다. 만나러 온 이주는 보이지 않고 대신 처음 보는 사람들이 널브러져 있었다. 전부 어려 보이는 외모에 가지각색의 머리색인 사람들이었다. 죄다 지쳐 있는지 누워 있는 사람도 있었고 벽에 등을 기대 눈을 감고 있는 사람도 있었다.

"스흡, 이게 무슨 상황일까……?"

김 실장이나 이주의 담당인 현수도 보이지 않았다. 그때, 누워 있던 사람들이 태진을 발견하고 눈치를 보며 주섬주섬 일어났다. 그중 젊은 여성이 태진에게 다가왔다.

"어떻게 오셨어요?"
"네? 저희 여기 회사 직원인데요."
"얘기 되셨어요? 함부로 들어오게 하지 말라고 하셨거든요."
"누가요?"
"김기태 실장님이요."
"아……."

김 실장과 관련된 사람들이란 걸 안 태진은 다시 사람들을 쳐다봤다. 그제야 어떻게 돌아가는 상황인지 알 것 같았다. 전부 이주를 도와주러 온 댄서들인 모양이었다.

'이러니까 제작비가 부족하다고 그러지…….'

이주 채널 담당은 매니저 팀에서 맡았기에 이 정도로 일을 크게 벌일 줄은 몰랐다. 그때, 복도에서 누군가가 달려오는 소리가 들렸다. 그리고 잠시 뒤 연습실 앞에서 발소리가 작아지더니 문이 열리며 이주가 들어왔다.

"어?"

엄청 무거워 보이는 쇼핑백을 하나도 아니고 몇 개를 들고 있는 이주는 태진을 보며 당황했다.

"왜 벌써 오셨어요?"
"네? 제가 만나러 간다고 얘기했는데요?"
"그러니까 이렇게 바로 내려올 줄은 몰랐는데……"
"그게 뭔데요?"
"아! 망했어!"

이주의 탄식과 함께 매니저 현수와 조수 호준이 같이 등장했다. 두 사람 모두 이주처럼 양손 무겁게 쇼핑백을 들고 있었다. 그때, 쇼핑백의 살짝 벌어진 틈으로 내용물을 본 수잔이 갑자기 웃으며 태진을 잡아당겼다.

"팀장님, 저희 잠깐 커피 한잔하고 오실까요?"

수잔이 갑자기 저럴 이유가 없기에 태진도 정확히는 몰라도 뭔가를 준비하고 있다는 건 어느 정도 눈치를 챘다. 지금 망했다는 이주의 표정만 봐도 자신이 생각이 맞다는 느낌이들었다.

"그럴까요? 이주 씨 연습하는 데 음료수라도 사다 드렸어야 했는데."
"그러니까요. 가시죠."

그때, 풀 죽은 이주가 한숨을 푹 쉬며 말했다.

"이미 다 알고 있네!"
"저희 몰라요."
"다 알고 있잖아요. 됐어요. 그냥 들어오세요."

좋은 소식을 알려 주려고 일찍 온 게 문제가 될 줄은 몰랐다. 지원 팀 세 사람은 머쓱한 표정으로 연습실 뒤편에 자리 잡았고, 이주는 사람들의 이름을 불러 가며 쇼핑백을 나눠 주었다.

"이건 유리 쌤, 이건 쏘니 쌤, 이건 다레이 단장님 거."

한 명 한 명 불러 가며 쇼핑백을 나눠 주었고, 아까 나섰던 사람이 단장이라는 걸 알 수 있었다. 그 모습을 지켜볼 때, 단장이라고 불린 사람이 태진과 국현을 보며 말했다.

"잠깐만 나갔다가 오시면 안 될까요? 옷 좀 입게요."
"아! 네!"

태진과 국현은 서둘러 연습실 밖으로 나왔다. 그러자 국현이 웃으며 얘기했다.

"우리 이주 씨는 대충 하는 게 없네요. 저 쇼핑백들 의상이었던 거 같죠?

"그러게요. 의상까지 준비했네요."

"돈 좀 썼겠는데요? 그런데 제작비 지원 받아서 이렇게 써도 되려나?"

가만히 생각하던 태진은 고개를 끄덕이며 말했다.

"될 거예요. 광고 촬영할 때 춤이랑 투유 춤이랑 똑같아서요."

"아, 그러네요. 그나저나 저분들 이름들부터 예사롭지 않은데요?"

"활동하는 이름인가 봐요."

"그럼 이름 좀 있는 댄서 팀인가 본데요? 여자들로만 된 댄서 팀이 있구나."

"생각보다 많아요. 그거보다 되게 어려 보이는데 벌써 팀을 꾸려서 활동하는 게 더 신기하네요. 그런데 좀 이상하네."

태진도 그 부분이 신기했다. 최근 어떤 예능에서 여성 댄스 팀들이 나오는 걸 보긴 했는데 실제로 보니 기분이 묘했다. 하지만 그것과 달리 약간 의아한 점도 있었다. 태진이 본 영상에서는 투유 뒤에서 춤추는 댄서들은 남자였다. 그런데 지금은 전부 여자들뿐이었다.

태진이 그 이유를 궁금해할 때, 단장이라고 불리던 사람이 연습실 문을 열고 고개를 내밀었다.

"들어오셔도 돼요… 아오……."

뭔가 굉장히 민망해하는 표정이었다. 태진은 고개를 갸웃거리며 연습실 안으로 들어가자 전부 같은 옷을 입고 있는 광경이 눈에 들어왔다. 국현은 그 모습을 보며 당황한 얼굴로 태진에게 속삭였다.

"교복 맞죠……?"

"진짜 교복은 아니고 무대 의상이에요. 저거 투유가 데뷔무대 때 입었던 거랑 똑같네요."

"아, 그래요?"

가만히 둘러보던 태진은 사람 수를 세기 시작했다. 그제야 왜 여성 댄서들로만 이뤄졌는지 알 수 있었다.

'한 사람은 스태프인 거 같고 의상 입은 분들은 이주 씨까지 여덟 명이네. 아예 투유를 만들었구나.'

이렇게까지 할 줄 몰랐던 태진은 헛웃음을 뱉으며 수잔의 옆에 자리했다. 그러자 수잔이 이주를 가리키며 말했다.

"이렇게 보니까 이주 씨가 진짜 눈에 튀네요. 현직 아이돌도 못 비빌 거 같죠?"

수잔의 말처럼 혼자서만 조명을 받은 것처럼 빛나는 것처럼 보였다. 다른 댄서들이 약간 어색해하고 있어서도 있었지만 확실히 눈에 띄는 외모였다. 교복도 굉장히 잘 어울렸다. 학생 같다는 느낌은 아니었지만, 옷 자체가 이주의 옷인 것처럼 보였다. 그런 이주가 아까 풀 죽었을 때와 다르게 웃으며 말했다.

"깜짝 놀라게 하려고 했는데! 인사들은 나누셨어요?"
"아직이요."
"아! 여기는 저 도와 주시는 팀장님이시고, 여기 쌤들은 제가 SNS 보고 직접 연락한 댄스 팀 '급식'이고요."
"급식이요? 학생이신 거예요?"
"그건 아니세요. 다들 학생 때부터 만나서 하셨대요. 그래서 팀 결성한 지도 벌써 3년이나 되셨대요."

학생부터 만나서 팀을 꾸린 것이다 보니 어려 보이는 게 아니라 실제로도 어렸다. 실력만 있으면 나이는 큰 문제가 아니었다. 다만 삼치라고 말하던 이주가 직접 뽑았다는 점이 문제였다.

"아무튼 시작해 볼게요! 먼저 광고부터⋯ 아! 광고 어떻게 됐어요?"
"수락했고요. 지원받는 금액이나 방식은 김 실장님하고 얘기해야 해요."

"와! 잘됐다! 그럼 시작할게요! 쌤! 시작하죠!"

이주의 신호가 떨어지자 댄서들이 이주를 중심으로 자리를 잡았다. 그리고 댄서 팀의 스태프인 사람이 바로 음악을 틀었다. 어제 C AD에서 받아 온 댄스 버전의 광고음악이었다. 너무 준비를 많이 한 모습에 없던 기대까지 생기게 만들었다. 그리고 이주와 댄서들의 춤이 시작되었다.

너무 격하지 않은 절도 있는 느낌으로 일사불란하게 자리까지 옮겨 가며 춤을 추었고, 노래가 더해지자 그냥 춤만 볼 때보다 더 느낌이 좋았다.

'이래서 댄서가 필요한 거구나.'

이주가 뽑았음에도 걱정할 필요가 없는 실력들이었다. 지금 춤도 투유의 안무 중 일부를 섞어서 만든 모양이었다. 그래서인지 춤이 노래와 굉장히 잘 어울렸다. 광고 노래다 보니까 굉장히 짧은 게 흠이긴 했지만, 태진도 상당히 만족스러웠다. 이주 역시 몸치라고 했는데 전혀 몸치 같지 않았다. 준비한 춤이 끝나자 이주가 그 짧은 안무에도 헉헉대며 입을 열었다.

"어때요?"

칭찬을 하려고 할 때 갑자기 두통이 심하게 느껴져 순간 맘을 멈췄다. 그 때문인지 다들 태진에게 집중했고 태진은 억지로 웃으며 엄지를 치켜세웠다.

"연막이라기 보기 힘들 정도로 좋은데요?"
"제작비 지원받는데 이제 연막이 아니죠. 후, 진짜 괜찮았어요?"
"정말 좋았어요."

이주는 뒤에서 지켜보던 댄서들에게 태진처럼 웃으며 엄지를
치켜세웠다. 다들 춤이 직업인 만큼 큰 반응 대신 미소로 대신
했다. 그리고 다들 단장에게 시선이 향한 걸 보면 이 춤도 단장
이 만든 듯 보였다.

"휴, 다행이다. 쌤들이 진짜 열심히 도와주셨거든요."
"제가 보기에는 잘하신 거 같아요. 잘하면 챌린지처럼 유행
탈 수도 있을 거 같고요."
"진짜요? 그랬으면 좋겠다. H생명도 좋아하겠죠?"
"엄청 좋아할 거 같아요. 이건 촬영 언제 하세요?"
"이건 내일이요!"
"내일 더빙이잖아요."
"더빙 끝나고요. 김 실장님이 물어봤는데 세트장 아직 그대로
라고 그래서 거기서 하려고요."
"아."

H생명도 좋아할 만한 장소였다. H생명 입맛에 맞추려고 고민
좀 한 듯 보였다. 그런 이주가 약간 긴장된 얼굴로 숨을 크게 들

이마시더니 입을 열었다.

"이제 곽이정 팀장님 놀라게 할 차례인데 보시고 이상하시면 바로 말씀해 주세요."

댄서들에게 간 이주는 뭐라고 속삭였다. 그러고는 댄서들이 다시 일렬로 자리를 잡았다. 다 자리를 잡자 이주가 사인을 보냈고, 그와 동시에 가장 왼쪽에 자리한 댄서부터 입을 열었다.

"음?"

목소리는 들리지 않고 입만 벙긋거리는 모습에 태진은 혹시 두통 때문에 귀까지 이상이 있는 건가 싶은 마음에 옆을 쳐다봤다. 그런데 수잔과 국현도 들리지 않는 모양이었다. 그 뒤로 다른 댄서들도 마찬가지였다. 그때, 중간에 자리 잡은 이주의 차례가 되었다.

"안녕하세용, YJC에서 서브보컬 채이주예용. 모두가 좋아할 만한 노래로 인사드리게 돼서 너무나 기뻐용. 잘 부탁드립니당."

태진은 그제야 이해했다는 듯 고개를 끄덕거렸다. 아마 음악 방송이나 예능에서 인사를 한 장면을 따라 하는 모양이었다. 태진도 지금 이 장면은 보지 못했던 것이지만 곽이정이 얘기했던 이혜영의 특징을 잡아 따라 하려는 것은 알 수 있었다. 똑같진 않지만 이혜영을 흉내 내고 있구나라는 생각은 들게 만들었다.

그리고 왜 앞에 댄서들이 입만 벙긋거렸는지도 이해되었다. 그때, 국현이 조심스럽게 속삭였다.

"이주 씨만 말하는 거죠? 저만 안 들린 거 아니죠?"

"이주 씨만 말한 거 맞아요."

"왜요? 말하는 게 부끄럽나?"

"촬영 목적을 제대로 보여 주려고 그러는 거 같은데요? 곽이정 팀장하고 관련된 게 투유이기도 하지만 그중에서도 이혜영 씨잖아요. 그래서 드라마에서 하는 것처럼 한 거 같아요."

"드라마요?"

"드라마에서 단역들이 인사하는 건 기억도 안나고 잘 나오지도 않잖아요. 다들 입만 벙긋거리는데 이주 씨만 말하니까 주연이라고 보면 되겠죠? 그럼 앞으로도 집중은 이주 씨한테 될 거고요."

"이주 씨가 이혜영 씨 담당이고요? 이야, 괜히 배우가 아니네. 이런 것까지 연출하고. 그런데 YJC는 뭐예요?"

"채이주? 그거 약자인가. 그건 저도 잘 모르겠네요."

태진도 세세한 설정에 약간 놀라긴 했다. 그래서인지 확실히 이주에게 집중이 되고 있었다. 잠시 뒤 인사를 마치고는 다시 자리를 잡기 시작했다. 이번에는 이주가 가장 앞에서고 그 뒤로 댄서들이 일렬로 자리를 잡았다. 투유의 베이비 시작과 똑같은 시작이었다. 이혜영은 메인보컬은 아니었지만, 팀 내에서 뛰어난 외모로 지금 이주처럼 가장 앞에 자리했다.

뒤에 있던 단장이 신호를 주자 노래가 나오기 시작했다. 그리고 뒤에서부터 손이 뻗어 나오기 시작했다. 흔히 아이돌 무대에서 보는 안무였다. 그 안무를 보던 태진이 시작부터 관자놀이를 누르며 한숨을 뱉었다. 그럼에는 안무는 계속되었고, 중간 중간 태진의 입에서 한숨이 나왔다. 그렇게 노래가 끝났고, 마지막 엔딩 자세까지 잡은 뒤 안무를 끝냈다.

안무를 마친 이주는 태진의 반응을 기대하며 태진의 얼굴을 살폈다. 그런데 반응이 예상과 달랐다. 원래 표정이 없기는 했지만, 다른 형식으로라도 칭찬을 하는 사람이었는데 지금은 이마를 부여잡고 있을 뿐이었다.

"왜 그러세요? 어디 아프세요?"

질문을 받은 태진은 조심스럽게 입을 열었다.

"일부러 조금 바꾸신 거예요?"
"네? 어떤 게요?"
"춤이 좀 달라서요."
"네? 이거 쌤들이 완전 똑같이 안무 카피해 주신 건데요?"
"좀 달라요."

그와 동시에 모든 시선이 태진에게 향했다.

*　　　　*　　　　*

자신에게 쏠린 시선을 받은 태진은 순간 아차 싶었다. 두통 때문에 이마를 잡고 있었는데 남들이 보기에는 오해할 수도 있는 자세였다. 태진의 상황을 알고 있던 국현과 수잔은 이해할 수 있겠지만, 상황을 모르는 저들이 오해하기 충분한 자세와 말이었다.

"안무는 정말 좋았어요."

이미 칭찬으로 덮기엔 늦었다. 다들 날카로운 얼굴로 태진을 쳐다봤다. 아니나 다를까 태진의 행동에 오해를 한 단장이 앞으로 나섰다.

"저기요. 이거 저희도 카피하느라 수십 번은 본 거예요. 어디가 다르다는 건데요."

약간 화가 난 듯 들리는 단장의 말투에 태진은 물러날까 고민을 했다. 정말 그저 큰 의미 없이 조금 다른 안무에 궁금해서 물어본 것뿐이었다. 하지만 안무에 대해서 지적을 받은 단장에게는 굉장히 크게 다가온 모양이었다.

"아까도 계속 한숨 쉬더니 좀 그런데요?"
"아… 그건 제가 두통이 좀 있어서 그랬어요. 죄송해요."

안무가 다른 부분을 볼 때마다 원래의 안무가 떠오르면서 두통이 더 심해졌기에 한숨이 나온 것이었다. 하지만 그런 걸 알리가 없던 단장은 태진을 쏘아붙였다.

"아니, 그래서 어디가 다르다는 건데요."

두통 때문이기는 하지만 자신으로 인해 벌어진 상황이었다. 잘못 봤다고 말하고 물러날 수도 있지만 그러기엔 좀 늦은 듯해 보였다. 자신이 물러나면 이주에게까지 피해가 번질 수도 있을 것 같은 상황이었다. 그렇다고 얘기를 한다 해도 딱히 상황이 좋아질 것 같진 않았다.

하지만 두 가지를 놓고 선택을 하자면 얘기를 하는 게 나을 것이었다. 바로 이주 때문이다. 지금도 약간 거칠어진 분위기에 단장의 눈치를 보고 있었고, 태진이 물러나면 이 콘텐츠를 하는 동안 그것이 이어질 수도 있을 듯했다. 태진은 괜히 이주가 아쉬워해야 하는 상황을 만들고 싶진 않았기에 제대로 얘기를 해 주는 게 맞다고 판단했다.

"몇 곳이 있긴 해요. 가장 먼저 처음 시작할 때 발 내디디는 게 달라요. 2번째분하고 5번째분하고 동작이 바뀌었어요."

단장은 어이가 없다는 얼굴로 되물었다.

"네?"

"이게 3, 4번이 하트를 만들고 2, 5번이 화살 역이에요. 2번이 밑이고 5번이 위에서 하트를 뚫는 것처럼. 그런데 지금 반대예요."

"어휴… 무슨 소리를 하시는 거예요."

단장은 인정할 수 없다는 표정으로 태진을 쳐다봤고, 태진은 점점 심해지는 두통에 자신이 보며 따라 해 보던 영상을 찾아서 보여 줄 생각이었다. 그때, 이주가 입을 열었다.

"쌤, 죄송한데 팀장님 없는 소리 하는 분이 아니시거든요. 한 번 확인해 보면 안 될까요?"

태진은 약간 놀란 마음에 이주를 봤다. 태진이 틀릴 수도 있음에도 자신을 믿는다는 마음이 느껴졌다. 하지만 단장은 무척 기분 나쁘다는 표정을 지었다. 그래도 아직은 이주의 부탁마저 거절하진 못했다. 이주는 바로 뛰어가더니 태블릿 PC를 가져왔다.

그렇게 다 같이 이주의 태블릿 PC에 얼굴을 들이밀었다. 잠시 뒤 댄서들 모두가 어색한 표정으로 태진과 단장을 번갈아 쳐다봤다. 다들 아무런 말도 하지 않은 채로.

태진은 단장을 가만히 쳐다봤다. 본 지 얼마 되진 않았지만 짧은 대화만으로도 춤에 대해 자부심이 있다는 것을 느꼈다. 그런 사람이 춤에 대해서는 일반인이나 다름없는 태진에게 지적을 받다 보니 화가 났을 것이었다. 지금도 빨개진 얼굴로 영상을 반복해서 확인 중이었다.

하지만 태진의 예상과 다르게 단장은 머리를 헝클어뜨리며 중얼거렸다.

"이상하네… 분명히 확인했는데."

단장은 한숨을 푹 쉬더니 이주를 쳐다봤다.

"죄송해요. 확인을 좀 더 했어야 했는데……."

"아니에요! 다 몰랐는데요. 그리고 자료도 얼마 없어서 조금 다를 수도 있는 거죠."

변명할 수도 있는데 자신의 실수를 인정하는 모습에 태진은 약간 놀랐다. 지금까지 자부심이 강한 사람치고 자신의 잘못을 쉽게 인정하는 사람을 못 봤는데 단장은 달랐다. 지금도 곧바로 댄서들을 모아 안무를 수정하고 있었다.

옆에서 상황을 지켜보던 국현이 조심스럽게 속삭였다.

"이야, 싸움 나는 줄 알았네. 좀 괜찮으세요?"

"네, 괜찮아요. 괜히 말해서 분위기만 이상해졌네요."

"에이, 아니에요. 오히려 더 좋죠. 저 단장님도 장난 아닌데요? 잘못하는 거 확인하니까 바로 인정하고 사과하는 거 봐요. 저런 사람 드문데. 그렇죠? 책임감 있는 모습이 되게 멋있네. 여기 되게 유명해질 거 같은데요?"

태진은 단장을 보며 고개를 끄덕거렸다. 확실히 책임감이 강한 사람처럼 보였다. 하지만 그 책임감이 강한 만큼 실수를 했을 때 자책감도 크게 온 듯 보였다. 자신이 맡은 일이다 보니 나서서 끌어 나가고 있지만 표정이 그다지 좋아 보이진 않았다.

태진이 예상하던 것에는 없던 반응이었다. 그리고 단원들도 단장을 얼마나 따르는지도 보였다. 단장의 기분에 따라 단원들의 분위기도 가라앉아 있었다. 태진은 저런 분위기를 만든 자신이 마치 악역이 된 듯한 느낌이었다. 그러던 중 안무 수정을 마친 단장이 다가왔고, 태진은 악역 이미지를 벗기 위해 입을 열었다.

"다른 버전에서는 단장님이 알려 주신 대로 했을 수도 있어요."

태진의 말에 댄서들은 그럴 수 있다며 고개를 끄덕거렸고, 태진의 배려를 느낀 단장은 약간 놀란 얼굴로 태진을 봤다. 보통 이런 경우면 우습게 보거나 이때다 싶어 지적을 하게 마련인데 오히려 배려를 해 줬다. 단장은 고마운 마음에 저절로 고개가 살짝 숙여졌다.

태진은 그런 단장을 보며 미소를 지었다. 물론 티는 안 나지만 흐뭇해지는 분위기가 태진을 웃게 만들었다. 단장의 표정만 봐도 분위기가 한결 부드러워졌다. 방금까지만 해도 의지를 다지는 듯 강해 보이는 인상이었는데 지금은 머쓱해하며 고마워하는 표정이었다. 그런 단장이 태진에게 말했다.

"혹시 안무를 다 알고 계세요?"
"대부분 기억은 하고 있어요."
"혹시 댄서세요……?"
"아니요. 아니요. 춤 춰 본 적도 없어요."
"아, 투유 팬이신 거예요?"

단장은 신기해하면서 물었고, 대답은 태진이 아닌 국현의 입에서 나왔다.

"우리 팀장님도 이번에 영상 보셨어요."

"아… 많이 보셨나 보네요."

"디테일 같은 거 정말 잘 보세요. 저희도 배우분들 표정만 잘 보는 줄 알았는데 춤까지 잘 볼 줄은 몰라서 놀라는 중이에요."

단장은 고개를 끄덕이더니 뭔가 결정했다는 듯 입술을 굳게 닫더니 다시 태진을 보며 말했다.

"또 다른 부분이 있으면 말씀해 주세요."

"아니에요."

"제가 본 영상하고 다를 수도 있으니까요."

"아니요. 없어요."

"아까 몇 곳 있다고 말씀하셨는데 비교해 보려고 하는 거니까 말씀해 주세요."

겨우 돌아온 분위기를 다시 안 좋게 만들기 싫어 없다고 했는데 단장은 아까 태진이 한 말을 마음에 담아 두고 있었는지 콕 집어 얘기를 꺼냈다. 가뜩이나 두통 때문에 머리가 아픈데 지금 상황이 머리를 더 아프게 만들었다. 그렇다고 말을 안 할 수도 없었기에 태진은 조심히 입을 열었다.

"처음 시작하고 저기 무지개색 머리 하신 분이 먼저 나오잖아요. 그때 대열이 일자가 아니라 V자예요. 그리고 그 대열을 만들면서 이동할 때 동작이 등 뒤에서 팔꿈치를 잡고 팔을 움직이는 게 아니에요. 처음에는 팔을 벌리면서 자리 잡는 거거든요."

"어? 그건 팔꿈치 잡는 게 맞는 거 같은데요. 이렇게요."

뒤에서 따라 해 보던 국현은 허리 뒤로 팔을 넘겨 다른 팔의 팔뚝을 잡는 게 신기한지 혀를 내밀었다. 그때 태진도 자리에서 일어나더니 단장과 같은 자세를 취했다.

"이게 맞긴 한데요. 이건 다음 동작이에요. 그렇게 보일 수도 있긴 해요."

자연스럽게 자세를 취한 모습에 수잔과 국현은 깜짝 놀란 표정을 지었다. 하지만 댄서들은 익숙한 듯 자연스럽게 받아들였다.

"이상하다. 이주 씨, 죄송한데 태블릿 좀 보여 주시면 안 될까요?"

이주는 곧바로 태블릿 PC를 내밀었고, 태진을 비롯한 모두가 영상을 보기 시작했다. 영상을 보자 단장이 입을 열었다.

"보셨죠?"

태진은 이마를 긁적이고는 태블릿 PC를 가져왔다. 그러고는 자신이 봤던 영상 중 하나를 찾아 재생했다.

"이건 팬이 찍은 영상인데 옆에서 보여요. 저도 몰랐는데 방송용으로 찍은 건 정면을 기준으로 찍은 거라서 팔을 잡고 있는 것처럼 보이더라고요. 그런데 여기 보면 팔을 잡고 있는 것처럼 흔들리지만 반대편 손도 같이 흔들리고 있어요. 엉덩이를 살랑살랑 움직이잖아요. 그때 엉덩이 움직이는 쪽이랑 반대 팔이 흔들리고 있어요."

태진은 제대로 알려 주기 위해 직접 동작까지 취해 가며 보여 주었다.

"안 잡고 있네요······."
"그다음에 자리 잡고 나서 팔을 잡아요."
"그러네요······."

태진은 단장이 또 자책감을 느낄 수도 있다는 생각에 서둘러 입을 열었다.

"이건 저도 되게 우연하게 찾은 영상이라서 못 보셨을 거예요."
"아······."

단장은 어색하게 웃고는 다시 영상을 몇 번이나 돌려 봤다. 그러고는 이주를 보며 말했다.

"생각보다 준비가 미흡했네요. 레슨비는 다시 돌려 드릴게요."

"네? 아! 쌤! 아니에요! 열심히 준비하신 거 다 봤는데."

"아니에요. 처음에 의뢰하실 때 완벽하게 재현해 달라고 하셨는데… 실수가 많았네요. 그래도 끝까지 도와 드리긴 할게요."

저럴 필요까지는 없어 보였다. 책임감이 강한 걸 넘어 융통성이 없어 보이기도 했다. 그때, 국현이 웃으며 입을 열었다.

"스홉, 제작비에서 나갈 거라서 우리는 상관없는데. H생명 춤도 같이 하시잖아요. 그리고 지금 안무 수정하면 되는 거 아닌가요?"

"……."

"그리고 이런 걸로 레슨비 돌려받으면 저희 이미지도 좀 그래요. 맞죠, 팀장님?"

눈치 빠른 국현답게 태진의 마음에 쏙 드는 말이었다. 두통이 있어서 정리가 제대로 안 되고 있는데 국현이 자신의 마음을 들여다본 듯 정리를 해 주었다.

"맞아요! 쌤, 그런 말씀 하지 마세요! 저도 마음 편하게 배워야죠!"

"미안해서요."

"더 잘 가르쳐 주세요!"

이주까지 거들고 나서자 단장은 머쓱해하며 고개를 끄덕거렸다. 그러고는 아까보다 더 의욕에 불타는 표정으로 박수를 쳤다.

"일단 내가 보여 줄게. 동작은 쉬우니까 이걸로 바꾸기만 하면 돼. 원 투 쓰리 앤 포."

간단한 안무이다 보니 댄서들은 바로 따라 했지만, 이주가 문제였다. 가뜩이나 몸치인데 갑자기 바뀌다 보니 간단한 동작임에도 따라가질 못했다.

"어렵죠? 갑자기 바뀌어서 그러니까 괜찮아요. 오히려 더 쉬워졌으니까 날 따라서 해 봐요. 우리 다 했던 동작이니까 편하게 해요."

태진은 그런 이주를 보며 여러 가지 생각이 들었다. 이런 간단한 동작 하나에도 헤매는데 전체 안무를 외우기 위해 얼마나 노력했을지 상상이 되었다. 그리고 그런 이주를 여기까지 끌고 왔을 댄스 팀의 노력도 그려졌다. 그때, 이주가 하는 말이 들렸다.

"제 앞에 쌤 자리인데 앞에가 비어 있으니까… 더 헷갈려요."

단장이 대열과 안무를 보기 위해 앞으로 나가 있다 보니 이주의 앞자리가 비어 있었다. 그래서 더 헷갈린 모양이었다. 이주의 말을 이해한 단장은 고개를 끄덕거렸다. 앞에 거울을 통해서도 볼 수 있지만 거울로 안 보이는 부분도 있었기에 앞에서 보고 있었던 것이다. 좀 더 대열을 보고 싶은 마음이 있었지만 이주가 우선이다 보니 최대한 이주에 맞춰 진행해야 했다. 원래의 자리로 간 단장은 거울을 봤다. 그때, 거울에 비친 태진이 보였다. 단장은 그런 태진을 가만히 보더니 이내 몸을 돌려 태진을 불렀다.

"저기 팀장님, 여기 자리 좀 잡아 주실래요?"

"네?"

"아까 말씀하신 부분 춤 아시죠?"

"네?"

"아시잖아요. 부탁 좀 드릴게요."

단장은 태진에게 다가가더니 팔을 잡아 일으켰다. 이주가 기특하다고 생각하던 중 갑자기 받은 부탁에 태진은 당황한 채 단장의 손에 끌려 이주의 앞에 섰다. 물론 안무는 알고 있었다. 따로 일어나서 흉내 내 본 적은 없지만 상상은 해 봤기에 가능은 할 것 같았다. 두통이 심해져 제대로 판단이 안 돼서인지, 아니면 이주가 연관된 일이어서인지 거절하지 못하고 서 있는 자신의 모습이 약간 웃겼다. 그때, 생각할 틈을 주지 않으려는지 단장이 스태프에게 신호를 줬고 곧바로 노래가 나오기 시작했다. 그리고 태진은 자신도 모르게 대열을 만들어 가며 엉덩이와 팔을 흔들기 시작했다. 그리고 그 짧은 동작이 끝나자 연습실 안 모든 사람들이 헛웃음을 뱉었다.

"왜 이렇게 잘해요?"

"푸흡, 장난 아니시다. 힙 팅기시는 게 예사롭지 않으신데요?"

"나보다 더 잘 팅기는 거 같은데."

"춤 좀 추셨네! 선이 되게 예쁘시네!"

태진도 약간 당황했다. 이렇게 추면 되겠다 생각만 해 봤지 실제로 움직이며 춘 적은 없었다. 그런데 두통 때문인지 스스로 움직이면서도 굉장히 만족스러웠다. 그리고 두통도 한결 나아진 듯했다. 그때, 단장의 말이 이어졌다.

"그럼 계속 부탁드릴게요!"

*   *   *

한동안 안무 연습이 계속되었고, 수잔과 국현은 경악한 표정으로 그 모습을 지켜봤다.

"국현 씨… 나 지금 좀 이상해요……?"
"스흡, 아무 말 하지 마요. 나도 지금 팀장님보고 예쁘다고 생각하고 있으니까……."
"맞죠? 그렇게 보이는 거 맞죠? 왜 걸 그룹 춤 추는데 위화감이 하나도 안 들지?"
"잘 추니까 그렇죠. 댄서하고 차이가 안 나잖아요. 저 정도면 평소에도 취미로 췄다는 건데."
"괜찮은 건가? 두통 있다는 사람이……."

댄서들도 두 사람과 마찬가지로 놀라고 있었다. 처음에는 그냥 신기하기만 했는데 안무의 선이나 작은 디테일까지 놓치지 않고 제대로 표현하는 모습에 경악했다. 시간이 지날수록 더 완벽해지는 모습에 집중이 안 될 정도였다.

하지만 태진은 사람들의 시선을 전혀 느끼지 못하고 있었다. 자신이 어떻게 움직이고 있는지 눈치채지 못할 정도로 무아지경이었다. 춤이 좋아서가 아니었다. 춤을 출수록 점점 두통이 사라지더니 지금은 거의 느끼지 못할 정도로 좋아졌기 때문이었다.

노래가 끝나자 태진은 거친 숨과 함께 그 자리에 앉았다. 두통이 있을 때 약을 먹지 않아도 해결할 수 있는 방법이 생긴 것만 같아 기쁜 마음이었다. 그때, 누군가가 등을 두드렸다. 뒤를 돌아보니 놀란 얼굴의 이주가 보였다.

"왜 그러세요?"

"팀장님은… 못하는 게 뭐예요?"

"네?"

"춤이요! 저번에는 야구선수들도 놀랄 정도로 야구 하더니 이번에는 쌤들 놀랄 정도로 춤추잖아요."

"그 정도로 잘 추는 거 아니에요. 그냥 따라 한 건데요."

"그게 잘 추는 게 아니면 저는요! 진짜 세상 불공평하네. 진짜 죽어라 했는데도 팀장님 발톱만큼도 안 되는 거 같네."

이주의 입에서 불공평하다는 말을 들을 줄 몰랐던 태진은 가볍게 웃었다. 그때, 이주가 자신의 생각이 맞는다는 걸 확인하기 위해 댄서들에게 물었다.

"진짜 잘 추시는 거 아니에요?"

"엄청요. 그냥 댄서 같은데요?"

"나도 추면서 그 생각했는데. 리듬 쪼갤 때도 느낌 살려서 하던데."

"내 말이. 그러니까 안무 디테일까지 보지. 댄서 출신이시죠?"

태진은 멋쩍은 상황에 어색하게 웃었다.

"이렇게 제대로 춤춰 본 적 없어요."

"진짜요? 말도 안 돼. 우리하고도 호흡이 딱 맞는데요?"

"진짜 처음이에요."

"재능러예요? 안 믿기네."

다들 믿을 수 없다는 얼굴로 계속 태진의 춤 실력에 대해 애기를 했고, 태진은 계속 해명을 해야 했다. 그러던 중 낙심해 있던 이주가 정신을 차리고 난감해하는 태진을 돕고자 나선 뒤에야 상황이 마무리 되는 듯했다.

"그냥 팀장님 다 잘하세요. 제 연기 쌤이기도 하고. 야구도 잘하고, 노래도 잘하고. 다 잘해요. 이제는 춤도 잘 추네요… 일도 잘하고… 못하는 게 없는 사람이에요."

"말도 안 돼. 그런 사람이 어디 있어요."

"여기 계세요."

상황을 정리하는 건지 더 불을 붙이려는 건지 이주의 말에 태진은 헛웃음을 뱉었다. 그때, 단장이 심각한 표정으로 태진에게 말했다.

"다시 한번 해 보실래요? 왜 제대로 안 하세요."

"네?"

"아니, 표정이 너무 없잖아요. 춤출 때 표정이 정말 중요해요. 내가 표현하려는 걸 보여 줄 수 있는 수단인데. 표정이 더해지면 느낌이 배로 살아요."

"아⋯⋯."

"다시 한번 해 봐요."

태진은 이상한 상황에 멍한 얼굴로 단장을 봤다. 그때, 주위에서 웃음을 참는 소리가 들렸다. 그러더니 댄서들이 웃음을 참지 못하고 크게 소리 내어 웃어 버렸다.

"언니! 이분 우리 팀 아닌데요?"

"저 봐! 언니까지 댄서라고 생각하고 다시 해 보라고 하잖아요."

"와, 다래 언니가 저렇게 얘기하는 거 처음 봤어."

"푸핫, 개웃겨. 이러다가 우리 팀 되는 거 아닌가 모르겠네."

단장은 그제야 자신의 실수를 알아차리고 입술을 닫았다. 너무 잘 추다 보니 조금 더 잘 출 수 있을 거 같다는 아쉬운 마음에 무심코 한 말이었다. 단지 도와주기 위해 빈자리를 채우고 있는 사람에게 할 말은 아니었다.

"죄송해요. 잠시 착각했어요."

단장은 이번에도 자신의 실수를 바로 인정했다. 태진은 웃으며 고개를 살짝 숙여 인사를 받았다.

"그럼 조금만 더 부탁드릴게요."

그때, 수잔이 자리에서 일어나더니 입을 열었다.

"팀장님, 팀장 회의 가셔야 될 시간이에요."

그 말에 모두가 아쉬워하는 얼굴로 태진을 봤지만 그런 시선에도 아랑곳하지 않고 태진은 시간을 확인했다. 이주의 춤도 중요하지만 회의도 중요했다. 회의에서 곽이정을 만나 면접 자리에 오라는 부탁을 할 예정이었기 때문이었다.

태진은 자신을 보고 있는 이주의 눈을 보며 말했다.

"잘하는 것보다 다치지 않게 연습하세요."
"네……."
"그럼 저 시간 나면 또 올게요."

태진은 자리에서 일어나 곧바로 재킷을 챙겼다. 그러고는 마지막으로 인사를 하고 나가려 할 때, 단장이 태진을 불렀다.

"도와주셔서 감사합니다. 다음에 찾아 주시면 이번 같은 실수는 없게 준비할게요."

영업을 하는 것처럼 들리기도 했지만 실수를 인정하고 책임지려는 것처럼 보이기도 했다. 태진은 웃으며 입을 열었다.

"제가 표정을 지을 수가 없어서 그런 거니까 오해하지 않으셨으면 좋겠어요. 이주 씨 도와주셔서 정말 감사하게 생각하고 있어요. 앞으로도 잘 부탁드릴게요."

단장은 어리둥절한 표정으로 태진을 봤다. 그때, 이주가 자신이 설명해 준다는 말과 함께 태진을 보냈다. 아마 이주에게 상황을 듣고 나면 아까 춤출 때 표정을 지으라고 했던 말을 미안해할 것이었다. 태진은 그런 단장을 상상하고는 걸음을 옮겼다.

"후, 수잔 덕분에 회의 있는 거 알았어요. 고마워요."
"회의 때문에 말한 거 아닌데요? 병원부터 가야죠!"
"아, 이제 괜찮아요."
"이럴 때 보면 꼭 우리 딸 같아. 병원 가자고 하면 괜찮다고. 뭘 괜찮아요. 가야지."
"진짜 괜찮아졌어요."
"진짜 괜찮아요? 그럼 오늘은 아니더라도 병원 꼭 가셔야 돼요?"
"그럴게요."

마치 가족처럼 걱정하는 수잔의 모습에 미소가 지어졌다. 그리고 수잔은 아직 끝나지 않았다는 듯 걱정을 했다.

"그리고 무슨 춤을 그렇게 열심히 춰요. 회의 가야 되는데 땀범벅이네!"
"세수 한 번 하면 되죠."
"옷은요! 땀 냄새 날 텐데!"

그때, 국현이 씨익 웃으며 입을 열었다.

"수잔 씨 걱정도 많아! 옷 걱정을 왜 해요."
"왜 하긴요! 이렇게 땀 흘리면 냄새나지!"
"있어요. 그러니까 걱정하지 마요."
"옷이 있다고요?"
"차에 있어요. 가면맨 할 때 차에 놔 둔 옷 있어요."

태진은 자신도 모르는 것을 알고 있는 국현을 쳐다봤다.

"글로브 박스에 있어요. 그때 팀장님 차로 이동했잖아요. 저도 거기서 갈아입어서 알죠. 혹시 모르셨어요?"
"차 청소도 안 하나 보네! 아이고… 그러니까 두통이 생기지!"
"그만 좀 해요. 빨리 가죠!"

태진은 자신의 등을 미는 국현을 보며 웃었다. 마치 드라마에서 보던 가족 같은 느낌이었다. 잔소리를 하는 수잔과 그걸 막아 주는 국현, 그리고 둘 다 자신을 진심으로 아껴 주고, 챙겨 주고 있었다.

*　　　*　　　*

오후 회의를 끝내고 나온 태진은 생각이 많아졌다. 곽이정이 그만둔다는 사실을 알고 있었는데 이렇게 쉽게 결정이 나는 걸 눈으로 보니 허탈한 기분이었다. 부사장인 조셉은 물론이고 같이 회의한 참석한 1팀원도 덤덤하게 받아들였다.

"스흡, 이상하네……."

"그러게요."

"그렇게 잘 따르던 승훈 씨까지 되게 덤덤하던데."

"아마 곽이정 팀장이 자기 얘기 끝까지 말 안 한 거 같아요."

"하긴… 우리한테 얘기한 것도 신기한데. 그런데 화나는 반응이라도 보여야 되는 거 아니에요? 1팀장을 다른 팀에서 맡는다는데?"

태진도 그 부분이 이상했다. 부사장이야 곽이정이 미리 알렸기에 덤덤한 반응을 보이는 게 이해가 되지만, 1팀원인 승훈까지 아무런 반응을 보이지 않을 줄은 몰랐다.

"그런데 왜 경애 씨를 1팀장으로 세웠을까요? 경애 씨가 몇 호였어요?"

"4호요. 저 2팀에 있을 때 사수였어요. 일 되게 열심히 하시던 분이세요."

"그런가. 그런데 갑자기 1팀으로 가면 가만히 있으려나."

부사장이 차기 1팀장으로 2팀의 경애를 지목했다. 어떤 얘기가 오고 갔는지 모르겠지만 태진이 느끼기에도 파격적인 인사였다. 그때, 뒤늦게 회의실에서 나오는 곽이정이 보였다. 태진이 기다리고 있는 걸 본 곽이정은 웃으며 다가왔다.

'이제는 가면을 아예 벗어던졌나 보네.'

굉장히 가벼워 보이는 얼굴이었다. 그런 곽이정이 태진의 앞에 섰다.

"할 말이 있다고요?"

"네, 드릴 부탁이 있어서요."

"부탁이요? 한번 들어 보죠."

국현은 아쉬워하는 얼굴이었지만, 자신이 있을 자리가 아니라고 생각하며 뒤로 물러났다.

"전 먼저 올라가 보겠습니다."

이후 태진은 곽이정을 회사 건물 밖 벤치로 안내했다. 이 자리에서 좋은 일이 많이 이뤄졌기에 일부러 이곳에 자리를 잡은 것이었다. 커피까지 사 들고 온 태진은 곽이정에게 커피를 건네주었다.

"이렇게까지 하는 거 보면 중요한 일인가 보군요."
"그런 건 아니고요. 요즘 바쁘세요?"
"바쁘죠. 인수인계를 해야 되니까요."

태진은 고개를 끄덕이고는 곽이정을 쳐다봤다.

"그만두시기 전에 지원 팀 좀 도와주세요."
"음? 저번으로 부족했나요?"
"면접이 있어서요."
"나더러 면접관이 되어 달라? 음, 시간이 문젠데."

태진은 헛기침을 한 번 뱉고는 입을 열었다.

"대신 저희도 도움을 드리죠."
"음?"
"예전에 말씀하신 거래예요."

곽이정은 태진을 빤히 쳐다보더니 이내 크게 웃었다.

"하하, 배우는 건 진짜 빠르단 말이야. 그래서 무슨 거래예요."
"저번에 정만 씨 대본 주셨잖아요."
"그랬죠."

"팀장님 그만두시면 제가 정만 씨 흔들리지 않게 케어하겠습니다. 그렇다고 저희 팀으로 데려온다는 건 아니고요. 1팀 담당을 유지한 채로 멘탈 케어만 해 드리겠습니다."

곽이정은 헛웃음을 뱉었다. 자신이 한 걸 역으로 당하고 있었다.

"그건 나하고 할 얘기가 아닌 거 같은데요? 난 이제 그만두는데 상관없죠."

"신경 쓰이시잖아요. 그러니까 대본도 가져다주신 거고. 그만두는 날짜까지 적어 두시면서."

"후후."

곽이정은 피식 웃으며 태진을 봤다.

"거래가 안 될 내용이네요. 내가 제안을 하지 않아도 한 팀장이라면 그렇게 할 거 같은데? 그래서 나도 다른 제안하지 않고 그냥 준 거고."

"지원 팀에서 데려가겠다고 하면요?"

"그건 1팀의 자질 문제니 내가 왈가불가할 상황이 아니죠. 그리고 지원 팀은 지금 여유가 없을 텐데."

"여유가 없는 건 맞죠. 하지만 1팀은 더 심각해질 거 같은데요. 그래서 제가 1팀이 안정화되게 돕는다는 뜻도 됩니다."

자기 송별회 겸 앞으로 행보를 응원해 주려고 불러내려는 건데 이렇게 어려울 줄은 몰랐다. 사정은 알았지만 까다로운 건 여전했다. 그때, 곽이정이 미소를 짓더니 주머니에서 USB 하나를 꺼냈다.

"그건 좋네요. 정확히는 1팀원이 아닌 경애 씨가 자리 잡을 수 있게 도와주세요. 자요."

"이게 뭔데요?"

"내가 왜 경애 씨를 추천한 건지 아세요?"

"팀장님이 추천하셨던 거예요?"

"몰랐나 보네요."

곽이정은 쓴웃음을 짓더니 USB를 쳐다봤다.

"내가 1팀원들에 대해서 좀 알아봤는데 문제가 좀 있더라고요."

"문제요?"

"대부분이 거래처에 갑질은 기본이고 알게 모르게 뇌물도 받았더라고요."

"네? 그럴 게 뭐가 있어요?"

"소개비죠. 거래처에서는 아직 잡혀 있는 것도 아닌데 나중에 맞는 일이 있으면 1순위로 부탁한다는 의미로 접대를 하는 거죠. 미래를 위한 투자겠지만 그래선 안 되는 거거든요."

"동서 기획처럼요?"

"그건 오해인데요. 지금도 사실 선우 무대와 동서 기획을 두고 결정하라면 동서 기획입니다. 물론 선우 무대와 친분이 있긴 해도 실력이나 안정은 동서 기획이 더 우위니까."

곽이정은 한 치의 부끄럼도 없다는 표정으로 말을 뱉었고, 태진은 웃으며 고개를 끄덕거렸다.

 "아무튼 거기에 그런 내용이 담겨 있어요. 1팀원들도 전부 얘기를 한 상태고요. 그리고 앞으로 그런 일을 안 하겠다는 약속을 받아 놓은 내용이죠."
 "그래서 경애 씨한테 팀장 자리 넘기신 거예요?"
 "그렇죠. 경애 씨가 그러더군요. 자기가 지원 팀에 내부고발했다고. 그래서 그만두는 거냐고."
 "아!"
 "후후, 오해할 건 알고 있었지만, 내부고발을 할 줄은 몰랐죠. 그런 거 보면 회사가 올바르게 나아가길 원하는 것 같더군요. 그리고 무엇보다 주위에 휘둘리지 않고 일도 잘하고요. 사실은 경애 씨가 2팀장이 되는 그림을 그리긴 했는데. 후후."

 태진도 그 부분에 대해서는 찬성이었다. 사수할 때 일도 잘 알려 주고 열심히 했기에 반대하는 입장은 아니었다. 다만 USB를 왜 자신에게 넘겨준 건지 의아했다. 그러다 보니 대화를 곱씹게 되었고, 혹시나 하는 생각이 들었다.

 "혹시… 이걸로 협박하라는 건 아니죠?"
 "하하하. 역시 제대로 이해했네요."
 "아……."

곽이정은 씨익 웃고는 말을 이었다.

"경애 씨가 힘들어할 때 그걸로 도와주세요. 그럼 나도 최종 면접 도와 드리죠."
"하……."

끝까지 거래를 하려는 곽이정의 모습에 태진은 헛웃음이 나왔다.

＊　　　　　＊　　　　　＊

며칠 뒤, 여러 가지 일이 한 번에 겹치다 보니 지원 팀은 오히려 외부에서 지원을 받아야 할 정도로 바빴다.

"스흡, 일 나눠 하려고 직원을 뽑는 건데 오히려 더 힘들게 만드네. 이제야 하나가 겨우 끝났네."

축 처진 국현의 한탄에 수잔이 위를 가리키며 말했다.

"우리는 아무것도 아니에요. 서영 씨 보셨어요?"
"아, 그러지."
"합격자 메일 방송이랑 안내 혼자서 다 하잖아요."
"아! 진짜 그게 참 신기해. 왜 인사 팀을 안 만들까. 정식 인사 팀이면 파워라도 있는데 임시로 인사 담당하니까 기운이 날 리가 있나."

"그러니까 아쉬운 소리 그만하고 배우님들 맞이할 준비나 하세요. 좀 전에 확인했는데 이제 거의 오실 때 됐어요."

국현은 걱정하지 말라는 듯 휴대폰을 흔들며 말했다.

"커피 5시에 가져다주시기로 했어요."
"네? 어디서요. 여기 밑 카페서요?"
"네, 거기."
"배달 안 되잖아요."
"사장님이랑 친해서 그런지 배달해 주신대요."
"허……."

다들 알아서 준비를 하고 있었기에 태진은 마음 편하게 대본을 읽는 중이었다. 그런 태진의 모습에 국현이 조심스럽게 물었다.

"팀장님, 그런데 왜 다 오신다는 거예요?"
"제가 말씀드렸는데요. 대본 리딩하기 전에 셋이 맞춰 본다고."
"그러니까요. 서로 맞춰 보려고 대본 리딩을 하는 건데 왜 미리 하냐는 거죠."
"셋 다 우리 소속이니까 편하잖아요."
"세 분 다 먼저 하겠다고 그러신 거예요?"
"아, 전 단우 씨하고 차오름 씨한테만 제안했거든요. 두 분이 경험이 좀 적다 보니까 좀 걱정하는 거 같아서요. 이주 씨한테는 그냥 이런 일 할 거다 얘기했는데 같이 하면 좋을 거 같다고 하서서 오시는 거예요. 왜요?"

국현이 이렇게 물어볼 이유가 없었기에 태진은 의아한 마음에 질문을 했다. 그러자 국현이 태진이 본 대본을 가리키며 말했다.

"그게 셋이서만 진행 되는 게 아니잖아요. 혹시 저도 해야 되는 거면 미리 좀 준비를 하려고요."

"아! 걱정하지 않으셔도 돼요. 이주 씨가 오신다는 이유도 여자 역할 도와주려고 그러는 거예요."

"아하!"

"하셔도 되는데 좀 오래 걸릴 거 같은데요. 그동안 퇴근 늦게 하셨는데 오늘은 일찍 하세요."

"어떻게 그래요."

"그래서 일부러 말씀 안 드린 건데. 좀 쉬세요."

"팀장님이 일하시는데 저희가 어떻게 가요. 그리고 전 집에 가도 할 게 없어서요."

"가셔도 돼요. 국현 씨가 가셔야지 수잔 씨도 마음 편하게 가잖아요."

그동안 담당하는 일이 많아 제대로 퇴근을 하지 못했기에 나름대로 한 배려였다. 국현도 수잔을 보며 이해했다는 듯 고개를 끄덕거렸다. 그러는 사이 사무실 문이 열리면서 가장 먼저 이주가 들어왔다. 흐느적흐느적거리며 들어오는 모습에 태진은 웃으며 이주를 안내했다.

"일찍 오셨네요? 혼자 오셨어요?"

"현수 씨가 데려다줬죠. 전 힘들어서 좀 쉬려고요. 저 좀 쉬고 있어도 되죠?"

"네? 여기 소파가 없어서 불편하실 텐데. 차에서 쉬다 오셔도 돼요."

"차에서 쉬면 잘 거 같아서요. 그냥 의자에 앉아 있으면 돼요."

이주는 두 팔을 축 늘어뜨린 채 흔들거리며 빈 의자에 가서 앉았다. 태진은 그런 이주의 모습을 보며 웃으며 말했다.

"지금까지 연습하셨어요?"

"네, 아이고, 내 다리야……."

"컨디션 생각하면서 하세요. 어제 보니까 그 정도만 해도 될 거 같던데요."

"안 돼요! 할 거면 제대로 해야지. 우리끼리만 하는 거면 몰라도 이주 채널에 올릴 건데 어떻게 대충 해요. 그리고… 단장 쌤이 놔주질 않아요. 흐흑."

장난스럽게 우는 연기를 하는 이주의 모습에 태진은 가볍게 웃었다. 평소에는 완벽하진 않아도 대중들에게 보여 줘야 할 부분에 대해서는 완벽을 추구하는 이주였다. 그런 이주나 책임감이 강한 단장이 만나 지금의 결과를 만든 듯 보였다. 그때, 우는 척을 하던 이주가 갑자기 V자를 그리며 말했다.

"저 그래도 오늘은 칭찬받았어요."

"단장님한테요?"

"네, 잘했다고요."

"오, 그럼 진짜 잘하셨나 본데요?"

"단장 쌤이 본 사람 중에 습득은 제일 느린데 연습을 제일 열심히 한대요. 쌤들보다 더 열심히 한다고 그러시더라고요. 그러면서 쌤들도 자극받았다고 더 열심한다고 그래요. 너무 열심히 했나 봐요."

"하하."

"그래도 안 된다고 생각한 걸 해내니까 기분이 최고 좋아요."

지금도 몸은 늘어져 있지만 눈빛은 굉장히 또렷했다. 태진은 그런 이주를 보며 웃었다.

"그럼 좀 쉬고 계세요."

이주는 고개를 끄덕이고는 팔을 축 늘어뜨린 채 멍한 표정을 지었다. 눈도 감지 않고 넋 나간 사람처럼 있는 모습에 태진은 웃음이 나왔다. 하지만 한편으로는 춤 연습만으로도 힘들 텐데 정식 대본 리딩도 아닌데 참여하게 만든 것 같아 미안한 마음도 들었다.

그때, 두 번째로 단우가 등장했다. 극장에서 바로 왔는지 단우를 보자마자 태진은 물론이고 국현과 수잔의 입이 쩍 벌어졌다.

"안녕하세요."

"스흡… 진짜 잘생겼네……."

"네? 아, 아니에요."

지금 단우의 모습은 곽이정의 작품이었다. 연극에 참여하는 다른 배우들에게 성공한 모습을 보여 주어 자극을 주려고 한껏 꾸민 상태였다. 그런데 지금 단우를 보면 자극을 받기는커녕 자괴감이 들 것 같았다. 원래도 잘생겼는데 꾸며 놓으니 잘생겼다는 말이 부족하다는 느낌이었다. 다만 단우는 아직까지 이런 반응이 낯선지 어색해하며 들어왔다.

단우를 데려온 매니저는 연락하라는 말과 함께 나갔고, 태진은 그제야 단우에게 다가갔다.

"극장에 있다 오신 거예요?"
"네, 선생님하고 같이 있었어요."
"필 씨는 극장에 계시고요?"
"네, 요즘 연습 막바지라서 늦게까지 계세요. 그리고 거기에 친구 생겨서요."
"누구 친구요? 필 씨 친구요? 배우분이세요?"

필이 친분을 나눌 정도면 알아 둘 필요가 있다는 생각에 물었다. 그런데 단우의 입에서 뜻밖의 말이 나왔다.

"배우분 아니고 스태프예요. 저보다 어려 보이는데 선우 무대 부장님이라고 하시더라고요."
"선우 무대… 부장이요……?"

"아! 팀장님하고 성도 같던데. 한 부장이라고 하더라고요."

"아… 이 자식, 뭘 하고 다니는……."

"네?"

"아니에요. 그냥 혼잣말이에요."

"아무튼 말도 안 통하는데 서로 되게 좋아해요. 각자 할 말 하면서 막 웃고 그러세요."

"아……."

"그러면서 저한테 말하고 싶은 거 몸짓으로 표현하는 거 배우라고… 아무튼 되게 즐거워하시면서 가르치고 계세요."

다른 사람의 입에서 태은의 소식을 듣게 된 태진은 또 곽이정에게 했던 것처럼 이상한 말을 하고 다니는 건 아닌지 약간 걱정이 되었다. 하지만 지금 사람들 앞에서 걱정하는 걸 보일 필요는 없기에 애써 털어 냈다. 그때, 단우가 질문을 했다.

"제가 제일 먼저 왔나요?"

"아! 저기 이주 씨 와 계세요."

이주는 단우를 봤음에도 넋 나간 표정 그대로 조용히 인사했다.

"반가워요."

"선생님, 안녕하세요! 계신 줄 몰랐어요!"

"아이, 무슨 선생님이에요!"

이주는 화들짝 놀라며 벌떡 일어나 앉았다.

"라액에서… 멘토셔서……."

"됐어요. 남들 앞에서 절대! 선생님이라고 하지 마요! 누가 들으면 웃어요. 저 봐! 이미 웃고 있네!"

국현과 수잔은 이주의 반응에 고개를 돌린 채 웃고 있었다.

"그냥 누나라고 해요. 아니면 선배님이라고 하든가. 무슨 선생님이야."

"네, 죄송합니다!"

"좀 작게 얘기해요."

"아, 네."

"그리고 일하시는 거 방해하지 말고 여기 옆에 앉아요."

같은 회사에 같이 라이브 액팅에 출연하기도 했지만 단우는 이주가 어려운 모양이었다. 그도 그럴 것이 첫 드라마에다가 상대 주연으로 만나게 되니 긴장이 되는 듯 보였다. 그래도 두 사람이 같이 있는 모습을 보니 드라마가 무조건 잘될 것 같다는 생각이 들었다.

"스흡, 그냥 가만있는데도 무슨 그림 같네. 나랑 수잔 씨랑은 완전 다른 그림이네……."

"가만있는 날 왜 껴요. 그럴 거 같아서 입 다물고 있는데."

"그냥 그렇다고요. 이야, 둘이 같이 있으니까 시너지가 나오나? 더 예쁘고 더 멋있는 거 같네. 이제 연기만 잘하면 아주 그냥 난리 나겠네."

"잘하겠죠. 그런데 왜 대본을 안 보고 있을까."

"이주 씨는 힘들어서 그리고 단우 씨는 긴장해서 그렇겠죠."

태진도 그 점이 이상하긴 했지만 어차피 연습을 위해 모인 것이기에 크게 개의치 않았다. 그리고 그때, 마지막으로 차오름이 들어왔다.

"실례합니다."

"어?"

태진은 순간 멍한 얼굴로 차오름을 쳐다봤다. 분명히 차오름이 맞는데 얼마 전 만났을 때와 너무나 달라져 있었다. 차오름을 섭외할 때 같이 갔던 국현도 깜짝 놀라며 차오름을 맞이했다.

"형님! 어떻게 되신 거예요?"

"하하, 살이 많이 쪘지?"

"그러게요. 완전 다른 사람 같은데요? 그 짧은 사이에 이렇게 살을 찌울 수가 있어요?"

"내가 고무줄이라고 했잖아. 하하, 좋은 거 많이 먹으니까 많이 찌네. 이제 그만 찌워도 될 거 같아. 한 팀장님, 이 정도면 괜찮죠?"

얼마 전에 봤을 때도 살이 조금 올랐다 싶은 느낌이긴 했다.

그런데 지금은 오른 정도가 아니라 포동포동한 느낌이었다. 사람들에게 배 나온 중년 아저씨를 상상하라고 하면 딱 저런 모습일 것 같은 모습이었다.

"와, 대단하세요."
"살찌우는 건 쉽죠. 우리 종훈 씨 좀 보세요."

차오름은 같이 온 매니저를 가리켰다. 매니저 역시 얼마나 많이 먹었는지 살이 올라 있었다.

"저 배우님 만나고 한 달 사이에 9㎏ 쪘어요……."
"하하, 고생하셨어요."
"고생은요… 빼는 게 문제지. 아무튼 저 이따 올라오겠습니다."

뒤뚱거릴 정도로 뚱뚱하진 않았는데 급격히 살이 쪄서인지 뒤뚱거리는 것처럼 보였다. 태진은 피식 웃는 오름에게 두 사람을 소개하려 했다. 그런데 이미 둘다 자리에서 일어나 있었다.

"선배님, 안녕하세요. 채이주라고 해요."
"선배님, 안녕하세요. 전 권단우라 합니다. 잘 부탁드리겠습니다."
"아이고, 반가워요. 너무 딱딱하게 그럴 필요 없어요. 앉으세요."

그리고 마침 국현이 준비한 커피도 도착했다. 배우들에게 커피를 나눠 준 뒤 태진도 자리를 잡았다. 차오름까지 합류해 주연 세 사람이 한자리에 모이게 된 모습을 보니 아직 시작하지도 않았는데 가슴이 두근거리기까지 했다. 그때, 이주가 태진을 뚫어져라 보더니 말을 뱉었다.

"갑자기 왜 웃으세요? 좋은 일 있으세요?"

"네?"

"입술 되게 바르르 떨렸는데. 수잔 언니가 팀장님 웃을 때 입술 떤다고 말해 줬는데!"

단우나 오름은 신기하다는 듯 태진을 쳐다봤고, 태진은 다시 입술을 떨며 말했다.

"그냥 제가 생각하던 그림이 그대로 있는 거 같아서요. 세 분이 제가 상상하던 그림이거든요."

세 배우는 약간 머쓱해하면서도 기분이 좋은지 미소를 지었다. 태진 역시 미소를 짓고는 본격적으로 시작하기에 앞서 설명을 했다.

"그리고 오늘 연습을 하자고 한 이유가 있어요."

"제가 경험이 없어서 저 때문에……."

"아니에요. 저 때문이시죠. 제가 다른 일을 하느라 연기를 너무 오래 쉬어서 감 살려 주려고 하는 거 같네요."

생각을 해 보진 않았던 이주는 자신도 대답을 해야 된다고 생각하는지 눈을 굴리고 있었다. 태진은 가볍게 웃고는 입을 열었다.

"그런 게 아니고요. 사실 저 때문에 그래요."
"팀장님 때문에요?"
"네, 제가 세 분을 적극적으로 추천했거든요."

태진은 숨을 얕게 들이마신 뒤 진지한 목소리로 말을 뱉었다.

"제가 보기에는 세 분이 가장 적합해요. 그런데 아니라고 생
각하는 분도 있을 거예요. 그게 제작사일 수도 있고 다른 경험
많은 배우분들일 수도 있어요."
"아……."
"지금 제가 이런 말을 하는 건 무거운 마음을 가지라고 하라
는 건 아니고, 혹시라도 대본 리딩에 가셨을 때 당황하지 말라고
말씀드리는 거예요."

그러자 이주가 가장 먼저 이해했다는 듯 씨익 웃으며 말했다.

"그러니까 대본 리딩에서 기 싸움 이기라는 말이죠?"
"하하. 비슷하죠. 사람들한테 인정을 받으라는 뜻이니까요."

그동안 태진과 가장 오래 연습을 했던 이주는 바로 수긍을 했
다. 하지만 경험이 없던 단우는 약간 걱정이 되는 듯한 표정이었
다. 태진은 그런 단우를 보며 미소를 지었다.

"내가 익숙해지게 만들어 줄게요."

*　　　　*　　　　*

대본 리딩 당일. 태진은 캐스팅 담당의 권한으로 대본 리딩 현장에 자리했다. 일찍 도착을 했기에 아무도 없었지만 분위기만으로도 느낌이 굉장히 묘했다. 연예 뉴스나 Y튜브에서 볼 때와 느낌은 천지차이였다. 멀티박스에서 꽤 넓은 장소를 준비했는 데도 테이블과 의자들로 꽉 차 있었다. 앞에는 주조연배우들의 자리가 있었고, 그 뒤쪽에는 비중이 적은 조연들의 자리가 준비되어 있었다.

"스흡, 역시 대본 리딩을 와야 실감이 되는 거 같아요."
"와 보셨어요?"
"예전에 매니저 할 때 많이 왔죠. 오늘은 매니저가 아니라서 느낌이 좀 다르긴 한데 그래도 크게 다르진 않아요."

국현은 씨익 웃고는 말을 이었다.

"아마 배우분들은 더할걸요. 경력 많은 분들은 괜찮은데 몇 작품 안 한 배우들은 지금 고민하고 있을 거예요."
"왜요?"
"학교 다닐 때 학년 올라가면 새로운 친구들 만나잖아요. 딱 그 기분일 거예요. 친해질 사람도 찾기도 하고 또 우위에 서려고 기 싸움도 좀 하고. 그렇잖아요, 팀장님도 그래서 우리 배우님들하고 리딩하신 거잖아요."

"전 인정받으려고 한 거죠."

그때, 회의실 문이 열리더니 멀티박스의 스태프들이 들어왔다. 자리마다 물과 음료수를 준비하려고 들어온 모양이었다. 다들 바쁘게 움직일 때, 뒤에서 태진을 부르는 소리가 들렸다.

"한 팀장님?"

"어? 방 감독님이 어쩐 일이세요?"

"어쩐 일이긴요. 일하러 왔죠. 저희가 지면이랑 몇 가지 영상 홍보를 맡았거든요."

"C AD에서요?"

"네, 제가 C AD 소속이니까 그렇죠? 하하. 그런데 한 팀장님은… 아! 채이주 배우님 때문에 오셨구나."

"아, 네."

태진에게 말을 건 사람은 얼마 전 H생명 광고 촬영 때 만났던 감독이었다. 광고도 찍더니 홍보 영상까지 담당하는 모양이었다. 무슨 일을 하든 C AD라는 이름이 있다 보니 태진은 만족하며 고개를 끄덕거렸다. 멀티박스에서도 최고의 스태프들로 꾸리고 있는 것처럼 보였다.

그때, 방 감독이 태진의 귀에 속삭였다.

"그런데 이거 말이 좀 많더라고요."

"네? 뭐가요?"

"저희가 멀티박스 일 몇 번 담당했는데 강 이사라고 아세요?"

"강찬열 이사님이요? 알죠."

"강 이사가 일 맡기면 원래 아무 말도 안 하는데 이번에는 무조건 최고로 해 줘야 된다고 막 신신당부를 하더라고요. 그래서 알아보니까 주연이 완전 처음 듣는 배우들이더라고요. 그래서 걱정을 엄청 하나 봐요."

아마 단우와 차오름에 대한 얘기인 듯했다. 이럴 거라고 예상은 했는데 바로 옆에서 이런 말을 듣게 될 줄은 몰랐다.

"이번에 완전 큰 투자자가 나타나서 캐스팅을 다른 회사에 일임하라고 그랬대요. 그래서 그 회사에서 자기들 입맛에 맞는 사람들로만 데려왔다고 그러더라고요."

무슨 소리를 들은 건지 맞는 말도 있었지만, 다른 부분도 있었다. 입맛에 맞는 배우가 아니라 가장 잘 어울리는 배우들을 찾아온 것이었다. 아무래도 태진은 자기가 담당했다고 알려 줘야 할 것 같았다. 가만히 있으면 또 다른 말을 할 테고, 나중에 태진이 담당이었다는 걸 알면 방 감독만 민망해할 것이 뻔했다. 국현도 같은 생각이었는지 앞으로 나서려 하는 모습을 보였다. 그때, 태진이 입을 열기도 전에 이번 드라마의 연출인 김희준 감독이 들어왔다.

"어, 한 팀장님! 벌써 오셨어요?"

"안녕하세요. 감독님도 일찍 오셨네요."

"자리 배치 다 됐다고 해서 확인하러 왔죠. 확인만 하고 조금 이따 올 거예요."

김 감독은 회의실을 돌아다니며 자리를 확인했다. 그 모습을 보더니 방 감독이 태진에게 속삭였다.

"감독님하고 친하신가 봐요?"

"몇 번 뵌 게 다예요."

"그렇구나. 그래도 좀 조심하세요. 채이주 씨하고 같이 일해서 말씀드리는 건데 저 감독님이 저렇게 사람 좋게 보여도 엄청 깐깐해요. 이번에 아주 힘든 촬영이 될 거예요. 김정연 감독도 깐깐하기로 유명하지, 연출도 그렇지. 캐스팅도 그러니까 더 험난해질 수도 있어요."

그때, 확인을 마친 김 감독이 태진에게 다가왔다.

"한 팀장님은 왜 여기 계세요? 저기 사무실에 작가님 계신데 같이 계시지."

"저도 자리 좀 보느라고요. 작가님은 벌써 오셨어요?"

"좀 전에 오셨어요. 그게 다 한 팀장 덕분이라고 아주 칭찬을 입이 마르도록 하세요. 한 팀장이 캐스팅을 담당해서 거기에 신경 안 쓰니까 글이 술술 나온다고. 작가님한테 인정받기 쉽지 않은데 대단해요."

"그냥 좋게 봐주신 거죠."

"좋게 봐주긴요. 작가님이 그럴 사람이 아닌 거 아시면서. 우리도 캐스팅된 거 확인하고 기가 막혔다니까요. 어디서 이런 사람들을 다 데려왔는지. 오늘 리딩 기대가 엄청 커요."

"감사합니다."

"아무튼 볼일 보시고 사무실에 쉬러 오세요. 그럼 준비해야 돼서 먼저 가 볼게요. 이따 봅시다."

김 감독이 가자 방 감독이 굳어진 얼굴로 태진을 봤다. 아무 말도 안 하고 있지만 저 표정이 뭘 의미하는지 다 알고 있었다. 그런 방 감독에게 국현이 피식 웃으며 말했다.

"저희 입맛대로 캐스팅한 거 아니에요. 밤새 가면서 캐릭터 고민하고 연기 관찰해 가면서 캐스팅한 겁니다."

방 감독은 엄청 민망해하고 있었고, 태진은 그런 방 감독을 보며 말했다.

"저기 주연 세 분이 다 저희 회사 소속이거든요. 좀 예쁘게 담아 주세요."

"아……."

방 감독은 그제야 울상을 하며 입을 열었다.

"죄송해요. 내 입이 문제야. 제가 말한 건 그런 뜻이 아니라……."
"괜찮아요. 다들 걱정하시는 거 저희도 알고 있거든요. 그래서 준비도 많이 했고요. 그냥 저희 배우님들 좀 잘 담아 주셨으면 좋겠어요."
"그건 걱정 마세요. 광고처럼 만들어 드릴게요."
"하하. 감사해요."
"다시 한번 죄송합니다. 사실 저도 기대하고 있어요."

이럴 거 같아서 먼저 말하려고 했던 것이었다. 대화는 화기애애하지만 분위기는 점점 어색해지고 있었다. 그때, 다행히 배우들이 한 명씩 들어오고 있었다. 대부분이 태진과 연관이 되어 있다 보니 전부 태진과 국현에게 인사를 건네며 자리를 잡았다.

"한태진 팀장님! 기회 주셔서 감사합니다!"
"어? 한 팀장님도 오셨어요? 저 준비 진짜 많이 했어요."
"김국현 매니저님! 아니, 뭐였지, 에이전트? 여기 어쩐 일이세요?"

들어오는 사람마다 전부 태진과 국현에게 인사를 하다 보니 방 감독은 더 어색해진 표정으로 뒤로 살짝 물러나 촬영에 전념했다. 그리고 곧이어 MfB 소속의 배우이자 이번 드라마의 주연 세 사람이 들어왔다. 세 사람은 각자 스타일대로 태진에게 인사를 건네고는 주위 배우들에게 가볍게 인사를 했다. 그 모습을 본 국현이 웃으며 말했다.

"단우 씨 빼고 생각보다 여유가 넘치는데요?"

"단우 씨도 리딩 시작하면 괜찮을 거예요."

"그렇겠죠? 하긴 엊그제 대본 통으로 외운 거 보고 기절하는 줄 알았는데."

"머리가 되게 좋아요."

"그건 좋고 나쁘고 문제가 아니죠. 그걸 어떻게 외웠을까. 거의 책 한 권을 다 외웠다는 거잖아요."

태진은 며칠 전 연습할 때를 떠올렸다. 이주와 대기 중일 때 대본을 안 보던 이유가 있었다. 자기 대사뿐만이 아니라 상대방 대사까지, 자신이 관련된 모든 장면의 대사를 전부 암기하고 있었다. 그만큼 준비를 열심히 하고 있었고, 그게 연기에도 묻어나왔다. 지금은 장소가 장소이다 보니 약간 긴장을 하고 있지만 크게 걱정되진 않았다.

그리고 잠시 뒤, 김정연 작가와 김준희 감독, 그리고 멀티박스의 강 이사가 함께 들어왔다. 아직 비어 있는 자리가 있기에 정식 인사를 하기 전 잠시 기다렸고, 잠시 뒤 모든 자리가 채워지고 나서야 인사가 시작되었다. 가장 먼저 인사를 건넨 사람은 강 이사였다.

"이번 '무브'의 제작을 담당한 멀티박스의 강찬열입니다. 제가 인사를 드릴 자리는 아니지만 최선을 다해 서포트하겠다는 걸 알려 드리기 위해 인사를 드리게 됐습니다. 연기에만 집중할 수 있게 최선을 다해 돕겠습니다."

배우들의 박수를 받고는 뒤로 물러났다. 그러고는 태진이 있는 구석 자리로 자리를 옮겼다. 태진은 옆에 온 강 이사에게 가볍게 인사를 했고, 강 이사는 아직까지 캐스팅이 마음에 들지 않는지 불만 섞인 표정으로 인사를 했다.

김 감독을 시작으로 차례대로 인사를 시작되었다. 아는 얼굴들도 있지만 이번 드라마로 처음 만나는 자리이다 보니 다들 반갑게 인사를 받아 주었다. 그리고 주연인 세 사람의 인사가 시작되었다.

"무브에서 한선녀 역을 맡은 채이주입니다. 반갑습니다."

"안녕하세요. 김시덕 역의 차오름입니다. 드라마는 처음이라서 부족한 부분이 많겠지만 열심히 하겠습니다."

"안녕하세요……. 정누리 역을 맡게 된 권단우라고 합니다. 저는 드라마 데뷔작이라서 많이 부족하겠지만 감독님, 작가님, 선배님들에게 많이 배워 가며 열심히 하겠습니다."

채이주는 몇 번 경험이 있어서인지 여유가 있어 보였고, 다른 두 사람은 긴장한 티가 역력했다. 아마 자신들을 향한 시선들 때문일 것이다. 다들 왜 저 두 배우가 주연으로 캐스팅된 건지 궁금해하는 시선들을 보내는 중이었다. 그렇게 인사가 끝나자 바로 리딩이 시작되었다.

＊　　　＊　　　＊

리딩이 시작되자 분위기가 바뀌었다. 원래의 대본 리딩 장면은 전부 고개를 숙인 채 자신의 대본을 보며 차례를 기다리는 게 일반적이었는데 지금은 전부 고개를 들고 세 사람을 쳐다보는 중이었다. 그 세 사람은 다름 아닌 MfB 소속의 주연들이었다.

"얜 얼마 안 됐나……? 식물인간인 녀석이 뭐가 이렇게 말끔해……."

이 부분은 원래 단우의 대사였지만 대본에서는 차오름의 대사로 바뀌었다. 차오름은 실제로 나오는 장면보다 독백으로 목소리만 나오는 장면이 많았다. 그럼에도 사람들은 고개를 들고 단우와 차오름을 쳐다봤다. 그 이유에는 단우가 차오름에 대사에 맞춰 입만 벙긋거리며 표정으로 연기를 하고 있었기 때문이었다.

김정연은 한 번 봤던 연기인데도 웃긴지 입을 가리고 큭큭거렸다. 그러다 보니 더 관심을 받는 중이었다. 그리고 이제는 단우의 목소리로 연기가 시작되었다.

"어어, 목소리도 좋네. 어휴, 얘는 수술한 건가? 사람이 이렇게 생길 수가 있는 거야? 거울 보고 있는데 내 마음이 다 떨리네. 어휴, 이마 반듯하고 눈썹 짙고 눈 크고 코 봐라. 콧대가 뭐……."

뻔뻔하게 연기를 하는 단우가 바지춤을 벌리는 시늉을 하더니 대사를 뱉었다.

"와······. 넌 다 가졌구나."

"크크크."

"푸흐흐."

여기저기서 웃음소리가 터져 나왔다. 그만큼 단우의 연기가 먹히고 있었다. 그리고 시간이 지날수록 긴장이 풀리자 아주 물 만난 물고기처럼 단우가 분위기를 끌고 나갔다. 이주도 많은 준비를 한 만큼 제대로 연기를 펼쳤다.

"다 조용히 하세요. 내가 지금 당신들 때문에 되는 게 하나도 없거든요?"

"저저저, 저 오라질 년! 다 죽어 가는 걸 살려 놨더니 뭐 어쩌고 저째?"

"기왕 살려 줄 거면 어? 다른 무당처럼 미래도 좀 보여 주고 그래야지 빙의가 뭐야. 그러니까 자꾸 미친년처럼 보지. 아오. 내 팔자야. 이거 봐. 내 팔자도 몰라!"

"원래 중도 지머리는 못 깎는 법이여."

다른 조연 배우와 호흡을 맞춰 가며 자연스럽게 연기를 펼쳤고, 이번에는 단우와 호흡을 맞출 장면이었다. 처음에는 흘러가 듯 나오지만 엔딩에서는 가장 중요한 장면이기에 굉장히 신경을 써야 하는 장면이었다.

이주도 대본에서 눈을 떼고는 걸어가는 척을 하다 말고 옆에 누가 있는 것처럼 고개를 돌렸다. 그러고는 뒷걸음질을 하듯 몸을 움직이고는 고개를 살짝 기울였다.

"어……?"

태진은 피식 웃음이 나왔다. 몇 번이나 봤던 모습이지만 지금의 연기로 시청자들이 이주를 새롭게 볼 수도 있을 만한 장면이었다. 천방지축인 표정에서 한눈에 반했다는 표정으로 변해 가는 모습이 사랑스러워 보였다. 카메라로 담아 제대로 된 편집만 거친다면 많은 호응을 얻을 장면이 될 것이었다.

"우리 어디서 본 적 있나요?"

이주를 지켜보고 있던 다른 배우들은 이주에게 동화되어 같은 표정을 짓고 있었다. 심지어는 옆에 있는 강 이사마저 이주를 따라 미소 짓고 있었다. 태진은 그런 강 이사를 보며 피식 웃고는 조용히 속삭였다.

"어떠세요?"

태진의 질문에 깜짝 놀란 강 이사는 대답 대신 헛기침만 뱉었다.

제6장

—

선물

　대본 리딩이 끝나자 스태프는 물론이고 대본 리딩에 참여했던 배우들 모두의 표정만 봐도 만족스러운 리딩이었다는 걸 알 수 있었다. 특히 경험이 많은 중년 배우들은 주연 세 사람을 칭찬하기 바빴다.

"단우라고 했나?"
"네, 선생님. 권단우입니다."
"너 참 맛깔나게 잘한다."
"감사합니다."
"그러니까 나하고 하는 씬 있지? 그거 할 때 너무 어려워하지 말고 네가 하던 대로 하면 더 좋을 거 같아."
"아, 네. 알겠습니다."
"그래, 오랜만에 기대가 되네. 고생했어."

칭찬과 함께 지적도 같이 이뤄졌고, 그런 것들이 모여 단우에게 큰 도움이 될 것이었다. 그리고 단우만 이런 칭찬을 받는 건 아니었다. 이주도 동료 배우들에게 칭찬을 받고 있었다.

"이주 너, 저번보다 더 잘하네? 별 캐릭터가 네 옷인 줄 알았는데 이게 더 잘 어울린다."

"진짜요? 언니, 감사해요!"

"감사는 내가 해야지. 리딩 때 이렇게 웃어 본 적은 또 처음이야. 너무 재밌었어. 이거 분명히 대박 날 거 같아."

그리고 차오름 역시 마찬가지였다. 나이가 있다 보니 단우나 이주처럼 쉽게 다가오진 않았다. 그래도 다들 한마디씩 하며 친분을 만들어 가려 했다.

"독백을 이렇게 잘하는 분은 처음 봤어요. 우리나라에서 제일 잘하시는 거 같은데요?"

"아이구, 아닙니다. 잘하긴요. 저보다 잘하시는 분들 많으신데."

"진짜로요. 목소리에 힘이 꽉 차 있는 그런 느낌이더라고요. 그래서 호흡이랑 발성을 어떻게 하나 봤는데 그냥 편안한 자세로 하시더라고요. 저 나중에 좀 알려 주세요."

"별건 없어요. 그래도 필요하시면 제가 하는 방법을 알려 드릴게요."

"진짜죠?"

태진은 동료 배우들에게 칭찬받는 세 사람을 보고 있으니 미소가
저절로 지어졌다. 그때, 김정연 작가와 김희준 감독이 다가왔다. 김정
연은 무척이나 마음에 드는 표정으로 태진에게 엄지를 치켜세웠다.

"진짜 내가 이래서 한 팀장을 안 믿을 수가 없지."
"괜찮았나요?"
"괜찮은 정도가 아니지. 내 머릿속으로 상상하던 캐릭터들을
그대로 끌고 나온 거 같아서 나 지금 엄청 흥분 상태예요."
"감사합니다."
"진짜 지금까지 한 작품 중 제일 좋아요. 후우, 이거 떨려서
글을 쓸 수 있으려나 모르겠네."

김정연은 연신 엄청난 칭찬을 해 댔고, 그간 이런 걸 본 적이
없었던 다른 스태프들은 다들 놀라 혀를 내밀 정도였다. 하지만
한편으로는 자신들도 김정연과 같은 생각이었기에 동의하듯 고
개를 끄덕거렸다. 그때, 김희준의 표정이 약간 걱정하는 것처럼
보였다. 태진은 그런 김 감독에게 물었다.

"감독님, 혹시 마음에 안 드세요?"
"들죠. 그런데 이걸 어떻게 담아야 될지."
"네?"
"장면들이 너무 좋다 보니까 머리가 복잡해져서 그렇죠."

잠시나마 걱정했던 태진은 입술을 부르르 떨었다. 김 감독의

말 역시 칭찬의 뜻이 담겨 있었다. 그렇게 김정연과 김 감독은 인사를 하고 갔고, 그제야 MfB 주연 삼인방이 태진에게 다가왔다.

"역시 우리 팀장님! 믿고 있었다고요!"
"저… 이거 리딩 하다가 순간 리딩인지 잊어버렸어요."
"단우, 너도 그랬어? 나도 착각했어. 한 팀장님하고 연습하는 줄 알았다니까. 어떻게 그래요?"

태진은 만족해하는 세 사람을 보며 웃었다.

"연습할 때는 그냥 목소리가 다양하구나 생각했는데 리딩하는데 익숙한 목소리가 들려. 그것도 한 명도 아니고 여러 배우들한테 그런 걸 느꼈다니까요. 그래서 진짜 편하게 했어요. 도대체 어떻게 한 거예요?"

태진은 그간 연습을 할 때마다 다른 배우들의 목소리와 특징을 잡아 흉내 내었고, 그것이 큰 도움이 된 듯했다. 그렇다고 흉내를 어떻게 했다고 설명하기는 어려웠다. 그때, 국현이 활짝 웃는 얼굴로 태진 대신 입을 열었다.

"팀장님이 그러셨잖아요."
"뭐라고요?"
"익숙해지게 만들어 준다고! 자기가 한 말은 지키는 남자! 하하하."

국현의 말에 세 사람은 눈을 반짝이며 고개를 끄덕거렸다.

"앞으로도 팀장님 말씀 잘 듣겠습니다!"

*   *   *

최종 면접 마지막 날. 태진은 실제로 사람을 뽑는 게 무척 어렵다는 걸 몸소 느끼는 중이었다. 어떤 사람을 뽑아야 하는지가 어려운 것이 아니라 지원자들의 마음이 느껴진다는 점에서 마음이 좋지가 않았다. 같이 면접을 보던 수잔과 국현도 같은 생각이었다. 참가자 한 명이 나가자 수잔이 한숨을 쉬며 입을 열었다.

"눈치 좀 보지 말고 자기 생각을 좀 말했으면 좋겠는데."
"에이, 수잔도. 눈치를 어떻게 안 봐요. 이 면접으로 탈락 합격이 결정되는 건데."
"그래도요. 자기 생각대로 말을 해야지, 우리가 어떤 생각인지도 모르면서 우리 입맛에 맞추려고 하면 어떻게 해요. 원래 자기 생각이 우리 생각하고 맞는데 머리 굴리다가 반대로 말하면 자기만 손해잖아요."
"그게 면접의 묘미죠. 사실 질문이 좀 난감하기도 해요."

태진은 실력도 중요하지만 그보다 팀에 잘 어울릴 수 있는 사람이 필요했고, 이를 가려 내기 위해 몇 가지 질문을 준비했다. 그 질문의 대부분이 곽이정과 있었던 일들을 가지고 만든 것이었다. 물론 곽이정을 오해해서 생긴 일들도 있었다. 하지만 그때는 진심으로 화가 났었고, 이해하기 힘든 일 처리 방식들이었다.

"방금 사람도 자기 배우를 성공시키기 위해서면 곽이정 팀장님처럼 한다잖아요. 가짜 사고를 왜 기사화시켜. 어휴, 이게 TV를 많이 봐서 그래요."

"스흡, 그러니까요. 그렇게 하는 게 크게 도움이 되진 않는데 그렇게 생각하는 사람들이 많다는 게 놀랍네요."

"그나저나 곽이정 팀장님은 언제 오세요? 이주 씨 아까 출발한다고 문자 왔는데."

곽이정이 면접 마지막 날에 도움을 주기로 했기에 기다리고 있었다. 태진은 시계를 한 번 본 뒤 입을 열었다.

"극장에 들렀다가 11시까지 오신다고 하셨으니까 이제 곧 오실 거예요."

"그런데 이거 질문지 보고 화내는 건 아니겠죠?"

"이미 보내 드렸죠. 별로 아무렇지 않은 거 같더라고요."

그때, 면접실 문이 열리면서 이번 면접을 도와주는 경영 팀 직원과 함께 곽이정이 등장했다. 옷은 굉장히 말끔하게 차려입고 왔는데 얼굴은 며칠 전 봤을 때보다 더 상해 있었다. 그런 곽이정이 손을 흔들고는 비어 있는 자리에 자리를 잡았다.

"늦진 않았네요."

보통의 사람이라면 이런 경우 더 빨리 오려고 했는데 일이 있었다는 등 인사치레를 할 텐데 역시 곽이정은 그런 것 없이 당당했다. 태진은 피식 웃고는 앞으로 남아 있는 지원자들의 서류를 넘겨주었다.

"일 많으세요?"
"인수인계 해야 될 일이 많죠. 빨리 진행하죠."
"제가 보낸 자료 보셨죠?"
"네, 봤죠. 어떤 사람 뽑으려는 것도 알고요. 그런데 면접을 촬영까지 합니까?"
"네, 나중에 보려고요."
"카메라 세 대는 과한데요? 지원자들한테 긴장감을 심어 주려고 하는 거면 성공이겠네요."

매니저 팀에서 촬영하는 모습을 보며 한 말이었다. 자기 때문에 카메라가 있는 건 눈치채지 못한 모양이었다.

"그럼 빨리 진행하죠. 오서영 씨, 다음 지원자 들어오라고 해 주세요."

다른 팀에 있을 때는 그렇게 싫던 곽이정이 같은 일을 하게 되자 굉장히 든든하게 느껴졌다.

＊　　　＊　　　＊

　드디어 마지막 지원자의 면접이 끝나 가고 있었다. 곽이정은 자신이 했던 일들임에도 거침없이 질문을 했고, 다소 압박하는 느낌이어서인지 지원자에게서 버벅거리는 모습이 많이 나왔다.

　"그래서 이슈를 만들 수 있는데도 안 하겠다는 건가요?"
　"제 생각은… 나중에 문제가 생길 수도 있을 거 같아서요."
　"방금 내가 말을 해 줬는데요. 어떤 문제도 생기지 않을 거라고. 사고로 이슈를 만들면 내가 담당하는 배우가 주목을 받을 수 있는데 안 하겠다고요?"
　"문제가 생기지 않고 제가 담당하는 배우분이 원하면 저도 그렇게 할 것 같습니다. 그런데… 사람이 하는 일인데 완벽할 순 없을 거 같아서요."
　"에이전트로서 성과는 필요 없다는 건가요?"
　"그런 건 아니고… 경험이 없어서 잘 모르지만 그런 일이 생기면 선배님들에게 조언을 구한 뒤 조치하겠습니다."

　곽이정이 세게 나옴에도 자기 소신을 내뱉는 사람도 꽤 있었다. 그 덕분에 구별이 더 쉬워졌다. 물론 원하는 대답을 한 사람들 중에서 팀원을 추리는 일이 남았지만 덕분에 수월해진 건 사실이었다.
　이후 마지막 지원자가 나가며 면접이 끝났다. 곽이정은 자기 할 일이 끝났다는 듯 곧바로 짐을 정리했고, 태진은 서둘러 입을 열었다.

"아직 한 분 남았어요."

"어? 나한테는 없는데요?"

짐을 챙기려던 곽이정은 다시 자리에 앉았고, 태진은 지원서 한 장을 곽이정에게 넘겨주었다. 서류를 보던 곽이정이 인상을 찡그렸다.

"YJC? 이게 이름입니까?"

"네. 저도 그렇게 받았어요."

"장난을 친 건가? 아무리 1, 2차를 블라인드 진행했다고 해도 최종 면접에서는 이름을 쓰는 건 예의인데. 볼 필요도 없겠는데요."

"그래도 마지막인데 보셔야죠."

태진은 서둘러 곽이정을 붙잡으며 국현에게 신호를 보냈다. 그러자 국현이 큰 소리로 외쳤다.

"서영 씨! 마지막 참가자 들여보내 주세요."

곽이정은 하는 수 없이 다시 자세를 잡은 채 서류를 봤다. 그러는 사이 문이 열리며 이주가 혼자 들어왔다. 대본 리딩 때보다 더 긴장한 얼굴로 지원자 자리에 앉았고 그제야 곽이정이 입을 떼며 고개를 들었다.

"YJ… 음?"

"안녕하세요. YJC입니다."

곽이정은 어리둥절한 얼굴로 태진을 쳐다봤고, 태진은 그런 곽이정의 시선을 외면한 채 입을 열었다.

"YJC 씨는 학생입니까?"
"아니용?"
"그럼요?"
"넹? 여기 오디션 보는 거 아닌가용?"

곽이정은 여전히 어리둥절한 표정이었다. 왜 갑자기 채이주가 등장한 건지, 그리고 왜 교복을 입고 있는 건지, 말투는 또 왜 저런 건지 이해가 되지 않았다. 게다가 태진도 지금 뭘 하고 있는 건지 감이 잡히지 않았다. 그때, 태진이 다리를 살짝 벌리더니 자신의 흉내를 냈다.

"음, 여기는 오디션 보는 장소가 아닌데요?"
"진짜용? 이상하당… 그럼 전 어떻게 해용?"
"그걸 저한테 물어보는 건가요?"
"저희 준비 진짜 많이 했는데용."
"저희라고요?"
"넹! 저희 팀이거든용."

태진은 국현과 수잔을 쳐다봤고, 두 사람은 혼신의 연기를 펼치며 대답했다.

"마지막인데 한번 보시죠."

"그래요. 장소를 잘못 찾았지만 기회를 주는 것도 좋을 거 같은데요?"

태진은 고개를 끄덕이고는 입을 열었다.

"그래요. 그럼 한번 보죠. 혼자 하나요? 아니면 팀원들도 있나요."

"다 오라고 할게요!"

채이주가 통통 튀는 걸음으로 면접실 문을 열었고, 그 모습을 보던 곽이정은 피식 웃어 버렸다. 자신을 뺀 나머지가 작당을 한 것 같은 모습에 자신을 위한 인사를 이런 식으로 준비했다는 걸 어느 정도 눈치챘다. 곽이정은 피식 웃고는 이주를 쳐다봤다. 그때, 이주와 함께 어려 보이는 여자들이 우르르 들어왔고, 그 모습을 본 곽이정의 얼굴이 굳어 버렸다.

이주 혼자 있을 때는 몰랐는데 여덟 명이 같은 옷을 입고 서 있는 모습을 보자 단번에 어떤 그룹인지 알 수가 있었다. 각 멤버의 특징까지 따라 한 상태였기에 모를 수가 없었다. 그리고 그때, 이주가 입을 열었다.

"안녕하세용, YJC에서 서브 보컬을 맡고 있는 채이주예용. 모두가 좋아할 만한 노래로 인사드리게 돼서 너무나 기뻐용. 잘 부탁드립니당."

이주의 인사에 곽이정은 머리를 쓸어 올렸다. 목소리도 다르고 외모도 다르지만 특유의 말투로 인해 누구를 흉내 내는 건지 단번에 알아챘다. 태진은 그런 곽이정을 힐끔 쳐다봤다. 가면을 벗어던진 건 오래됐지만, 저런 표정을 짓는 건 처음이었다. 지금 이주가 연기를 하는 것을 알면서도 놀라움과 그리움, 그리고 반가움이 얼굴에 묻어 나오고 있었다. 그때, 이주의 신호와 함께 준비했던 노래와 춤이 시작되었다. 태진이 지적했던 부분도 완벽하게 수정되었고, 댄서들도 노래 연습을 했는지 정말 투유 멤버가 불렀던 파트대로 노래까지 불러 가며 춤을 췄다. 그리고 곽이정은 입술을 꽉 깨물며 그 모습을 지켜봤다.

*　　　*　　　*

노래와 춤이 끝나자 면접실에 정적이 흘렀다. 바로 곽이정의 표정 때문이었다. 생각이 많아 보이는 얼굴로 입술을 계속 씹고 있었다. 그런 행동이 금방 끝날 줄 알았는데 계속 이어졌다. 그만큼 곽이정의 마음을 건드렸다는 것이기에 태진은 미소를 지었다.

잠시 뒤, 곽이정이 고개를 끄덕이고는 그제야 미소를 지었다.

"고마워요."

짧은 한마디였지만 곽이정을 모르는 댄서 팀을 제외한 모두가 혀를 내밀 정도로 놀랐다. 곽이정의 입에서 고맙다는 말을 듣게 될 줄은 몰랐기에 다들 충격받은 표정이었다. 이주 역시 깜짝 놀란 얼굴을 했다. 하지만 그것도 잠시, 아직 준비한 것이 남았는지 댄서 팀들에게 신호를 보냈다. 그러자 댄서 팀이 이주의 옆으로 자리를 잡았고, 이주는 웃으며 다시 인사를 했다.

"둘, 셋! 안녕하세요. 너에게 보내는 노래! YJC입니다!"
"하하, 그래요."

곽이정은 그제야 소리까지 내어 웃었다. 그러곤 태진을 쳐다봤다.

"한 팀장 기획인가요?"
"그렇진 않아요. 이주 씨 Y튜브 채널에서 하는 콘텐츠라서요."
"아, 후후. 나한테 인사도 할 겸 콘텐츠도 챙기겠다? 좋네요. 선물 고마워요."

곽이정은 그동안 볼 수 없었던 부드러운 표정을 지은 채 이주에게 말을 걸었다. 저렇게 말을 할 수도 있나 싶을 정도로 부드러운 말투였다. 그런 모습을 보던 국현과 수잔은 어이가 없다는 듯 놀라며 속삭였다.

"스흡, 사람이 갈 때가 되면 변한다더니 그 말이 진짜였네."
"뭐, 누구 죽어요? 무슨 죽는 것처럼 얘기를 해요."
"저렇게 말할 수 있는 게 신기하니까 그러죠."
"진짜 좋았나 본데요."
"그러게요. 그런데 남들이 보기에도 괜찮으려나… 막 울고 그래야지 영상이 좀 살 텐데."

"에이, 거기까지 바라면 안 되죠."

곽이정을 알고 있는 사람들은 곽이정의 반응에 놀랄 테지만, 일반 사람들에 비하면 기대에 못 미치는 반응일 수도 있었다. 그때, 곽이정이 할 말을 마쳤는지 상황을 마무리 지으려 했다.

"이 정도면 엔딩까지 잘됐겠죠?"

"네! 너무 깔끔하게 나올 거 같아요. 그렇죠?"

촬영하던 매니저도 고개를 끄덕이며 웃었다.

"제가 리액션이 없어서 재미가 없겠지만 자막으로 잘 꾸미면 될 거 같습니다. 좋은 기획 같네요."

"감사해요!"

마지막까지 자신이 아닌 배우를 위한 말이었다. 예전엔 저런 말을 들으면 뭔가 수작을 부릴 거라고 생각했는데 곽이정의 사정을 알고 난 지금은 그렇지 않았다. 자신과 방법이 다를 뿐 배우를 생각하는 마음은 같았다. 그때, 곽이정이 이주에게 인사하기 위해 자리에서 일어날 때, 이주가 아직 준비한 게 남았다는 듯 입을 열었다.

"이제 잘 못 보겠네용?"

갑자기 혜영의 말투를 따라 하는 모습에 태진은 의아한 표정으로 그녀를 지켜봤다. 지금 하는 연기는 미리 얘기되지 않은 내용이었다.

"회사가 아니더라도 오다가다 만날 수 있겠죠?"
"그러네요……."

이주는 진심에서 우러나온 것인지 연기인지 알 수 없을 정도로 미묘한 표정을 지은 채 곽이정을 바라봤다. 그렇게 친하지 않은 사이였고, 오히려 태진과 같이 욕을 하던 곽이정이 회사를 그만둔다는 말에 곧 울 것 같은 얼굴로 아쉬워하는 것처럼 보였다. 그리고 그 울먹거림을 참는 모습을 보다 보니 진심으로 응원을 해 주는 사람처럼 보였다. 그런 여러 가지의 감정을 얼굴에 보인 이주가 곽이정과 눈을 맞추더니 입을 열었다.

"그동안… 너무 고마웠어용. 진심이에용."

채이주의 마지막 인사에 꼿꼿이 서 있던 곽이정이 무너지듯 갑자기 테이블에 양손을 올린 채 고개를 숙여 버렸다. 누가 봐도 감정이 끝까지 차올라 참지 못하는 것처럼 보였다. 이주는 계속 같은 표정을 유지한 채 그런 곽이정을 지켜봤다.

잠시 뒤 곽이정은 마른세수를 하며 고개를 들었다. 그러고는 약간 빨개진 눈시울로 이주를 바라보며 말했다.

"나도 고맙다……."

태진은 볼에 소름이 올라왔다. 이주가 아니라 이주가 연기하고 있는 혜영에게 하는 인사처럼 느껴졌다. 그런 곽이정의 덤덤하면서도 진심이 섞인 인사에 오히려 이주가 울음을 터뜨렸다. 갑자기 당황스러운 상황이 벌어졌고, 그런 이주를 단장이 안아 주었다.

잠시 진정을 하는 사이 곽이정은 마음을 추스렸는지 촬영하던 매니저를 보며 말했다.

"지금 장면도 같이 넣는 게 도움이 되겠네요."
"네? 아, 네. 알겠습니다."

끝까지 일에 관심을 보이는 모습에 태진은 가볍게 웃었다. 이런 사람이라면 다른 회사를 가도 크게 걱정이 될 것 같진 않았다. 게다가 누구 눈치 볼 것 없이 자신이 사장을 하면 가면을 쓰지 않아도 될 것이니 사람들도 오해를 하지 않을 것이었다.

잠시 뒤, 이주가 진정이 되자 곽이정이 이주를 불렀다.

"저기 빈자리에 앉으세요."
"네?"
"선물 주신 걸 풀어 보고 싶어서 참을 수가 없네요."

이주는 무슨 소리인지 모를 얼굴로 비어 있던 자리로 갔다. 그러자 수잔이 이주의 손을 꼭 잡아 주며 말했다.

"잘하셨어요."

"아… 좀 망했어요. 울 생각은 없었는데 저 표정 보니까 진정할 수가 없더라고요. 연기를 할 수가 없었어요. 아…….'

수잔은 이주의 손을 주물러 주며 진정시켰고, 그사이 태진은 곽이정의 시선이 향해 있는 곳을 바라봤다.

"아."

곽이정이 말한 선물은 이주가 아닌 듯했다. 지금 계속 이주를 도운 댄서 팀을 뚫어져라 쳐다보고 있었다. 그런 곽이정이 입을 열었다.

"노래 실력도 괜찮고, 그리고 저분이랑 메인보컬 맡은 저분은 보이스가 굉장히 독특하네요. 상당히 좋아요. 그리고 일단 춤이 굉장히 안정적이고요. 다 같은 팀인 건가요?"

갑작스러운 질문을 받은 댄서 팀 '급식'은 당황하며 서로를 쳐다봤다. 그러던 중 단장이 대답을 했다.

"저희 결성된 지 3년 차예요."

"팀 이름도 있나요?"

"네, 급식이에요."

"급식. 음, 그건 바꿀 필요가 있어 보이네."

"네?"

"정확히 몇 명인 건가요? 지금 7명인 건가요?"

"아니요. 한 명 더 있어요."

"오, 8명 딱 내가 생각하던 인원이네요."

투유의 멤버도 8명이었다. 아마 곽이정이 MfB를 나가 처음 시작하려는 일이 투유 같은 걸 그룹을 육성하는 것으로 보였고, 급식 멤버들을 그 대상으로 생각하는 모양이었다.

"베이비 말고 다른 춤 있나요?"

"있긴 한데요."

"실례가 안 된다면 간단하게 보여 주실 수 있나요?"

급식 팀은 의견을 묻는 듯 서로를 쳐다봤다. 그러고는 이내 단장이 고개를 끄덕이자 다들 단장을 따라 고개를 끄덕거렸다. 그리고 한쪽에서 음악을 틀던 단원에게 고개를 끄덕이자 단원도 노래를 틀고는 바로 대열에 합류했다. 그러곤 급식 팀의 댄스가 시작되었다.

"스흡, 원래 저런 춤 추는 사람들이었어요?"

"저러다 엉덩이 빠지겠는데요? 너무 튕긴다!"

태진이 보기에는 굉장했다. 어떤 부분은 따라 할 엄두도 나지 않았다. 그렇다는 건 실력이 엄청나다는 얘기였다. 잠시 뒤 노래가 끝나자 댄서들은 거친 숨을 뱉으며 곽이정을 봤다. 마치 오디션을 보듯 유심히 바라보던 곽이정은 박수까지 치며 말했다.

"정말 좋네요. 내가 생각하던 그림에 잘 어울리겠어요. 혹시 가수 해 볼 생각 있어요?"

"네? 저희요?"

"춤과 노래 모든 걸 완벽하게 해내는 그룹을 만들 생각이에요. 오래 걸릴 거라고 생각했는데 지금 급식 팀을 보니까 그러지 않아도 될 것 같아서요. 약간만 다듬으면 바로 활동 시작해도 될 것 같은 실력으로 보이네요."

급식 멤버들은 각각의 반응을 보였다. 싫어하는 사람도 있었고, 의심부터 하는 사람도 있었다. 하지만 반 이상은 기대하는 표정이었다. 그때, 약간 의심스러운 표정을 짓고 있는 단장이 질문을 했다.

"어떤 컨셉을 원하시는데요? 저희가 아주 언니를 도와 드리긴 했지만 베이비는 저희하고는 안 맞는 컨셉이라서요."

"그럴 거 같았어요. 댄서 팀 하면 춤을 좋아하고 춤에 자부심 있죠. 저도 알고 있습니다. 그래서 전문적으로 추는 게 어떤 장르예요?"

"걸스힙합인데요."

"걸스힙합이라. 방송 댄스에 한 발 걸쳐 있는 장르죠. 좋네요. 요새 트렌드에 어울리고. 그리고요?"

"춤 종류요? 전체적으로 좀 하긴 하는데. 락킹도 하고 얼반도 좀 하고요."

"그래요. 음, 나머지 장르도 연습하면 소화가 가능하나요?"

"그렇긴 하죠."

"다른 장르도 해 볼 생각은 있고요?"

의심을 가지던 단장도 곽이정의 화술에 말려들어 자신도 모르는 사이에 계속 대답을 하고 있었고, 태진은 그런 모습을 보자 피식 웃음이 나왔다. 급식에서 어떤 대답을 내놓을지 예상되었다. 곽이정에게 걸린 이상 무조건이었다.

"변신도 자유자재로 되는 팀. 굉장히 좋네요. 댄스 팀답게 퍼포먼스 위주로 활동하다 보면 질릴 수도 있는데 소화하는 종류가 다양하니 그런 걱정은 하지 않아도 되겠네요. 물론 주 활동은 가장 잘하는 걸스힙합 위주로 하는 게 좋겠고요. 퍼포먼스 위주로 진행하려면 리듬 있는 곡이 좋겠네요. 안무 직접 짜는 건 물론 가능하겠죠?"
"네, 가능해요."
"좋네요. 다음에 다시 얘기하고 싶은데 연락처 좀 주실 수 있을까요?"

연락처를 받은 곽이정은 고개를 끄덕이고는 잠시 메모지에 무언가를 끄적이더니 다시 입을 열었다.

"그리 오래 걸리진 않을 겁니다. 다음 달 중으로 연락드릴게요."
"그럼 저희도 MfB로 들어가는 건가요?"
"아니요. 헤븐이라는 신생 기획사입니다. 신생이라고 하면 걱정이 많을 텐데 지금 보시다시피 MfB와 친분도 있고요. 그 외다른 곳하고도 관계가 좋아서 여러분들이 걱정할 만한 일은 생기지 않을 겁니다. 서면계약도 철저하게 이뤄질 거고요."

곽이정이 차릴 회사의 이름을 듣게 된 태진은 미소를 지으며 곽이정을 쳐다봤다. 그러던 중 곽이정의 말을 확인하기 위해 자신을 보는 급식 팀의 시선이 느껴졌다. 연습을 하면서 태진의 실력을 봤기에 믿음이 생긴 모양이었다. 그 시선에 태진은 매번은 아니더라도 도와줄 수는 있다는 생각으로 고개를 끄덕거렸다. 그제야 급식 팀은 믿음이 생긴 얼굴로 곽이정을 쳐다봤다.

"여러분이 하늘 꼭대기에 다다를 수 있게 사다리가 되겠습니다. 곧 음악을 준비해서 연락드리겠습니다."

"음악이요……?"

"그냥 오라는 것보다는 뭔가 준비가 되어 있는 걸 직접 눈으로 봐야지 마음이 편해지지 않을까요?"

"그러니까 저희들을 위한 음악이라는 거죠?"

"그렇겠죠? 데뷔곡은 아니겠지만 내 쪽에서도 성의를 보여야 하니까요. 최대한 마음에 들 만한 곡으로 찾은 뒤 연락드리겠습니다."

댄스 팀은 여전히 반응이 엇갈렸다. 하지만 의심하던 사람이나 반기지 않던 사람도 약간 혹하는 표정이 생기긴 했다. 아마 곽이정이 다시 연락했을 땐 갑작스러운 지금보다 준비가 되어 있을 테니 다들 넘어갈 것이 확실해 보였다. 그때, 곽이정이 만족스러운 미소를 지으며 태진에게 말했다.

"너무 큰 선물을 받았네요. 후후."

*　　　　*　　　　*

며칠 뒤. 태진은 총 6명의 신입 사원을 결정해 경영 팀에 넘겼다. 정확히 어떤 사람들이란 걸 확실히 알 수는 없지만 그래도 최선을 다해 판단을 했기에 약간은 기대도 되었다. 다만 신입 사원들로 사무실이 채워지면 지금 같은 사랑방 분위기는 더 이상 볼 수 없을 것 같기도 했다. 지금도 사랑방처럼 주연 삼인방이 자리하고 있었다.

"저, 2주 뒤 첫 촬영 저부터더라고요. 너무 걱정돼요. 왜 저부터인 건지……."
"같은 주연이라도 네가 비중이 가장 크니까 그렇지."
"아주 말이 맞아. 단우 네가 잘해야지 우리도 기운 받아서 잘한다?"
"아! 왜, 위로받으려고 한 말인데 더 부담 주세요."

잦은 연습으로 인해 친해졌는지 서로 편하게 대하고 있었다. 다만 왜 멀쩡한 연습실 놔두고 여기서 이러고 있는 건지 이해가 되지 않았다. 그때, 이주가 갑자기 휴대폰을 보더니 고개를 돌려 지원 팀 세 사람을 노려봤다. 갑자기 저러는 모습에 생각하던 걸 들킨 것 같은 기분에 태진은 헛기침을 하며 고개를 돌렸다. 그때, 이주가 어이가 없다는 듯 한숨을 쉬며 입을 열었다.

"와, 세상에 믿을 사람 하나 없다더니 한 팀장이랑 국현 씨랑 수잔 언니까지 그럴 줄 몰랐네."

"네?"

"구독했어요?"

"이주 채널이요? 당연히 했죠."

"그런데 알람 설정은 왜 안 해요! 지금 두 번째 영상 올라왔다고 딱 떴는데!"

"아……."

"오늘 첫 번째 올라온 것도 확인 안 했죠?"

이주는 서운해하는 얼굴로 입을 삐죽거리며 말을 이었다.

"이거 같이 보려고 올라왔는데! 꼭 내 입으로 말을 하게 만들어. 서운하게!"

이주가 왜 여기에 있는 지 이유를 안 태진은 머쓱하게 웃으며 주연 삼인방의 옆으로 자리를 옮겼다.

*   *   *

이주 채널에 새로운 영상이 두 개가 있었다. 하나는 방금 올라온 것이었고, 다른 하나는 자정에 올라온 영상이었다. 이주는 아직 서운한 얼굴로 자정에 온 영상을 클릭했다.

"이것부터 보세요!"

지원 팀 세 사람은 미안한 마음에 이주의 말을 따라 조용히 화면을 쳐다봤다. 태진은 그동안 연습했던 모습이나 완성된 춤을 보여 주는 영상일 거라고 생각했는데 지금 영상은 생각지도 못한 영상이었다. 태진은 궁금한 마음에 이주를 보며 물었다.

"콘텐츠 회의하는 걸 왜 올렸어요?"
"기승전결을 만들어야 되잖아요."
"기승전결이요?"
"제가 생각해 봤는데 H생명하고 곽이정하고 겹치는 게 말이 안 되잖아요. 우리는 처음부터 그냥 그렇게 진행한 건데 남들이 보기엔 설정이라고 생각할 수 있을 거 같아서요. 잠깐 연극을 한 거예요."
"아."
"어쩐지 어젯밤에 안 물어보는 게 이상하다 했어! 안 봤죠?!"

태진은 머쓱하게 웃고는 영상을 봤다. 영상에는 김 실장이 등장해 이주를 다그치는 모습이 종종 나왔다.

─이주 씨, Y튜브보다 광고를 우선으로 생각해야 돼요.
─그건 노래 연습하고 있어요. 그렇다고 이제 바빠지면 여주채널에 영상 못 올릴 텐데 미리 올려 둬야 하잖아요. 그리고! 의뢰도 들어왔는데 모른 척할 수 없잖아요.
─제가 당분간 안 한다고 말하면 되는데.
─에이! 그래도 해야죠. 우리 구독자들도 영상 올라오는 거 기다

리고 있단 말이에요.

태진은 헛웃음을 뱉으며 이주를 봤다. 이번에는 이주가 민망한지 고개를 돌렸다. 민망할 만했다. 자연스러워 보이긴 하지만 이것들이 전부 연기였고, 대화들도 구독자들에게 어필을 하는 대사였다. 태진이 계속 쳐다보자 이주는 중얼거리듯 말을 뱉었다.

"오백만 찍어 보고 싶단 말이에요……."
"하하하."
"이상하진 않죠? 사실 이상한가 해서 같이 보려고 한 건데."
"그냥 대화하는 거 같아요. 되게 잘하시는데요?"
"저 이런 연기 잘하나 봐요."

어떤 상황인지 모르는 단우나 차오름은 신기해하며 태진에게 물었다.

"이게 연기예요?"
"그렇겠죠?"
"왜요? 왜 회의하는 걸 연기하는 거예요?"
"이주 씨가 기승전결 만든다고 하셨잖아요. 그래서 밑밥 까는 거겠죠."
"아, 뭔 소리인지 모르겠네."

대화를 듣고 있던 이주는 곧 여기서 다 설명이 된다는 듯 말 대신 손가락으로 모니터를 가리켰다. 그리고 이주의 말처럼 설명이 나왔다.

　─이번 의뢰가 저 라액 할 때 도움 주셨던 분인데 이번에 회사
그만두신다고.
　─곽이정 팀장 말씀하시는 거죠?
　─네. 그분 퇴사할 때 서프라이즈 하고 싶다고 의뢰가 들어와서
요. 실장님도 보셨죠?
　─보긴 봤는데 아무리 봐도 좀 스케줄이 빠듯해요. 노래 연습도
하셔야 되잖아요.
　─노래 연습은 다 했죠!
　─그러니까 그것도 영상 올리셔야 되잖아요. 저번에 꽥꽥거리는
것만 올려놔서 지금 다 세상 공평하다고 그러고 있어요. 그런 건
왜 올리자고 하셔서.
　─꽥꽥이래… 와, 상처받았어.

　태진은 생각보다 재미있게 만든 상황에 웃으며 지켜봤다. 이
주야 배우니 크게 어색하지 않을 거란 걸 알고 있었지만, 김 실
장의 연기도 생각보다 자연스러웠다. 차오름도 같은 생각이었는
지 신기해하며 말했다.

　"이주야, 이분 실장님 맞지? 그런데 연기를 엄청 잘하네."
　"저도 하면서 깜짝 놀랐어요. 되게 잘하시죠?"
　"응, 이 정도면 평소부터 마음에 담아 두고 있었다는 소리인데."
　"어? 그런가? 어쩐지! 대사에 없던 말도 하더만! 담아 두고 있

었네! 저 꽥꽥은 대사에 없던 건데!"

태진은 김 실장의 마음을 알기에 조용히 고개를 끄덕거렸다. 태진도 처음에는 김 실장과 같은 마음이었다. 그렇게 김 실장과 이주가 대립하는 것 같은 장면이 이어졌다. 사람들이 좀 더 몰입해 집중할 수 있도록 만든 설정이었다. 그러면서도 김 실장이 미움을 받지 않게끔 자연스레 이주의 말에 따라가는 설정까지 집어넣었다.

─곽이정 팀장에 대해서 좀 아세요?
─알죠.
─전 같이 일하긴 했는데 좀 어려워서요.
─아, 그분이 일 진짜 잘하죠. 예전에는 성격도 되게 좋았는데.
─진짜요?
─그럼요. 지금도 티를 안 내서 그렇지 좋긴 하죠. 일부러 쌀쌀맞게 대해서 좀 오해를 사긴 하는데 그게 다 이유가 있어요.

태진은 곽이정의 과거까지 이렇게 공개할 줄을 몰랐기에 깜짝 놀라며 이주를 봤다. 그러자 이주가 씨익 웃으며 말했다.

"이거 곽이정 팀장님한테 허락 맡은 거예요."
"하래요?"
"방금 대사도 곽이정 팀장님이 직접 말씀해 주신 거예요. 쌀쌀맞게 대해서 오해 샀다고."
"진짜요?"

"진짜예요. 그게… 팀장님한테 하는 말 같진 않았는데 어차피 몇 사람이 알게 된 이상 다른 사람들도 알게 되는 건 시간문제라고 그러면서 밝힐 거면 이렇게 밝히는 게 좋겠다고 그러셨거든요."

국현은 손가락으로 자신을 가리키며 서운한 듯 말했다.

"왜 말씀하시면서 절 보세요! 저 입 되게 무거운데!"

이주는 다시 씨익 웃고는 말을 이었다.

"그리고 다른 이유도 있어요. 사람들한테 잊혔던 투유를 다시 기억할 수 있게 하는 일인데 그런 건 문제 되지 않는다고 그러셨어요."
"아……."
"그리고 선물에 대한 보답이기도 하다고."

태진은 참 곽이정답다는 생각이 들었다. 그렇게 곽이정에 대한 얘기가 한참이나 나왔고, 그러다 보니 투유에 대한 얘기도 빠질 수가 없었다. 그러던 중 화면 속 이주가 좋은 아이디어가 떠올랐다는 듯 손가락을 튕기며 말했다.

—투유 선배님들 노래로 선물하죠!
—노래요……? 에이…….
—반응이 너무하시네!
—H생명광고 노래도 한참 연습해 놓고.

─어? 광고한다고 말해도 돼요?

─이거 유료 광고예요. 많이 말해야 돼요.

─아! 인생은 달라도 보험은 하나. 채널은 많아도 여주는 하나.
H생명하고 저도 많이 사랑해 주세요.

─그렇게 하는 거 아니거든요. 좀 제대로 해야죠. 그래서 제가
말리는 거예요. H생명 광고도 찍어야 되고 Y튜브 제작도 해야 되
고. 이제 곧 스케줄 시작되는데 언제 곽이정 팀장 서프라이즈를 준
비해요. 하더라도 노래는 안 돼요. 너무 오래 걸리잖아요.

─금방 해요!

─금방 언제요. 저번에도 광고 노래 외운다고 일주일을 밤새 놓
고! 연기 잘하니까 연기만 하죠!

또다시 대립하는 장면이 이어졌고, 억울해하는 이주의 표정 덕분
에 무거운 분위기로 흘러가진 않았다. 다만 이걸 어떻게 해결해야
할까 궁금해할 때, 두 사람의 입에서 동시에 태진의 이름이 나왔다.

─그럼 한태진 팀장님한테 물어보죠!

─그래요! 한 팀장한테 물어보죠!

─한 팀장 제 편이거든요?

─우리 편이거든요?

두 사람은 곧바로 전화를 걸었고, 태진은 다음에 나오는 장면을
보며 헛웃음을 뱉었다. 이런 전화를 받은 적이 없다 보니 어떻게
해결했는지 궁금했다. 그때, 국현이 웃음을 참는 소리가 들렸다.

"음성변조를 왜 했어요. 완전 범죄자 같은데."

"바쁘시니까 이런 거까지 부탁할 수 없어서요. 티 안 나죠?"

"크크, 누군지 아예 모르죠. 그런데 저번 1화에 팀장님 얼굴 나와서 다 알 텐데."

"그러니까 그걸 좀 가볍게 만들었어요. 얼굴도 곧 나올 거예요."

이주의 말처럼 여주는 모든 직원의 익명을 보장하기에 음성변조를 했다는 자막과 함께 눈을 가린 태진의 사진까지 떡하니 넣어 놓았다.

"크크크, 이렇게 공개해 놓고 익명 보장이라고 의뢰 많이 해 달래."

"이게 Y튜브식 개그 코드예요! 제 아이디어인데 재밌지 않아요?"

1화에 이어 또다시 등장하게 된 태진은 멋쩍게 웃었다. 그러고는 무슨 통화 내용을 담았는지 귀 기울여 들어 봤다. 그런데 스킵하듯 빠르게 넘기는 바람에 들리진 않았다. 대신 화면 속 이주와 김 실장이 서로 만족하는 표정을 짓고 있었다.

―역시… 한태진 팀장님이야. 이렇게 되겠는데요?

―그러니까 제가 한 팀장한테 물어보자고 했잖아요.

―제가 했죠! 아무튼 그럼 광고 스케줄 준비하면서 의뢰까지 한 번에 해결할 수 있겠네요. 이렇게 간단할 걸! H생명 노래에 투유의 춤을 넣으면 홍보 해결! 그리고 서프라이즈 연습까지.

―노래는 남았는데… 진짜 되겠어요?

—저 음치 치료사거든요?

이주의 자신 있는 얼굴과 함께 영상이 끝이 났다. 회의 영상임에도 대립 구도를 만들어 긴장감을 만들고 곽이정의 스토리로 감동까지 넣었다. 그리고 태진으로 인해 해결책까지 넣은 영상이었다. 그러다 보니 조회수가 상당히 높았다.

"자정에 올라온 건데 조회수가 엄청나네요."
"이거 올리고 구독자도 확 늘었어요. 그래서 두 번째 영상도 바로 올린 건데."

태진은 두 번째 영상을 보기 전에 댓글부터 확인했다.

—이주&김 실장님 케미 쩐다.
—남 서프라이즈 준비하는 거 보고 실실 웃는 내 인생이 레전드.
—곽 팀장이라는 분 사연 좀 마음 아프다… 가장 가까이 일했던 사람들은 저런 마음일 수도 있겠네…….
—이거 보고 투유 영상 찾아보고 다시 온 사람 손
—이혜영 얘기네! 이혜영 나온 '인생역전 도로시' 내 인생 드라마인데 ㅠㅠ 이혜영 보고 싶다ㅠㅠ
—기획사 얘기라서 이런 일도 생기네. 다음 편 너무 기대되네요.
—당당하게 음치 치료사라고 하는 거 킹받네 ㅋㅋㅋㅋㅋ
—한 팀장ㅋㅋㅋ ㅅㄴ능력자.

반응이 천차만별이었다. 한 영상 속에 여러 명의 취향에 맞는 내용이 담겨 있다는 소리였다. 특히 투유에 대한 얘기가 상당히 많았다. 이 정도로 인기 있는 그룹은 아니었는데 이주로 인해서 곽이정이 원하던 대로 사람들의 입에 오르내리게 되었다.

"그럼 마지막 영상은 언제 올라와요?"
"면접 때 찍은 거요?"
"네."
"이 다음이 연습하는 거고 그다음이 광고 찍은 현장이랑 광고 노래 맞춰 춤추는 거고. 한 3주 뒤에 올라갈 거 같은데요? 그러니까 챙겨 보세요."
"아, 그러면 곽이정 팀장 그만두고 올라가겠네요."
"그것도 곽이정 팀장님이 그렇게 해 달라고 해서 올리는 거예요. 원래 저 촬영 들어가면 다들 바빠져서 시간 뺏기지 않으려고 한 번에 올리려고 했는데 그렇게 해 달라고 부탁하더라고요."
"왜요?"
"회사 자리 잡는다고 그러던데요."
"아……."

태진은 언뜻 알 것 같기도 했다. 매주 새로운 영상이 올라올 때마다 이슈가 될 것이고 그러면 대중들도 곽이정에게 우호적인 반응을 보일 것이었다. 그리고 그건 회사 이미지로 이어질 것이다 보니 연예인들을 섭외하기 위한 밑거름을 만들고 있는 것처럼 보였다.

"역시 대단하네."

*   *   *

며칠 뒤. 태진은 정신이 하나도 없었다. 드디어 신입 사원들이
출근을 시작했다. 따로 OT도 없었고, 태진처럼 여러 팀들을 경
험하는 일도 없었다. 처음부터 지원 팀 소속으로 뽑은 것이다
보니 지원 팀에서 바로 담당을 해야 했다. 그렇기에 기존 세 사
람이 두 명씩 담당하기로 했고 태진의 옆에도 두 명의 신입 사원
이 자리했다. 태진은 자신이 표정이 없다 보니 오해를 사지 않도
록 최대한 부드럽게 설명을 해 주는 중이었다.

"이건 이번에 제작하는 Move라는 드라마인데. 스케줄에 맞
춰서 단역배우 캐스팅해서 보내야 되는 일이에요. 엑스트라라도
대본에 설정에 맞는 배우들을 구해야 돼요. 대본 보시면 점집
이런 데 가잖아요. 시끄럽다고 했고. 그러면 사람이 많아야겠
죠. 그리고 대화 보면 생긴 건 어려 보이는데 왜 이런 올드한 데
로 왔냐고 그러는 대사잖아요."

"아, 네."

"그래서 주위 단역배우들은 나이가 있는 사람들로 찾아야 해
요. 구직은 저희 MfB 사이트에 올리기도 하고 다른 사이트에서
찾기도 하고 그래요."

다들 눈을 반짝거리며 태진의 말에 집중했다. 아직은 아는 게

없기에 도움이 되진 않고 있지만 열정은 느껴졌다. 오히려 태진이 신입이었을 때보다 준비가 더 잘되어 있는 것처럼 보였다. 신입 때 자신은 문서 작성도 못 했는데 지금 온 사람들은 대부분이 기본으로 하고 있었다. 그러다 보니 첫 사수였던 수잔이 생각났고, 수잔을 보자 그녀 역시 신입 사원들과 편하게 대화를 나누고 있었다.

그리고 국현은 두 명을 데리고 회사 소개를 하러 나가더니 아직 소식이 없었다. 아마 정찰병이 두 명 더 늘 것 같은 기분에 태진은 웃음이 나왔다. 그때, 마침 국현이 들어왔고, 정보를 얻어 왔는지 눈을 동그랗게 뜨며 말했다.

"곽이정 팀장님 회사 그만뒀대요! 방금 짐 챙겨서 갔다는데요? 사람이 인사도 안 하고 가!"

그때, 태진의 휴대폰에 메시지가 도착했다. 다름 아닌 곽이정이었고, 참 그다운 인사였다.

[갑니다. 약속한 최정만 씨 잘 부탁합니다.]

『모방에서 창조까지 하는 에이전트』 11권에 계속…